JN280467

叢書・ウニベルシタス 892

シニェポンジュ

ジャック・デリダ
梶田　裕 訳

法政大学出版局

Jacques Derrida
Signéponge
©1988, Éditions du Seuil, Paris
Japanese translation rights arranged through
le Bureau des Copyrights Français, Tokyo.

目　次

凡例

シニェポンジュ

訳者解題――脱構築の決断　　*173*

凡　例

1. 本書は Jacques Derrida, *Signéponge*, Éditions du Seuil, coll. «Fiction & Cie», 1988 の翻訳である。
2. 原文の « » は訳文では「　」とした。« » 内に再び引用符 " " が用いられている場合，〈　〉を用いた。一部語のまとまりを示すために〈　〉を用いたところもある。
3. ［　］は原著者による挿入であり，〔　〕は訳者による補足および原語の指示とする。
4. 原文で強調を示すイタリック体の箇所には訳文では傍点を付した。文脈により，一部かぎ括弧に括ったところもある。
5. 書名，雑誌名は『　』で，詩，論文等のタイトルは「　」で括った。ポンジュの詩の出典に関しては，デリダが参照している版に基づいて表記した。『第一巻〔*Tome premier*〕』はそれ以前に単行本化されていたいくつかの作品の集まりであるため，個々の詩のタイトルの後に，括弧内でその詩の収められている元の作品のタイトルを指示した。現在，これらの版よりも比較的手に入りやすいプレイヤッド版やポケット版が出ているため，ページの指示は省略した。
6. 大文字の単語は訳文では太字にした。
7. 一部，文脈の理解がしやすいよう，原文にはない――を補足した。
8. 訳者注はすべてページの下部に掲載した。原著者による注には［原注］と表記した。

シニェポンジュ

I

注 記

これは，1975 年にフランシス・ポンジュに捧げられたスリジー゠ラ゠サルでの 10 日間にわたるシンポジウムのなかで，彼の立ち会いのもとに行われた講演である。その断片は『ディグラフ』誌（1976 年 5 月第 8 号），スリジー・シンポジウムの講演録『フランシス・ポンジュ』（UGE，「10／18」叢書，1977 年）および『レルヌ』誌（1986 年第 51 号）に掲載された。この版は 1984 年にアメリカで出版された完全対訳版（コロンビア大学出版部）に若干の修正を施したものである。

フランシス・ポンジュ——ここから私は彼を呼ぶ〔appeler〕，彼に挨拶し，そして彼を賞賛するために。むしろ名声〔renommée〕のためにと言うべきなのかもしれない。

それは私が与える口調に大きく左右されることなのかもしれない。口調は決定する。ところが，口調が言説に属するか否かを誰が決定するというのだろうか。

しかしながら，彼はすでにして自らを呼ぶ〔s'appeler〕，フランシス・ポンジュ。彼は自分自身を呼ぶために，私を待つことなどなかったということになるだろう。

名声，それは彼のもの〔彼に関わる事柄／彼の事物 sa chose〕である。

たった今行ったような仕方で始めることもできたのかもしれない。フランシス・ポンジュの名全体が（そこから私はまだ何も導き出してはいない），私が即座にそれに与える展開次第で，ひとつの呼び止め，呼びかけ，あるいは彼に向けられた挨拶といったものすべてを形成しうるということを巧みに利用するこ

---

1. 元の動詞 renommer は字義的には「たびたび〔再度〕名指すこと」であり，ここから「讃えること」も「中傷すること」も意味するようになった。名詞 renommée はこの動詞の過去分詞が実詞化されたものなので，字義的には「たびたび名を挙げて讃えられるところのもの」である。いずれにせよ，「再び名づけること」，「名づけ直すこと」といった反復のニュアンスに注意しておく必要がある。

4

とで。単に彼の立ち会いのもとに〔en présence de〕というだけではなく，彼の現前〔présence〕，今ここで，私の使命〔vocation〕を異論の余地なき指向対象，この先私の言葉がそれを閉じ込めるいかなるチャンスもなければ，そうしてしまうというおそれもまったくないような指向対象でもって開くこの現前に向けて。しかし，そこから私が何も導き出さずとも，名はそのままで指し示すことができる。名は彼を名指すことができる，フランシス・ポンジュ，彼を，あなた方のために〔向けて〕，呼びかけに伴う無言の指示でもって。こちらがフランシス・ポンジュです，私が名指しているのは彼です，私が指差している，あちらにいる三番目の人物です，というふうに。最後に，そしてこれが第三番目の操作になるのだが，私は彼の名をそういうふうに〔フランシス・ポンジュと〕名指すことができる。彼ではなく，そして指呼的な表示もなしに，常に彼なしで済ますことのできる彼の名を。こう私は言うだろう，彼の名，それはフランシス・ポンジュである，と。フランシス・ポンジュの名はフランシス・ポンジュである。「フランシス・ポンジュ」とは彼の名の名である。このように言うことは常に可能である。

　こうしたことすべてはきわめて両義的であり，私には彼が多くのこと〔事物〕，そして事柄〔事物〕そのものを自問しているのが見える。こういうふうにして，いったい私は誰に向けて，そして何について話しているのか。

　別様に始めれば，この両義性を取り除くことになるだろうか。

　別様に始めることにしよう。

---

2. 語源的には「呼ぶこと」を意味する。

フランシス・ポンジュが自らを際立たせた＝注目されたことになるだろう〔Francis Ponge se sera remarqué〕。[3]

これは私が発したばかりの文である。この文は私によって，あるいはいつかそれが引用されることがあればあなた方によって反復されうる。それを括弧に入れることを禁じるものは何もない。それが直ちに括弧をあなた方に提供する。それはまだごく新鮮なわけだが，洗濯ばさみのようなものを使って，あなた方はそれを乾かしておくことができる。ときに写真家がネガの現像をするときにやるように。どうして洗濯ばさみなのかと尋ねられるかもしれない。われわれにはまだそれがわからない。この洗濯ばさみもまた，例のかぎ括弧同様，現像すべきネガに属しているのである。

いずれにせよ，私はこのようなアタック〔攻撃／急襲／出だ

---

3. 動詞 remarquer は marquer に接頭辞 re- のついたものである。ここでの re- は普通「強意」の意味だが，当然デリダはここに「反復」のニュアンスをこめている。動詞 marquer は本来「あるものの上に，それを他から区別するために印（マーク）をつけること」である。そこから remarquer は「見分けること，注目すること」を意味する。ここに反復のニュアンスをとるならば，「再度印をつけることで見分けること」ないしは「注目すること」となる。今後「再度印しづける」という表現を他動詞として用いることもあるが，その都度こうした意味の広がりを考慮していただきたい。ここでは代名動詞 se remarquer の形で用いられており，「（再度印しづけられることで）目立つ，注目される」等の意になると考えられる。しかし，後の議論でもわかるように，デリダは代名動詞に再帰的用法と受動的用法とがあることを利用し，この行為における主体の能動性と受動性を決定不可能にしている。この点では，ここで se remarquer は同時に「（自らを再度印しづけることで）自らを際立たせる」の意味にもなる。また名詞 remarque には「注目，指摘，再刻印」といった訳語をあてた。それとの関連で動詞を「再刻印する」ないしそれに類する表現で訳したところもある。

し attaque〕をあえて行う。私の文に伝説的な〔銘文の légendaire〕様相を刻みつけるためにそうしなければならないのである。

フランシス・ポンジュが自らを際立たせた＝注目されたことになるだろう。私はこの文を呼び出したばかりである。私はひとつの文にある名を与えたわけだ。ひとつの文にであって，ひとつの事物にではない。そして私はそれをひとつのアタックととりあえず呼んでみたわけである。

フランス語ではアタックという語はきわめて厳しい〔硬い〕，しかしながら即座にいくつもの断片にばらばらになる〔tomber en pièces〕語である。しかし，このアタック〔という語〕においてこのように攻撃されている〔取りかかられている s'attaquer〕ところのものにとって，ばらばらになるということは何を損なうものでもなく，逆に記念碑化する。

修辞学的なコードでは，フランス語のアタックは——これが最初の断片〔première pièce〕である——あるテクスト，ある場面，ある劇の一幕の最初の断片〔première pièce〕，あなた方を平穏にはしておかない最初の発話行為の無理やりな介入，もう離しませんよ，とあなた方の代わりに決定するこの場とこの瞬間を名指す。

今日の私の賭け，それは，アタックのこの人を捉える力は引っかき傷〔署名印 griffe〕，言い換えれば，なんらかの署名の場

---

4. フランス語 légende は「伝説」のほか，メダル等に書き込まれた「銘」，写真などに添えられた「説明文，銘文」等を意味する。語源のラテン語 legenda は「読む」を意味する legere に由来し，「読まれるべきもの」を意味する。
5. griffe は語源的には「つかむこと」を意味する。

面なしには決して立ち行かないということである。

アタックという言葉を用いるのは——これがもうひとつの断片であるのだが——私がこの名を持つ現にここにいる誰かを非難しているように見えるからである。彼はこの名を，私がこれから導き出すであろう多くの仕方で担っており，少なくともそのひとつはその名によって担われるがままになるというものだ。このように自分を際立たせて＝注目されて，彼は少しやりすぎているのだと，私がほのめかしているように見えないだろうか。まるで私が，「やりすぎだ，彼は気づかれないで済むなんてことにはならない」と言っているかのようだ。そして，これは逆説なのだが，ここでに劣らずよそでも。例えば文学の，とりわけフランス文学の歴史において。たとえ，彼が単なる例としてそこに属するにはあまりにも多くの創始的試みでそれを印しづけた〔marquer〕のだとしても。

私はまったくそう思わないのだが，もしひとつの発言がその主題を模倣し〔mimer〕，当の事物（ここで問題の事物，それはフランシス・ポンジュである）に語らせておくことで的確なものとなると私が思うとすれば，私は私のアタックをミメーシス〔*mimesis*〕の資格で正当化することだろう。即座に，私はこの語のもとに告げられるあまりに困難な問いを，きっぱりと脇に除けておくだろう。この問いは，あらゆる正面からのアプローチを逃れ去る。そして私が話すであろう事柄〔事物〕が，その問いを限界なき問いとして，しかしまたミモザのすでに日に照らされた深遠の底に失われた微小なる点として，端から端まで考察し直すことを強いることだろう。「*Mimeux* とは，触れられると収縮する植物について言われる。しかめ草〔オジギ

ソウ〕。語源：mimus(6)。収縮するときに，この植物がパントマイム俳優〔mime〕のしかめ面を表現しているように見えることから」。「ミモザ」より(7)。

では私は何を模倣し，パロディ化し，わずかにずらしたことになるのか。「松林手帳」を引こう。「松林よ，死から，非 - 注目，非 - 意識から這い出よ！〔……〕現われでよ，松林よ，言葉のなかに現われでよ。君たちのことは知られていないのだ。——君たちの言い回し〔定式 formule〕を与えたまえ。——F. ポンジュによって注目されたということは，どうでもいいことではない……」(8)。ここで，名は大文字のイニシャルに収縮しているが，だからといって，それをほとんど記憶する必要がないような証人であるかのように省くことは許されないだろう。

だから今度私が「フランシス・ポンジュが自らを際立たせた＝注目されたことになるだろう」と言表しても，私はもはやフランシス・ポンジュと名づけられた事物を完全に模倣しているということにはならない。出現するよう呼び出された松林，それに向けて自らのことを語る詩人に注目された松林が問題なのではもはやない。私のアタックにおいては，注目されたものは注目するものでもある。つまり再帰的で確定されている〔思慮深いうえ断固たるものである réfléchi et résolu〕。フランシス・ポンジュが自らを際立たせた〔再度印しづけた〕ということに

---

6. mimus は古代ギリシア，ローマにおける無言道化芝居劇，パントマイム，およびパントマイムの役者を意味する。
7. «Le Mimosa» (*La Rage de l'expression*), in *Tome premier*, Gallimard, 1965.
8. «Le Carnet du bois de pins» (*La Rage de l'expression*), in *Tome premier*, *op. cit.*

なるだろう。注目するもの＝再刻印するもの〔remarqueur〕という言葉を，何も見逃さない覗き魔（ここでは彼の名の覗き魔，彼の名の内の覗き魔，彼の名のところからの覗き魔）と，フェルトが先についた，書くために指でつまんでおくにはなかなか難儀なあの大きな筒型容器，あのマーカー〔marqueur〕と呼ばれているものとに私は結びつける。

　フランシス・ポンジュという事物が自らを際立たせたということになるだろう，自分自身を。そして，これが私の賭けということになるかもしれないが，自分自身であってそれ以外の何ものでもないと私が付け加えるとしても，それは何かを差し引き〔導き出し〕，抜き去り，あるいは減らそうとしたりするものではまったくない。それはおよそその反対のことでさえある。

　松林とフランシス・ポンジュ（注目＝再刻印されたものと注目＝再刻印するもの）の間には，私がそこに置き入れると見せかけているような差異が完全にあるわけではないのかもしれない。おそらく署名者は，彼が「枯れ木〔bois mort〕生産所」として飽くことなく記述し，「言葉のなかに」建立させようとしている松林のなかで，なおも自分自身を呼んでいる。事物は自分自身をすでに際立たせ＝再刻印し，記念碑的で，巨像的な〔colossal〕署名という形で目にとまる。これは事物の巨像〔co-lossos〕そのもの，建立された〔勃起している en érection〕死者の分身，まだ立ったままで，定立している〔stable〕，硬直した死体である。すなわち，注目するものの盤〔table〕であり像〔statue〕である。

　だから私は，彼同様，負債があるかのように見せかけ，さらにはミメーシスを模倣した〔mimer la mimesis〕のである。

私のアタックはこうして——これが最後の断片である——それが自らをアタックするときの彼のアタックとなるだろう。それによって，彼は自分自身を捉え，自分自身を開始し〔切り込み s'entamer〕，死に至るほど自らに署名する。死に至るほど，つまり彼が味方し，甘受し，考慮したことになるだろう彼の名から解放されるべく自らを手放して。

　始めにアタックがあるのではなく，終わりにある，このことを，彼は私に先立って理解したということになるだろう。『ひとつのマレルブ論のために』の最後の数行で，彼がアタックに関して言っていること，そして行っていることを見ていただきたい。⁽⁹⁾

　ともかく私はやり直さなければならない。

　先ほどの言表（「フランシス・ポンジュが自らを際立たせた＝注目されたことになるだろう」）を置くとする。今や私はそれを括弧とかぎ括弧のなかに入れる。反復が記号〔マーク〕を重複させ，それ自身に付け加わる。再刻印〔*re*marque〕はまた，例のポンジュのテクストにおいてもよそでも，入れ子状の〔en abyme〕代補的印〔マーク〕を与えもする。再帰的反射が再刻印されたものを再刻印するものへと折り畳む。フランシス・ポンジュが自らを際立たせた〔再刻印した〕ことになるだろう。

---

9. *Pour un Malherbe*, Gallimard, 1965：ここでデリダが指摘していると思われる箇所を訳出しておく。「したがって，アタックにはかなりの重要性がある。衝撃は即時のものでなければならず，奪取は現実のものでなければならない。読者が躓き，足踏みし，たじろぎ，躊躇して，理解していないのではないか〔*ne pas comprendre*〕という印象ではたぶんないだろうが，包摂〔理解〕されていないのではないか〔*n'être pas compris*〕，関わり合いになって〔共に括りこまれて concerné〕いないのではないかという印象を抱くようではいけない」。

だが，彼は自らを，自らの名において際立たせた〔再刻印した〕のだろうか。彼の名が，それ自身でそうしていたとしたらどうだろうか。あるいはまた——これはより奇妙だがより蓋然的な仮定であり，道すがら場所をすりかえるキアスムなのだが——，彼の名がその担い手であるフランシス・ポンジュを際立たせた〔再刻印した〕のだろうか。この言表（「フランシス・ポンジュが自らを際立たせた〔再刻印した〕ことになるだろう」）はまた，われわれの言語においては，「人は〔on〕」という非人称性へと偏流する（彼は注目された〔再刻印された〕ということになるだろう。つまり，人は彼に注目した〔彼を再刻印した〕ということになるだろう）。この特異な前未来は，同時に虚構的，預言的，そして終末論的であり，それがいかなる起源の現在，あるいは最終審判の現在に対して秩序づけられているのかを知ろうとするあなた方を挑発する。最後に次のことが挙げられる。ひとつの固有名（「フランシス・ポンジュが……」）から始め，二重の意味で冒頭の＝イニシャルをなす大文字を聞かせることで，私はもはやあなた方に，私の指し示しているものが名であるのか事物であるのかということを，落ち着きを与えてくれるような確実さでわかるようにはしておかないのである。

「フランシス・ポンジュという名が自らを際立たせた＝注目された〔自らを再刻印した＝再刻印された〕ということになるだろう」とか，あるいは「フランシス・ポンジュと呼ばれている者が自らを際立たせた＝注目された〔自らを再刻印した＝再刻印された〕ということになるだろう」と言ったとしたら，曖昧さは取り除かれていたのかもしれない。だが，フランシス・

ポンジュを始まりのところ，何ものもその名に先立つことがなかったということになるだろう主権的〔至高なる〕主体の場に唯一残すことで，私はあなた方にそれを聞かせているのであって，読ませているのではないのだから，固有名の周りで当然ながら目には見えないかぎ括弧をそこに探すことになる。私はあなた方から，そしてたぶん，参会者の一部となっていて，彼の名にわずかに立ち会っている彼からも，断定する権力を奪う。あらゆる両義性を浄化したフランス語といったようなもののなかで，大胆に〔franchement〕立ち回る〔作業を行う〕などということはできようがないだろう。

そして最後に，私がもし「フランシス・ポンジュが今日，私の問題〔事物 chose〕であるだろう」と言うとすると，その帰結はいかなるものだったことになるだろうか。

それは当然ながら複数ある。

1. 私が発したばかりの言葉を聞いても，フランシスとポンジュという名が何を意味しているのか，それが例えば，名の名なのか，事物の名なのか，それとも人物の名なのか，あなた方にはまだわからない。あなた方には，私が話している事物，あるいは人物が，事物ないし人物と呼ばれるようなもののひとつなのか，それが何であり，それが誰なのかを決定することはできない。とりわけ，私は彼のテクストの法に従うべく——この法をなぞるにせよ，侵犯するにせよ，私はこの法に従っている。というのも，侵犯すること〔transgresser〕はなおもこの法に帰

---

10. 語源的には「越えて歩むこと」を意味する。

着する，つまりこの法に向けて合図を送りつつこの法を乗り越える〔franchir〕ということに帰着するからである——，『表現への激情〔La Rage de l'expression〕』を真似するふりをしている。実のところ，私が自分自身しか引き合いに出して〔召喚して citer〕いないということを私自身はわかっているし，ここにいるほかの人たちもそれをわかっているのかもしれない。私は，まず自分自身を引き合いに出し〔召喚し〕，彼の法に私の法を対立させ，今日の出来事のなかに，スリジーですでに起こった出来事への暗示を共に記入する〔預け入れる／共署名する consigner〕。三年前，ニーチェの諸々のスタイルに関して討議奮闘して，私はここでこう述べた。「女性が私の主題となるだろう〔La femme sera mon sujet〕」，と。「フランシス・ポンジュが今日，私の問題であるだろう」，これはまた別物である，文章はきわめて異なっている，そうあなた方は言うかもしれない。そう言うことは常に可能であり，そうすることはひとつの「今日」の差異によって，いっそう正当化されるだろう。

　しかしながら，今日というのもまた盗品〔vol〕なのである。彼からその今日を盗みつつ〔voler〕，私は彼の署名，すなわち彼の「(内側に署名された)」鎧戸〔volet〕を盗む。

---

11. ここで言われているのは 1972 年に開かれたニーチェに関するスリジーでのシンポジウムにおけるデリダの発表である（cf. «La question du style», in *Nietzsche aujourd'hui I*, UGE, 1973〔邦訳「尖鋭筆鋒の問題」森本和夫訳，『ニーチェは今日』所収，ちくま学芸文庫，2002 年〕）。この講演をもとにしたテクストは後に *Éperons – Les styles de Nietzsche*（Flammarion, 1978）〔邦訳『尖筆とエクチュール』白井健三郎訳，朝日出版社，1979 年〕として刊行された。
12. 「今日」という言葉の有無による差異であると同時に，今日が指し示しているところのものの差異。

「しかし，かくして今日——そしてフランシス・ポンジュのあるテクストにおいて今日とは何であるかということを理解していただきたい——，したがって今日ここに，永遠にわたって，永遠における今日に，鎧戸は軋り，ぎいぎいと鳴り，蝶番の上にのしかかり，回転した挙句，この白いページの上に待ちきれずに畳み込まれたということになるだろう。

そのことを考えておけば十分だったということになろう，あるいはさらにもっと早く，それを書いてしまえば十分だったということになろう。

鎧戸は立テリ〔stabat〕」。[13]

フランシス・ポンジュのあるテクストにおいて今日とは何であるかを理解していただきたい。だからまたわれわれのテクストにおいてそれが何であるかも。

いかにして，ひとつの署名は盗まれるがままになるのだろうか。

2.「フランシス・ポンジュが今日，私の問題〔事物〕であるだろう」，このことは，われわれに事物の法の試練を課すことになるにちがいない。

単に彼がよく話題にする事物ノ本性〔*natura rerum*〕ではなく，事物の法である。事物の秩序を統制する法，科学とか哲学がよく知っているあの法ではなく，口述筆記によって書き取られた〔押し付けられた *dicté*〕法である。私は，事物があたかも一人称で，妥協のない厳格さでもって，容赦のない掟のよう

---

13. «Le Volet, suivi de sa scholie», in *Pièces*, Gallimard, 1962.

に口述し書き取らせる〔押し付ける〕法について語っている。この掟はまた，飽くことなき要求であり，書く者に厳命を課すのだが，この書く者はこの命令のもとでしか書くことはなく，事物に対して根本的な他律の状況にあることになる。

　そう，飽くことがないものであり満たしうるものではないということを私は強調する。というのも，いつも水が，そして渇きが問題でもあるからである。それは決して満足しない，つまり十分に水もなければ十分に渇きもない。

　この他律性の不均衡にあって，ある種の性的営みが二つの法の間に入り込む〔s'engager〕。それはひとつの死闘であり，その寝床あるいは決闘場，対象＝目的〔objet〕あるいは賭金〔enjeu〕（物遊び〔objeu〕）が，入れ子状になった〔en abyme〕ひとつのテクストの草原〔決闘場 pré〕の内に，常にひとつの署名を描き出すのである。

　生と名の名誉を賭けたこの闘いには，仲介者，責任ある証人

14.「物体，対象，客体」等を意味する語 objet と「遊び，作用」等を意味する語 jeu から作られたポンジュの造語で，「深遠に置かれた太陽〔«Le Soleil placé en abîme», in *Pièces, op. cit.*〕」のなかで用いられている。参考までに，当該箇所を訳出しておく：「人がそれを唯名論的と呼ぼうが，教養主義的と呼ぼうが，他のどんな名前で呼ぼうがどうでもいいことだ。われわれはと言えば，それを〈物遊び〉と名づけ，洗礼したのだ。そこでは，まずもってわれわれの情動の対象〔となる物〕が深淵に置かれることで，言語の目も眩むほどの厚みと不条理さだけが考慮され，操作されるのだが，それは，諸関係が内部で増殖し，語源レヴェルでの連結が形成され，そして意味作用が二重に括り閉じ込められることによって，世界の実体をなす深層，多様性，厳密な調和を唯一説明することができるこの機能作用が創り出されるような具合になされるのである」。

15. ここで pré は，「前，先」を意味する接頭辞の pré- ととることもできる。この接頭辞とテクストからなる語は prétexte で，字義的には「先行するテクスト」であり，そこから「口実，機縁，題材」等を意味する。

が必要である。それを探すこととしよう。

　いわゆる擬人主義の問題に関して月並みなことがさんざん言われた。ポンジュは物自体に立ち戻るのか，ポンジュは現象学的なのか，それとも逆に彼は人間的な意味（心理的，主観的な意味等々）を事物の内に投影しているのかといったようなことであり，もう少し巧妙な他の変種もあるが，同じ術策〔回転木馬 manège〕の違った言い回し〔回転 tour〕に過ぎない。彼自身こういったすべての質問に返答を与えており，それらを見てみれば，そして例えば彼がアメリカの大学人に，頑固に〔頑固という言葉と共に〕言ったことを読んでみれば十分である[16]。

　私の知る限りできちんと理解されなかったこと，そして擬人主義に関して同じようなことばかりを繰り返している術策全体がおそらくは避けるかあるいは否認せざるをえなかったこと（そしてしばしば進んでそうしていたこと），それはたぶんこのこと，つまり彼にとって事物とは，堂々巡りの術策〔回転木馬〕の回りまわってくる選択肢に応じて，事物自身のなかを，

16.『フランシス・ポンジュとフィリップ・ソレルスの対話〔*Entretiens de Francis Ponge avec Philippe Sollers*, Gallimard/Le Seuil, 1970〕』のなかで，ポンジュはシカゴ大学で講演をした際の逸話を語っている。そこで彼は自分のいくつかのテクストを朗読し，さらにはそれを注釈したのだが，居合わせたモリセットなる大学教授がロブ゠グリエの議論を援用して，ポンジュのテクストのなかで牡蠣が頑固と形容されていることを擬人主義として批判したそうである。以下にこの批判に対するポンジュの返答を訳出する。「よく聞いてください。どうもあなたはよく聞いていなかったようだ。というのも，私が〈頑固な〔opiniâtre〕〉という言葉を用いたのは，そのアクサン・シルコンフレクスと t-r-e のゆえであると私はよく説明しておいたからである。［……］そのうえ，牡蠣は開くのが困難であるということ，そのことを〈頑固な〉という言葉を発する以外のやり方で表現するのは難しいと私には思われる」。

あ̇る̇い̇は̇ま̇た̇われわれのなかを探し回ることで書き，記述し，認識し，表現する等々のことをしなければならないような何かではないということである。もちろん，しかも大いにそうでもある。だからこのように混同する権利はあるわけだ。だがまずもってそうだということでもなければ，もっぱらそうだということでもない。事物は，私が客観的に（適合した仕方で），あるいは逆に主観的に（擬人主義的に）語らなければならなくなるような法に順応する何かではない。まずもって，事物とは他者であり，法を口述して書き取らせる〔押し付ける〕，あるいはそれを書き記すまったき他者である。それは単に自然な〔自然＝本性に基づいている〕法（*lex naturae rerum*〔事物ノ本性ノ法／自然法〕）ということではなく，無限に，そして飽くことなく強制的な厳命であり，それに私は服従しなければならないのだが，そうしたならば，私は決闘の最後に，私の署名のような何かを私の生と欲望と共に与えて，それを果たすよう試みなければならなくなるだろう。このことにはまた後で立ち戻ることにしよう。この口述された命令，この書き込みは，事物の無言を必要とするのかもしれない。事物は黙ることで命令するのである。

　この決闘および贈与は死まで行き着く。事物は他者であり続け，その法は不可能なことを要求する。事物はあれやこれやのこと，たまたま不可能となったりするような何かを要求するのではない。そうではなく，それは不可能なこと，不可能であ̇る̇こ̇と̇そ̇の̇も̇の̇を要求する。事物はそれを，それが不可能であるがゆえに，そしてこの不可能性そのものが要求というものの可能性の条件であるがゆえに要求するのである。

例えば「幸福に生きる理由⁽¹⁷⁾」には次のような一節がある。「感覚の対象を思い起こすことで、このように喜びが回帰し、新鮮な気持ちになれること〔新鮮さ〔fraîcheur〕を、そしてそれが新鮮な気持ちになれること〔という語 rafraîchissement〕のなかに回帰してきたことを、しばし心に留めておいていただきたい。彼はそのこと、そこで問題の事柄〔事物〕およびその語に大いに執着しているのであり、われわれは、多少考古学的な旅行者のようにわれわれがせっせとあたりを動き回っているところの記念碑的な台座の上に彼の名を抽出し始めるべく、それを追っていかなければならない——J. D.〕、これこそまさしく私が生きる理由と呼ぶものである。

私がそれを理由〔理性〕と呼ぶのは、それが精神の事物への回帰であるからだ。事物に新鮮さを蘇らせるには精神しかないのである。そのうえ、こうした理由が正当で有効なのは、精神が事物にとって受け入れることのできるような仕方でそこに回帰する場合においてのみであるということを注意しておこう。つまり事物がその権利を侵害されていないとき、言うなれば、事物がそれら自身の観点から記述されているときにおいてのみであるということだ。

しかしながら、そのようなことは不可能な最終段階、あるいは完成である。〔……〕事物が互いに語り合っているのではなく、人間が事物について人間同士の間で語り合っているのであって、いかにしても人間から出ることはできない」。

したがって事物は他者、他者なる事物ということになるだろ

---

17. «Raisons de vivre heureux» (*Proêmes*), in *Tome premier, op. cit.*

う。それは私にひとつの命令を与え、あるいはひとつの要求を差し向けるのだが、この要求は不可能で、譲歩がなく、満たしえない要求、可能な交換取引も妥協合意も契約同意もない要求である。一言もなく、私に語りかけることもなく、事物は私に訴えかける、私の代替不可能な特異性において、そしてまた私の孤独において、ただ私のみに訴えかける。事物に対して、いかなる一般的な法も媒介することのできない絶対的な敬意を払うという義務を私は負っている。つまり事物の法とは、特異性であり差異でもあるのだ。ひとつの無限の負債、底なしの義務が、私を事物に結びつける。私は決してこの義務を履行することはないだろう。だからこそ事物は客体＝目的〔objet〕ではなく、そうはなりえないのである。

　だからといってそれは主体であろうか。

　事物の「お前は……しなければならない〔お前は……を負うている tu dois〕」は、ある主体の命令ではことさらない。そうだとしたら、それは不可能な主体ということになるだろう。そもそもその主体は語ることがないのだから。もし「お前は……しなければならない」が言説だとしたら、命令は妥協合意や契約同意を伴う交換取引へと変容し始めていることだろう。事物の主体性なるものがあるとすれば、それは再我有化〔再自己固有化 réappropriation〕を媒介する場、事物がそれ自身と取り持つ自己への関係を開くことだろう。事物は自分自身と交換取引を行うことだろう。

　ところで、事物が満たされることのない「お前は……しなければならない」であるのは、それが交換取引の外にあって、価格なきものにとどまる限りにおいてのみである。だからこそ、

たった今立ち会ったように，再我有化の不可能性，無力さ〔不能さ〕に打ちひしがれる幾多の契機があるのだが，しかしまた，それ〔ça〕が「歓喜し」，「快楽を得る〔オルガスムに達するjouir〕」すんでのところで，建立〔勃起〕の舞がありもするのである。かくして，事物は交換取引においては，ある人物によって表象＝代理されることしかできない。むしろ，恐るべき女主人〔情婦〕によってと言ったほうがいいかもしれない。彼女は無言であり続けるがゆえに，そして彼女が私に与える命令，ひとつの無限に特異なエクリチュールの力，もう少ししたら話そうと思うが，つまりは署名の力によってのみ履行することを私が夢見うるような命令さえも彼女に与えなければならないがゆえに，いっそう暴君的である。事物が発する「お前は……しなければならない」は，決して満足せず，必然的に寡黙で匿名なる人物によって表象＝代理され，このように『前詩〔Proêmes〕』の序文でのイタリック体のなかに傾き入れられている。

「すべては，ものを書くようになって以来，私がある人物の評価の〈後を〉，わずかな成功もなく追っかけ回してきたかのような具合なのだ（少なくとも私はしばしばそのように想像する）。

この人物はどこに身を置いているのか，そしてこの人物が私

---

18. 注133を参照
19. 『リトレ辞典』によれば，これはラテン語 prooemium に由来する語で，「序文，序論」等を意味する。だが，この語のなかに「前」の意を持つ接頭辞 pro- と poème の合成を聞き取ることは当然可能である。ここでは，この作品がポンジュの初期代表作『物の味方〔Le Parti pris des choses〕』に対して持つ関係性を考慮して『前詩』と訳した。また，ここに prose（散文）と poème の合成を聞き取ることも可能である。

の追求に値するのかどうか、そんなことはどうでもいいことである」。

ついで、この匿名の人物は常に、「いや、その程度ではだめだ、その贈り物〔don〕は私を満足させない」、と彼に言っているということが判明する。しかしながら、——ここにこそポンジュたるもののすべてがあるのだが——このことは決断することを、そして新たな労力、新たな「出費〔frais〕」——この言葉は重要である——を費やすことを妨げるものではない。

「だから、私は決断した。私はこう思った（もう後戻りはできなかった）、〈もはやこの寄せ集めのガラクタを恥と思って公にし、まさにこのようなやり方そのものでもって、私にとって欠くことのできない評価に値するしかないのだ〉、と。

まあ見てみようではないか……。とはいえ、私はさほど幻想を抱いていないので、すでに改めて〔sur de nouveaux frais〕よそから再出発した」。

ひとつの今日が常にひとつの固有語法であるわけではないとすれば、「フランシス・ポンジュが私の問題〔事物〕であるだろう」という言表が、「女性が私の主題となるだろう」という出来事を反復していると言うことで、私が嘘を言っていることにはほとんどならないのかもしれない、そのことに感づいていただけただろう。

とはいえ——あなた方は良識をそわそわさせてこう言われるだろう——どうやって事物がある命令を口述し〔課し dicter〕たりすることができるというのか。命令し、要求し〔deman-

---

20. 先の「新鮮な」を意味する形容詞 frais と同じつづりであるが、語源的に関連はない。

der〕，指示し〔召喚し mander〕たりすることが。

フランシス・ポンジュは返答を与えている。ごく単純に（あ・な・た・方・が・耳・を・澄・ま・し・て・聞・い・て・く・れ・る・な・ら），彼が書くことに通・じ・て・い・る・と・い・う・こ・と・に・よ・っ・て——事物を〔書きながら自らを聞・い・て・い・る・と・い・う・こ・と・に・よ・っ・て——事物として〕。[21]

3. 私がここでいちかばちか行う〔risquer〕ことがひとつの出来事となるのでなければならない。

こうして，私は二重に彼の法に服従していることになる。まず，ここにわれわれを集会させるための法をなしている協・定・合・意・〔*convention*〕を支持して〔parti pris〕，私が何事かを語ったということになるのは，私が提示するものが彼だけに当てはまり，かくしてなんらかの妥当性〔pertinence〕を保持する——[22]これはフランシス・ポンジュというような何ものかに対して，適切に〔固有な仕方で proprement〕，接触に至るほど関係しなければならないということの別様の言い方である——場合においてのみである。私にはまだそれが何であり，それが誰なのか

---

21. 原文は par le fait qu'il *s'entende* à écrire – la chose とある。s'entendre à... は成句的に「……が上手である」，「……に精通している」を意味する。この場合，「ポンジュは事物を書くことが上手である」の意になる。同時に，s'entendre を「自らを聞く」という意にとれば「ポンジュは事物を書くことで自らを聞く」ということになる。問題は la chose の前におかれた傍線である。これによって，la chose が動詞 écrire の直接目的語であることは確実ではなくなり，それを主語の同格としてとる可能性が開かれる。この場合，「彼は事物として自らを聞く」の意になる。この解釈もこれまでの議論のなかで正当化されうるだろう。
22. 語源 pertenere は「……まで広がる，及ぶ，……に至る」等の意を持つ。

わからない。しかし，もし私の言うことが彼〔それ〕の名に，そしてその名，あるいはその印〔マーク〕を担うものに，彼〔それ〕の身体〔corps〕ないしは作品体〔corpus〕に触れぬのであれば，私は何も言わなかったし何もしなかったことになるだろう。こういうことは常に私に起こりうる。だから，いかなる仕方で何を語ろうとも，私は彼の名の法に服従しなければならない。そしてまた，たとえ私がこうした言葉から，それが持ちうる胸の悪くなるような，そして今日では受け入れがたいようなことを取り除くとしても，私は彼がわれわれに教えてくれたであろうこと——彼の名であり，彼の名のもとに，そして彼の名に関して教えてくれたであろうこと——に服従しなければならない。彼の名においてなされた仕事〔自らを彼の名に作り上げる仕事〕にである。フランシス・ポンジュという名に——身体に関してそう言われることがあるように——働きかける〔執拗にせめたてる〕ものにである。先ほどポンジュのある種の倫理について語ることができたかもしれないように，こうしてポンジュの教えを喚起することで，私は人を不愉快にすることを承知している。そしておそらくは，他の人以上に，あるいは以下に，ポンジュ自身を不愉快にすることを（以上に，あるいは以下にというのは，彼はあえて自らの倫理をあらゆる道徳に逆らって語り，彼の教訓をあらゆる教えに逆らって語っているからであるが，これについてはまた後ほど立ち戻ることにしよう）。だが，これもまた相も変わらずアタックの資格においてであり，彼を法律家，教育者〔師〕ないし教授といったものに仕立て上げようというのではなく，逆に，倫理的ないし教育的命令が常に事物の署名に対するこのような関係を構築し，そ

れを拒もうとしたところでどうにもならないような場面へと少し歩を進めていくためである。われわれはポンジュを教育者とみなし，彼に諸々の掟や教訓を乞い，さらには彼を後ろ盾にしてそれを他の多くの者たちにも与えるようなことはしないなどと私が言ったところで，それは単なる否認に過ぎないだろう。彼の名がここで私の，そしてわれわれすべての規範であり，そしてたとえ彼の名だけがここにあり，その名を担う事物はないとしても，それは規範であり続けるだろうからには，われわれは彼の法のもとにあるのである。友情とか賞賛の念にもどうすることもできない。私がここで危険を冒して手をつけようとすることは，ひとつの出来事でなければならないだろう。彼の作品を支配しようなどせず，たとえ潜在的にであってもその全体であるとか，一般的な法則，あるいは母型などを語ろうとしないという条件において，ポンジュという事物を前にして，きわめて限られた，慎ましやかで，目立たない，特異な何事かを語り，彼を私なしに息づかせておく——私は確かに私なしにと言って，ただあなた方が自身で確かめに行かれることを促しているのである——という条件において，あらゆる制御支配と我有化を放棄しつつ，私はひとつの出来事のチャンスを得，またその危険を冒すのである。したがって，彼の署名に関する言説を，というよりむしろ賛辞を告げつつ，私はひとつの断片，彼の作品体のひとつの小さな断片しか取り扱わないのだということをあらかじめ言っておく。とても軽くて，隕石質の，スポンジ状の小さな石ころ，軽石であるのかもしれないそんな石ころを私は提示する，あるいはそれを記念碑から取り出すことにしよう。そしてそれは単に，いかにして固有の仕方で署名されたひとつ

の名がその他諸々と同じ一断片，ある巨像的作品体のなかでかくも重みのないひとつの石ころとなるのかということを問うためである。

とはいえこの石ころは，端から端まで作品体に包摂され，そして彼を包摂し，それと余すところなく一体となる。

だとすれば，こういったことを行うためのあらゆるやり方，自らの署名をテクストにし，自らのテクストをひとつの事物にし，事物を自らの署名にすることを可能にするようなあらゆる操作を，彼はわれわれに教えたということになろう。

それは——出来事ということが問題になっているので，もう二言付け加えておくが——彼のテクストのそれぞれがひとつの出来事であるということである。そしてそれは，少なくともひとつの出来事というものがいつか自分の縁に接岸＝到来する〔s'arriver à son bord〕のであれば，特異で，唯一の，固有語法的な出来事である。ここから，実例や引用を与えることの困難が生じる。ここにひとつの苦悩を吐露するとしよう。つまり，もしすべてのテクストが唯一のもので，決して他のなんらかのテクストの例となることなく，署名者一般ならびにその名の担い手である署名者によっても模倣不可能な署名であるとすれば，いかにひとつのテクストをある論証における実例として引用すればよいのか，ということである。とはいえ，固有語法の法ないしは類型論といったものがあるので，そこからわれわれの苦悩が生じるのである。あらゆる署名に作用し〔agir〕それを構築するドラマ，それはその都度代替不可能にとどまるものの，傾向上は無限な，執拗で飽くなきこの反復である。それは——彼〔それ〕，ポンジュは——出来事なのである〔出来事によっ

て突き動かされている〕(23)。というのも，彼は自らの名とエクリチュールに立ち会っているからである。彼は常にそこにいる，背後に。そして彼が何をしているのかあなた方に説明するのだが，それは彼がなしていることをなすことによってであって，それをあなた方に説明することはない。あるいはまさにその〔説明の〕瞬間に，あなた方に彼が何をしているのかを示すのだが，それは彼の説明の模擬行為が説明する必要のあるもうひとつのテクストをさらに投げ入れるだけで，あなた方に制御を許しておく見込みなどまったくないといった具合に行われる。かといって，彼は自分の仕事の何ものもあなた方に対して隠そうとはしない。書きつつある彼の身体，言語素材や彼が操る辞書，編集機器，生産器械〔機構〕の下部〔裏面，真相 dessous〕に対する彼の関係も，置かれた状況の場と時期における彼のイデオロギー，政治的態度，そして経済状態についても隠しはしない。そして彼は常に署名を，つまりは日付を記そうとしているところなのだが，このことは，署名の奇妙な構造，そしてまたその場所論〔topique〕，つまりそれがテクストの内と外に，そして縁に（少ししたら彼の名そのものが縁を意味していたということがわかるだろう）場を持ち生起する〔avoir lieu〕ということを考慮するならば，あまりに重要視されすぎている——

---

23. 原文は il – lui, Ponge – il s'agit d'événements。il s'agit de...はフランス語で「……が問題になっている，……に関わる」等を意味する成句表現で，主語 il は非人称である。しかし，ここでデリダは lui, Ponge を挿入することで，この il をポンジュの代名詞としてとらせる可能性を無理に開いていると考えられる。s'agir の元の動詞 agir は他動詞で「……を動かす，突き動かす，駆り立てる」の意があるので，この場合 il s'agit de...は「……でもって突き動かされる，働きかけられる」の意になる。

こう言っておくいい機会だと思うのだが——あの著者の死であるとか欠落といったことと矛盾するものではない。この点で，署名はそれが場を持ち生じる縁のところから，その洗練具合と現代風の刷新がいかなるものであれ，伝記的ないし心理主義的な批評（あるいは文学）と，テクストの内部であると信じられているものの内にあまりに性急に閉じこもり，署名を外に放っておいて，署名が自らを舞台に乗せ，作用させ，あるいは入れ子化するということを見ようとしない形式主義ないし構造主義的批評（あるいは文学）とがそうであるような，あまりにもたるんでいて粗雑なからくりを頓挫させていることになるだろう。署名はまた，この縁から，およそ30年にわたって彼の読解を支配している二つの動向を超過したということにもなるだろう。私は支配していると言っているのであって，それは単にポンジュの読解を閉じるのでもなければ，貧しくするのでもなく，それを常に我が物にし直している〔再我有化する réapproprier〕のである。この二つの動向は対立しているが，対称的である。一方は外部に向かうもので，事物そのものへの回帰ということが問題であり，他方は内部に向かうもので，言語，および言語の問いへの回帰ということが問題であった。「現象学者」ポンジュ，ついで文学の基礎要素〔エレメント〕としての言語の理論家，実践者ポンジュというわけである。彼は決してそうではないとは言わなかったし，それは間違ってはいないのだが，もはやそういったものだけで満足しないことに関心を向けるような他のもの〔他なる事物〕があるのである。それはこれら二つの言説のどちらの内にも一緒になって収まら〔contenir〕ない[24]ことに関心を向けるのである。

あなた方をあまりに長いこと引きとどめておかないために，出来事が持つこのような特異な複雑さと各人がそれなりにうまく折り合いをつけてくれるものとしよう。この複雑さは，なおも私を聴きそして見つめている〔regarder〕人たちのなかに署名者が本人として〔en personne〕，よく言われるように今ここに現前しているということによって倍増される。絶対的に本人として＝絶対的に誰でもない者として＝絶対に誰もいない〔Absolument personne〕。

彼の署名もまた私を見つめる〔私に関わる regarder〕。そんなことが可能だろうか。

もはや私はそれを待たせておくことはできない。出来事が生じるためには，私は署名する必要，出来事に署名する必要があり，そしてそのためには，ひとりの他者のように，彼のように〔彼同様，ひとりの他者であるかのように〕行う必要がある。つまり私のテクストに，絶対的に固有で，特異で，固有語法的な形式，つまりは日付が記され，枠づけられ，縁取られ，無駄が削られ，裁断され，中断された形式を与えなければならない。「幸福に生きる理由」のなかで，事物が「侵害される」ことがあってはならないと言われているところには次のようにある。「新たな固有語法の印象を与えること」が肝要であり，そのた

---

24. 動詞 contenir は本来他動詞であるが，そもそも「共に」を意味する接頭辞 co- と動詞 tenir から成っており，ここでは tenir をその自動詞的な意味（「身を持する，とどまる，収まる」等）でとることができると考えられる。ちなみに「満足する」の動詞 contenter と contenir は同語源である。

めには「著者につきひとつの修辞法でさえまったくなく，詩につきひとつの修辞法が必要となるだろう」。そして「口述の試み」のなかでは，「[……]私が修辞法というものを考慮するのであれば，それは対象＝物につきひとつの修辞法であって，単に詩人につきひとつの修辞法ということではない[……]」と言われている。

 私の対象＝物，私の事物，つまりこの出来事——それが場を持ち生じるとすれば——に固有な修辞法を定める〔命じる／あらかじめ書き込む prescrire〕ところのもの，それはフランシス・ポンジュであるだろう。もし私が，講演や授業の始めにおいてのように，「何について話すことにしましょうか」，「今日の主題は何ですか」と問うとすれば，すぐにも返答は来るだろう。「フランシス・ポンジュについて，あるいはフランシス・ポンジュのテクストについてです」，と。しかしながら，問いは誰についてだったということになるのだろうか，それとも何についてだったということになるだろうか。

 われわれは常に，ひとつの作品体というものについて事情はどうなっているのか知っているふりをしている。プログラムにフランシス・ポンジュのテクストを入れるとき，たとえ著者の伝記を追い払うのだとしても，しかじかのテクストとしかじかのいわゆる著者，そして固有と言われる彼の名の，自然的ないし契約的な関係がどういうものなのかは少なくともわかっているとわれわれは確信している。文学的な伝記の学術的な使用は，署名に関して，すなわちテクストと著作権を保有する者の固有

---

25. «Tentative orale», in *Méthodes,* Gallimard, 1961.

名との関係に関して，少なくともひとつの確実性を前提としている。この伝記は契約の後で，こう言ってよければ署名の出来事の後で始まる。文献学は典拠の疑わしい書物の周りでせっせと働いているが，ひとつの花押の資格〔statut〕（もう少し先では彫像〔statue〕と言わなければならなくなるだろう）に関しては，どんな些細な疑いによって揺さぶられることもなく，それどころかそれに関する疑念の不在によって突き動かされているのである。この花押は場を持ち生じたのか否かということはもちろん問われているが，この場〔lieu〕，そしてこの生起〔l'avoir-lieu〕のきわめて奇異な構造については，批評家ないし文献学者（あるいは他のいくばくかの者たち）は，批評家や文献学者である限りではいかなる問いも提出しない。この文書をしかじかの著者に帰しうるものかどうかということは問われても，署名という出来事，この操作の底知れぬ〔深淵の／入れ子状の〕からくり仕掛け，当該の作家とその固有名との取引関係に関して，すなわち彼が署名するとき彼が署名しているのかどうか，彼の固有名が，署名前あるいは後で，本当に彼の名であり，本当に固有であるのかどうかということ，そしてこの点に関する無意識の論理や言語の構造，名と指向の，そして命名と記述のパラドックス，共通名〔普通名詞 nom commun〕と固有名，事物の名と人物の名，固有なものと非固有なものの関係に関しては，領域的な諸学科の内どれひとつとして，それらがそれぞれそうであるものの限りで文学的と呼ばれるテクストに関わっている内は，いかなる問いを立てることもないのである。

　テクスト-フランシス-ポンジュ（さしあたって，私は二重のハイフンでそれを指し示すことしかできない）は，これらの

問いの一例を提供するというだけでなく，それについての学を
切り開いている〔*frayer*〕。実践に移され，入れ子にされた学で
ある。私にとって，フランシス・ポンジュはまずもって，名と
事物に関して事態はどうなっているのかということを知るため
には，自分自身の名に取り組み〔s'occuper de〕，それによって
占拠されるがままになる〔se laisser occuper〕（どこでだったか
は思い出せないけれども，他のところで，一度として死以外の
ものの虜になった〔occupé〕ことはないと彼は言っている。そ
してこのような関連づけは偶然ではない）必要があるというこ
とを知った者である。自身の名の虜となって，彼は作家 - 主体
としての - ある言語 - の内への自己の参入〔engagement〕が作
品となって作動している〔*à l'œuvre*〕[26]ことを考慮に入れたので
ある。

　彼は常に仕事についている〔作品に属している à l'œuvre〕。
私が先ほど語った罠の効果ないし代補的な深淵〔入れ子〕の効
果でもって，彼は絶えず彼が行っていることを説明し，ひけら
かし，ひっくり返してきた。そして自分の名を消去すること
なく，にもかかわらず，名を石質の物質で記念碑化することは名
を失うための，そして少し先回りして言うなら，自らの署名を

---

26. フランス語 œuvre は「作品，営為」等を意味し，à l'œuvre は「仕事
についている，作動している」等を意味する成句だが，ここでデリダの
議論は，固有名を言語の体系の内に組み込みつつ作品化し，そうするこ
とで固有名の固有性に変様を及ぼす操作に関わっている。ところで，フ
ランス語では être à l'œuvre は「作品に属する」という意味も持ちうる。
したがって，この操作そのものが作品のなかで働いているだけでなく，
作品に属し，作品として舞台に乗せられてもいるわけである。この二つ
の意味を持たせるため，ここでは「作品となって作動している」と訳し
ておいた。

吸い取る〔éponger〕ためのひとつのやり方であることを示すことで、彼はそれを消去したのである。もちろん、それは翻って署名自身の手練手管である。固有語法のおかげで、「ある著者の全作品は、後に今度はそれ自身がひとつの事物とみなされうるようになるだろう」と、彼はまたしても「幸福に生きる理由」のなかで述べている。

　事物になることで署名は獲得されるのだろうか、それとも失われるのだろうか。

　彼はまずもって（以後私は問題の事物に関して「彼」と言うことにするが、そうすることで私がここで開始しつつ〔損ないつつ entamer〕引き受けているのは、彼が自らになした名声に対する賛辞であり、彼が「三人称単数」において——これは「口述の試み」のもともとのタイトルである——そうしているように〔三人称単数で事物をなしているように faire la chose à la Troisième Personne du Singulier〕、私は彼を指し示す。そこで彼はこう言っている。「〔……〕ここでは、事物を単数で〔単独に〕捉える必要がある。それは愉快なことだ、というのもそれは第三の人物〔troisième personne〕であり……同時に特異である〔単数である〕から……」）自らを担保にして誓約した〔s'engager〕（私はここで記憶にない契約取引、負債、義務、法

27.「口述の試み」はそもそもポンジュが行った講演のテクストであり、当初予定されていたタイトルは「三人称単数」であった。とはいえ、デリダはここであえて dans ではなく、à を用いることで、この表現が通常持っている「三人称単数で」という文法上の意味も持たせている。その場合、「彼は事物を三人称単数で作り出す」という意にもなりうる。また singulier はこれまで「特異な」と訳してきた語でもあり、この意味では「特異なるものの三人称」ととることもできる。

を，そして免訴とは言わないにしても無罪放免〔負債の弁済〕を目指しての訴訟を印しづけている担保〔gage〕に執着しておきたい），彼は断固として〔résolument〕（断固たる決意〔résolution〕は彼の執拗なスローガンであり，それがなぜなのかは問いただしてみる必要があるだろう），断固たる決意をもって，つまりは自由率直な〔franc〕行為に対する絶えず繰り返し表明される嗜好でもって，自らを担保にして誓約した。彼は自らを担保にして誓約した。自らを担保に入れたのである。そしてほかでもなく彼の固有名によって表象代理される審級を前に，彼の名において誓った〔彼の名の内に自らを拘束した s'engager en son nom〕。他の誰でもなくただ彼だけが署名できるようなもの以外には何ひとつ，したがって，偶然——というのも最初はどう転ぶかわからないのだから——それが些細なものにとどまることになるとしても，彼に絶対的に固有であるのではないようなもの，彼だけに取り置かれているのではないようなものは何ひとつ書くことも作り出すこともしない，と〔しないことで〕。「フランシス・ポンジュによって注目された」という箇所の少し前のところには，「それを言うのが私だけであるようなこと以外には何も生み出さないこと」とある。そしてま

---

28. 動詞 engager は字義的には何かを担保〔gage〕に入れることであり，そこから「約束する，誓う，拘束する，責任，義務を負わせる」等々の意味が派生する。また，なんらかの形で拘束的な状況に身を置き入れるという意味で「差し込む，参入させる」等々の意味も持つ。ここでは代動名詞形で用いられており，「自らを担保に入れること」，それによって「約束し，責任を負うこと，自らを拘束的状況に置き入れること」等々の意味が読み取られるべきであるだろう。以下 gage を要素として含む語がたびたび使用されるが，その都度ここでデリダが指摘している字義的な意味を念頭に置く必要があるだろう。

た，セーヌ川に関する詩のアンソロジーを一通り暗誦した後で，彼はこう言う。「しかしまた，確かにこういった歌謡はまったくわれわれ自身のもの〔固有のもの〕ではない。われわれはそれを語ることにそれほど適任であるわけではないのである。だからそれを語ることはそれほどわれわれの興味を引くものではない。あなた方にとっても，それをわれわれから聴かされたところで大して面白くはないだろう(29)」。

したがって，固有なものの深淵の内にこそ，ひとつの署名の不可能な固有語法を認識するようわれわれは試みるとしよう。

彼は誰よりもよく固有なもの，固有な仕方で書くということ，そして固有な仕方で署名するということに関して思索した〔に対して投機した〕ということになるだろう。その際，彼は固有なもののなかで，清潔さ〔*propreté*〕と固有性〔所有（物／権）*propriété*〕という二つの茎をもはや分け隔てることはない。

結局のところ，この二つの間にはひとつのIの違いしかなく，それを枯れ木にしてしまうことは常に可能である。彼はこのIをあらゆる仕方で，そしてあらゆる言語で，大文字で（「I (i)，J (je〔私〕)，I (un〔1〕)：一，単一，単数，特異性〔単独性〕。〔……〕I（一なるもの）の物質〔質料〕のカオス〔……〕。このIは私の同類である〔……〕」：「軽率で真面目な事柄(30)」より)，そして小文字で扱い，「草原(31)」においては「緑色〔verte〕であるような真理〔vérité〕」を書くためにそれを吹き飛ばし，『草原の製作』ではそのか細い，あるいは新鮮な建立〔勃起〕をこ

---

29. *La Seine*, in *Tome premier, op. cit.*
30. «Joca Seria», in *L'Atelier contemporain*, Gallimard, 1977.
31. «Le Pré», in *Nouveau Recueil*, Gallimard, 1967.

う巧みに操る。

　「小さな滴，あるいはアクセント記号（ここではアクサン・テギュ），iの上の点，そして葉のコンマ⁽³³⁾の間の差異。コンマ，小さな鞭⁽³⁴⁾。

　濡れた葉の上には，iの上の露の点がある」。ここで葉は，彼が『ひとつのマレルブ論のために』の最初のところで判別してみせたであろう「男性的な何か」を伴って聳え立っている。枯れ木〔死せる林 bois mort〕（これを命令としても聞いていただきたい）⁽³⁵⁾，そこにはなおも彼が，Iが建っている。ポンジュにおけるすべての「林〔木材〕」，そしてすべての「木々」を記述する時間があれば，その全射程が見えるだろう。系統樹は単にその内のひとつに過ぎないのであって，それにすべてを還元してしまうことなど論外である。とにかくここにひとつだけ木を提示しよう。というのもそれは固有なものの固有性であるかのように，その中央にひとつのIを持っているからである。「松〔pin〕は（私はこう言っておきたいのだけれども）木の基

---

32. *La Fabrique du pré*, Skira, 1971.
33. コンマを意味するフランス語 virgule の語源はラテン語 virgula で，「若枝，棒」を意味する virga に指小辞がついたものである。
34. 原語は vergette で「棒，鞭，杖」等を意味する語 verge に指小辞のついたものである。この verge の語源は virgule 同様 verga なので，vergette と virgule はいわば組成を同じくする語である。フランス語 verge にはまた「陰茎」の意もある。
35. bois mort を命令として読むとは bois を「木」という意味の名詞ではなく，「飲む」を意味する動詞 boire の命令形として読むということである。その場合 mort を名詞ととるか形容詞ととるかで，「死んで（いる状態で）飲みなさい」「死〔死者〕を飲みなさい」，さらには mort を呼びかけととることで「死者よ〔死よ〕，飲みなさい」の三通りの読み方が少なくとも可能である。

本的な観念である。それはひとつのI，ひとつの幹であり，それ以外のところは大して重要ではない。だからこそそれは——強制的に水平直線に従って発達するということから——かくも多くの枯れ木を供給するのである」。[36]

　したがって，彼は固有なもの＝清潔なものを好む。[37] 彼にとって固有であるもの，他者にとって，すなわち常に特異である事物にとって固有であるもの，そして汚く，汚され，むかつかせ，嫌悪感を与えることがないように清潔であるものを。彼は固有なもの＝清潔なものをこれらすべての状態で要請する。その強迫的な執拗さたるや，この闘争的な熱心さの内に，不可能なものとの取っ組み合いの格闘があるのではないかと疑ってみなければならないほどである。不可能なものとの，つまりは固有なもの，そして固有なものの構造そのもののなかにあって，自分とは異なるもの〔自らの他者〕へと移り行き，自らを入れ子状にし，ひっくり返り，汚染され，分割されることでしか生じることがないような何かとの格闘ということである。そしてそこに署名の大仕事があるのではないかと疑ってみなければならない。

　ゆっくりと進めていくことにしよう。私は，彼がことさら糾弾し，また彼のことを話しすぎると不満を口にしてもいる（だがこれは今日問題にするには複雑すぎる訴訟である）あの教授

---

36. «Le Carnet du bois de pin», *op. cit*.
37. 以下，propre は基本的に「固有な＝清潔な」（名詞化されている場合は「固有なもの＝清潔なもの」），あるいはそれに類する表現で訳すが，コンテクスト次第では「固有な」あるいは「清潔な」のみを用いたり，順序を入れ替えたりしたところもある。

たちや形而上学崇拝者たちのひとりならそうすることへ駆り立てられるかもしれないようなやり方で彼のことを説明しているなどと思われたくはないし、ここで彼と共に、あるいは彼から生じていることを彼に説明しているなどというようにはいっそう思われたくはない。

　彼が説明に我慢がならないのはもっとものことであるし、実際彼はそれに我慢がならないのだ(「説明̇さ̇れ̇て̇い̇る̇と̇思̇うと、(防御のために) 完全に逆立っている気持ちになることがよくある。またそれが静まって、気力も萎え、やらせておいてもかまわないと思うこともある……」)。私はこのシンポジウムが彼をいかなる状態で捉え、そしてまたいかなる状態に置き残すことになるのかあえて想像はしないが、彼は実際説明されえないのだと私は思う。というのも、彼はそのためにそれら自体をとてもよく説明するテクストたちのなかにすべてを用意したので、そこにはすべてに加えて、説明的な言説が飽和に至る〔飽きるほどやってくる venir à saturation〕のを妨げるような余りの部分も見いだされるからである。説明、教授たち、大学的言説、哲学者という優れて大学人であるもの、そしてヘーゲルと呼ばれる卓抜した哲学者に関して私が行うのは、これらのものに向けられたあらゆる非難の内で、何ゆえこの哲学者に出会うのかを問いただすことである。ヘーゲル（哲学者）はあまり清潔＝固有ではなく、彼を読んだ後は、体を洗わなければならないのであり、それから手を洗う〔手を引く〕必要さえあるかのようだ。『前詩〔*Proêmes*〕』に収められている「副次ページ〔*Pages bis*〕」を引こう。

　「私はラ・フォンテーヌを——どんな些細な寓意でさえ——

ショーペンハウアーやヘーゲルよりも好むが，それがどうしてなのかはよくわかっている。

それはラ・フォンテーヌが私にこう思われるからだ。1. それほど疲れさせず，より愉快である。2. より清廉で〔propre〕，それほど嫌悪感を与えない［……］。したがって，〈小品〉や〈サ・パ・ー・ト・〉しか作り出さなければ，しかもそれらが引き留め，満足させ，そして同時に疲れを癒し，あのたいそう偉大な形而上学崇拝者たちを読んだ後で洗浄してくれるようなものであるならば，粋というものだろう」。

どうして哲学者は，彼らの他のすべての欠陥を勘定に入れないとしても，汚らしいということになるのだろうか。

そのこと〔彼のこと〕を説明しながら，私もまたこのような哲学者とならないように気をつけなければならない。あれこれの見た目のせいで，私もそういう哲学者だと思われているからだ。そしてなにより，彼にひとつの場面を用意し〔彼にけんかを売り〕，そこで彼がここで私が言うこと——それが固有＝清潔であれ，非固有＝不潔であれ——からもはや手を洗うことがないよう仕向けなければならない。そしてそのためには，私は署名と共に，彼の署名，たぶん私の署名，他者の署名と共に説明する〔対決する s'expliquer avec〕(39)必要がある。というのも，哲学者である限りでの哲学者が多少嫌悪感を催させるのかもし

---

38. 『リトレ辞典』によれば，sapates とはかなり価値のある贈り物をずっと価値の劣るもののなかに隠して与えることで，例えばレモンのなかに大きなダイヤモンドを入れて贈ったりするのがそれにあたるという。
39. この s'expliquer avec という表現は「……と口論する，けんかする」といった意味にもなる。署名と共に，固有な仕方で説明することは，それが他者の署名への連署を前提とする以上，これまでの議論のなかでデ

れない理由のひとつは、哲学者である限りでただのひとりとして——こういうのはそれが哲学というものの一部をなしているからだが——、簡潔に済ませて署名するために打ち切り〔決断し trancher〕、中断し（だから哲学者の作品は「何巻にもなって嵩張る〔volumenplusieurstomineux〕」という特徴を持ち、一方でポンジュには『第一巻〔Tome premier〕』しかないわけだ）、切り詰めるということができないからである。署名をするためにはテクストを中断しなければならないので、いかなる哲学者も断固たる決意をもって、特異なる仕方で自身のテクストに署名することはなかったことになるだろうし、またそれが含むあらゆる危険を引き受けつつ自らの名において語ることはなかったことになるだろう。すべての哲学者は彼の名、彼の言語、彼を取り巻く状況の固有語法を否認し、必然的に非固有な＝不潔な概念やら一般性といったものを通じて語るのである。

　フランシス・ポンジュはと言えば、彼は署名する者たちにしか賛辞を送ろうとはしないし、そういう者たちの名声しか歌い上げようともしない。しかも一度ならず二度〔自ら進んで〕署名する者たちである。このことは、署名することに——いつかそれに成功すると想定して——一発で成功することはないのではないかという疑いをわれわれに持たせる。

　にもかかわらず、『ひとつのマレルブ論のために』は始めから、テクストを当然のように事物に、あるいは銘文的〔伝説的〕、格言的、神託的碑銘に変えるような署名の消去と署名の執拗な二重化との間の不決定——断固たる決意が常に断ち切ら

リダが暗示しているように、他者の署名との対決、ないし対決的説明を要請する。

んとしている不決定——の内でうごめいている。だからここでの私の仮定は，この二つのことはほとんど同じことになるのではないか，あるいは，いずれにせよそれは単純に判別されるがままにはならないのではないか，というものである。「ものいわぬ世界はわれわれの唯一の祖国である［つまりものいわぬ祖国，言語なき，言説なき，姓なき，父なき祖国である。とはいえ，その少し前のところで次のことがわれわれにあらかじめ言い渡されていた。「われわれの唯一の祖国であるものいわぬ世界からのみわれわれは言葉を授かるが，われわれは——批評家の方々，そうだろうなどと期待しないでいただきたい——そんなに馬鹿で〔idiot〕はないので，その言葉を行使するのは特殊な固有語法〔idiome〕に従ってであるということ，そしてわれわれの書物が最終的に万国〔普遍的〕図書館のフランス書籍の棚に収められるということは承知している」］。そのうえ，他の勲章欲しさにそれを放棄するような詩人以外には誰ひとりとして排除することのないただひとつの祖国である。とはいえ，もしかしたら，自分の名前でのみ署名することはそこから自分自身を排除することになるのではないだろうか。そのように考えた絶対精神もいくらかいて，格言，すなわち署名されることなしに済ますことができるほど際立っていて（独断的で）明白な言い回し〔定式〕へと向かう。この種の詩人がものいわぬ世界に言葉を与えるのは，直ちに（いや，直ちにではなく，やっとのことで，そしてとうとう！）そこに，つまり私はものいわぬ世界の内にと言いたいのだが，そこに帰っていく作品‐オブジ

---

40. idiome と idiot の語源は共に「固有な，特異な」を意味するギリシア語 idios である。

ェ〔œuvre-objet〕，そこに客体的に〔objectivement〕再‐挿入される作品‐オブジェを生み出す場合のみである。これが詩的テクストにおける曖昧さと明証性の無差異，いわばその神託的性質を正当化するものである」。

　したがって，署名しなければならないのではあるが，それは同時に署名しないこと，あなた方の署名なしで済ますにたる，そんな事物であるような事柄〔事物〕を書くことでもある。つまりは署名の良い仕方と悪い仕方があるわけだ。しかしそれらを隔てる柵は署名と署名の不在の間を通るのではなく，署名そ
・・
のものを貫いている。だからそれは常に（自らを）はみ出る。
・・・・・
どうしてこのようなことになるのか問う前に，このことが署名をしない哲学者というもの，署名なしに署名するもうひとつのやり方を持つ哲学者というものに対する彼の関係の曖昧さを部分的に説明しうるということを注意しておく。「［……］哲学は文学に，そのジャンルのひとつとして属するように私には思われる……。そして［……］私はそのほかのジャンルをより好む。［……］だからといって，よき文学者であり続け，あなた方のお気に召すためには，たとえ哲学と世界の不条理さを確信していても，ひそかには哲学者であり続けなければならないという
・・・・・
こと，つまり私の哲学の先生方に気に入られるにたる者であり続けなければならないということに変わりはない……」（「副次ページ」，『前詩』所収）。

　そして，マレルブがわれわれ同様抜け出なければならなかったのであろうカオスを名指した後で彼は言う。「彼は自分の名
・・・
前で署名した，それも一度ならず二度〔自ら進んで〕したということを付け加えておこう」。

作品を事物，つまりものいわぬ事物，署名なしで済ますがゆえに語りつつ黙っているような事物に変えること，このことが可能なのはテ・ク・ス・ト・の内に署名を書き込むことによってでしかなく，それはもはや署名しないことによって二度署名するということに帰着する。われわれはこの点にもう一度立ち返る必要がある。

私の賞賛の念はあふれんばかりなのだが，今度はより論証的であるために，彼の断固たる決意を明らかにするとしよう。その決意をもってして，汚いものに逆らって，彼は清潔なもの＝固有なものに味方したということになるだろう。汚いものというよりもむしろ汚されたもの，卑しめられたものである。というのも，それは時間を費やしまた自らを解体するある歴史＝物語全体を展開しているからである。つまり，汚いものがあるのではなく，汚・さ・れ・た・も・の，つまり害された〔自らを害する／変様を被る／自らを変様する s'affecter〕清潔なもの＝固有なものがあるのである。つまり湿らされた〔自らを湿らす〕清潔なもの＝固有なものがある。というのも，後に確かめることになろうが，汚れはしばしば液体の道を通ってくるので，適当な〔清潔な／固有化された approprié〕布巾で吸い取られなければならないからである。清潔にする〔固有化する appropriant〕布切れ。清潔なもの＝固有なものは湿らされる〔自らを湿らす〕。汚されたものは湿らされたものである。

それが清潔なもの＝固有なものの最初の意味であり，ついでそれがもうひとつの意味（固有性の意味での固有なもの）によって厚くなっていく。しかしそれは奇妙な仕方で厚くなるのであり，私の考えでは（ここでは立ち入る時間がない反論なのだ

が）意味論的厚み，さらには彼があまりにも性急にそのような単純化を受け入れてしまった意味論的唯物論とはまったく別なもの〔まったく他なる事物〕を生み出している。

　彼はいたるところで固有＝清潔であるようなものを賞賛する。自由に例を増やしていっていただきたい。「洗濯釜」をごらんいただこう。これは彼のすべての対象＝物同様，対象＝物であると同時に，そのうえさらに，あるいはまずもって，立ち上がっていて，安定していて，平衡の取れたエクリチュール，ページ上の詩節〔ページの上に立ち続けるもの stance sur la page〕である。「どうにも抑えきれない気持ちで書かれた」洗濯釜。「とはいえまずは——それが三脚台の上でそうであるようにどうにかこうにか——ページ中央に円錐状に，われわれの洗濯釜をこのように立てつけなければならなかったのではないか」。

　洗濯釜が為り変わる（とはいえ決してそれに還元されることはないのだが，それがなぜなのかは後に見ることにする）エクリチュールという操作あるいは場面，それはひとつの再固有化＝再び清潔にすること〔réappropriation〕である。

　そしてそれが布類〔洗濯物 linge〕や織物を清潔に＝固有にするということ，これがわれわれにとって大いに重要なことである。単にここのところ乱用されすぎているきらいのあるテクストと織物との類似性ゆえにではなく，スポンジタオルについてはまだ語らないでおくならば，布類を清潔にすること〔固有化 appropriation〕はわれわれをこのようなエクリチュールの内情〔下部／裏側〕へと引き寄せるからである。「洗濯釜という

---

41. «La Lessiveuse», *Pièces, op. cit*.

ものは，汚らわしい〔*ignoble*〕［私はこの語を強調する——J. D.〕織物の山に満たされて，内部感情，すなわちそのせいでそれが感じる憤りが，その存在の上層へと誘導され，その心を高ぶらせるこの汚らわしい織物の山に雨となって降り注ぎ——そしてこれはほぼ絶え間なく続く——，これが純化へと至るような具合に構想されている。

かくして，ついにわれわれは神秘のまさに核心にいることになる。この月曜の宵に日が暮れかける。おお，主婦たち。熱心な稽古事の終わりごろには，あなた方の腰にも疲労がたまる。だが，一日中猛烈に励んだ後で（どの悪魔が私にこんなことを言わせるのだろう），あなた方の腕がどれほど清潔であるか，あなた方のきれいな手がこの上なく心打つ仕方で生気を失って，どれほど萎れているか見てごらんなさい」。

そしてこのテクストのなかで，その都度署名者を洗濯釜〔洗濯する女〕の傍へと引っ張りこむエロティックな場面，そこでは署名者が「君の愛おしい腰元」（主婦とは「蛇口を開放してから，気高い〔noble〕器具とまったく同じ青色をしたエプロンをはずす」ひとりの洗濯する女である）に手を当てている。だが彼はまた，常に双方で行われる再固有化〔再び清潔にすること〕の仕事のただなかにある署名者を形象化している（彼は，彼女を目の前にして洗濯釜を記述する洗濯する女であり，この洗濯釜はしかしながら難なく彼なしで済ますことができる）。この場面にめり込む〔望遠で見る〕ために，ここですすぎを見ることとしよう。

---

42. 原語は télescoper で，「激突する，めり込む，はめ込む」等の意味である。これは望遠鏡〔télescope〕の鏡胴が入れ子式になっていたことに

「[……]そうだ，われわれの対象＝物に立ち戻らなければならない。さらにもう一度，われわれの考えをきれいな水ですすがなければならない。

確かに，洗濯物〔布類〕は，洗濯釜がそれ受け取るときにはすでに大雑把には汚れが落とされていた。洗濯釜は汚物自体，例えばハンカチのなかにある垢にまみれたペンダント状に乾いた鼻汁と直に接することはなかった。

だからといって，洗濯釜がそれ自身の内部で事物から発散する汚れの観念ないし感情を感じることに変わりはない。洗濯釜は情動，沸騰，そして努力によってそれに打ち勝つに至る――そこから織物を引き離すに至る。つまり，織物は新鮮な〔fraîche〕水のカタストロフィを受けてすすがれて，極限的な白さで現われる……。

実際このように神秘は起こった。

夥しい白旗が突然広げられる――それは降伏ではなく，勝利を証明する――が，それはただ単にこの場の住民の身体的清潔さの証しというわけではたぶんないだろう」。

常に新鮮な（強調したのは私である）水で行われるすすぎの契機は決定的である。私が言わんとしているのはそれがテクストの末尾に置かれ，決定〔決断〕を固めるということである。『石鹸』(43)において，「主題を汲み尽くした」後の「知的身づくろい」の終わりのところでそうであるように。「すすぎ」は１ペ

　由来する。同時に，ここではその語源的な意味，「遠く離れたところから観察する」が聞き取られ，エロティックな場面を覗き見るというニュアンスを与えていると考えられる。

43．*Le Savon*, Gallimard, 1967.

ージ，最後の1ページの内に収まる。「［……］おしまいにしなければならない。とても清潔であるとはいえ萎れた皮膚。われわれは石鹸から望んでいたものを得た。そしてさらにそれ以上のものを少し得たのかもしれない」（この少しのそれ以上のものこそ署名に必要なのである〔欠けているのである *il faut*〕⁽⁴⁴⁾、つまり汚れの落ちた花押が。これが定式である。さらに花押とはもともとはパラグラフと同じ語である⁽⁴⁵⁾)。「新鮮な水のパラグラフ。すすぎ。a) 体のすすぎ——b) 石鹸のすすぎ……」。

石鹸もまたすすがれなければならない。主題＝主体を形象し、洗いかつ洗われるこの〈石ころめいたものであるのだがしかし〔*sorte-de-pierre-mais*〕⁽⁴⁶⁾〉も。「社会の内に入り、なんらかの他者（生き物であれ事物であれ）、要するになんらかの客体＝物と共にいるようになることによってこそ、誰もが自分の同一性を構想し、それをそれではないものから切り離し、その垢を取り、煤を払うことができるようになるのではあるまいか。つまり自

---

44. il faut は成句的に「……が必要である，……しなければならない」を意味する。動詞 falloir の語源は，「……に違反する，背く，欠ける」等を意味する動詞 faillir と同じく，ラテン語 fallere であり，これは「だます，……から逃れる，……に背く，欠ける」等の意味を持つ。この表現が，義務，命法のうちに含意される欠如，失敗を聞き取らせるという点は注意しておく必要があるだろう。

45. 花押〔paraphe〕の語源は paraphus で paragraphus（paragraphe）の変形である。ちなみに paragraphe は字義的には「脇に書かれたもの」を意味する。

46. une sorte de pierre とは「ある種の石」といった意味だが，それに対立，限定の接続詞 mais を付け加えることで留保を表わしている。つまり，石鹸とは石のようなものだが完全にそうというわけではない，ということであろう。ここでは sorte-de-pierre-mais というふうに，それぞれの単語がハイフンでつながれることで，接続詞も含めてひとつの語句を形成している。そのことを示すために表現全体を〈　〉に入れることにした。

らを示す〔記号によって示す／意味する *se* signifier〕ことが」。

　無意味なるものの内で（意味の外で、そして概念の外で）自らを示すこと、それは署名することではないだろうか。彼はどこかで、無意味なるものは「衛生的である」と述べている。この語はなおもわれわれの役に立つことだろう。

　必ずや洗濯物〔布類〕や新鮮なもの〔涼気 frais〕（しかしまたいつものように洗濯物〔布類〕や新鮮なもの〔涼気〕という語）を捉える固有なもの＝清潔なものへの欲望、これこそ常に作動しているところのものである（私は今のところ、洗濯物〔布類 linge〕という語にはその様々な下位規定の内に音声的、意味的、書字的な隠された糸があり、それが洗濯ばさみ〔épingle à linge〕とスポンジタオル〔serviette-éponge〕を一緒につなぎとめているということを無視しておく）。作動しているとは〔à l'œuvre〕、つまりは「カーネーション〔*L'Œillet*〕」の前で脅かされ、緊張し、打ち震えているということである。

　「茎の先のところで、ひとつのオリーブ状のものの、つまり葉のしなやかな房の外に、すばらしく豪華なランジェリー〔linge〕がそのボタンをはずす。

　カーネーション、このすばらしい身飾り。

　それはなんと清廉な〔propre〕のだろう。

　　［……］

　それを嗅ぐと快感が得られるが、逆にくしゃみをすることも

---

47. «L'insignifiant», in *Pièces, op. cit.*
48. «L'Œillet» (*La Rage de l'expression*), in *Tome premier. op. cit.*

あるかもしれない。

　それを見ると，自分の下着類の手入れをしている若々しい娘のひどく引き裂かれた〔déchirée à belles dents〕ショーツを見ると覚えるような快感がある」。

　この「若々しい娘〔fille jeune〕」(それが若い娘〔jeune fille〕なのかどうかは彼はわれわれに言わない) の股の間で辛抱強く待つこととしよう。とはいえわれわれはそこにスポンジ織物〔タオル地 tissu-éponge〕のようなものを見分けるよう努めよう。その間に指摘しておくが，向かいのページでは (それは「自己愛に関わる事柄であってほかに言うことはない」と，書くことへ身を投じること〔書くというアンガージュマン〕を定義することから始まるカーネーションに関する注である)，辞書から取り出され，整理された言葉のなかで (文盲な科学至上主義をこの上ない混乱へと陥れるべくなされた彼の最もすばらしい物遊び〔objeu〕)，新鮮さ〔fraîcheur〕のように Fr で始まるすべての語が布類〔下着類〕のある種の扱い方を記述している。

　「*Froisser*：しわくちゃにする，不規則な襞をつける。(音が起源となっている)。

　Friser（タオルに関して）：タオルをそれが波打つことにな

---

49. à belles dents は字義的には「見事な歯で〔をみせて〕」ととることができ，そこから「食べる」などの動詞と共に「がつがつ食べる，たっぷり食べる」といった意になる。そこからさらに派生して，déchirer (引き裂く)，mordre (噛みつく) といった動詞と共に「激しく噛みつく，毒舌を浴びせかける，こき下ろす」を意味する。ここでは文脈から動詞 déchirer は字義的にとって訳出したが，こうした成句表現の字義化をポンジュは頻繁に用いる。さらにここでは歯を意味する dent からレースを意味する指小辞 dentelle が派生するということに注意しておく必要があるかもしれない。例えばレースの下着は culotte en dentelle と言われる。

るように畳む。

 Friper はしわくちゃにする〔chiffonner〕という意では,しわくちゃの布〔chiffon〕,あるいはまた房飾り,つまり一種のパイル織物を意味する fespa に由来する fespe と混同する。

 Franges〔房飾り〕:語源不明［……］」。

 血統不詳とされているこの最後の語は,署名者の名に最もよく似ている言葉であり,房飾りはその余白において,骨折〔fracture〕,分割〔fraction〕,あるいは切り取られたものであることがわかっている断片〔fragment〕のほうにも,切り取ることも乗り越え〔franchir〕,解放すること〔affranchir〕(自由にする,解放する,切手を貼る,負債を弁済する) もできる率直さ〔免責,免除 franchise〕のほうにも合図をする〔記号をなす〕。

 彼自身そう言っているように,彼が「話された言葉〔パロール〕に逆らって,雄弁に語られた言葉に逆らって」書くとすれば,それはその同じ動きにおいて,汚れに逆らって書くことである。汚れはまずもって身体に最も近いところで生じ〔avoir lieu〕,そこに自らの場を持つ〔avoir son lieu〕。それは洗濯物の汚れである。そこから,「文学の実践」における次のような一節が導かれる。「しばしば会話の後で,話された言葉に関して,私は汚さ,不十分さの印象,事柄が混乱しているという印象を持つ。知的な人間との,多少押し進められ,多少核心に触れるような会話でさえそうなのだ。まったく人は多くのばかげたことを言うものだ［……］。それは清潔＝固有ではないのだ。

---

50. «La Pratique de la littérature», in *Méthodes*, Gallimard, 1961.

そして，私のエクリチュールに対する趣向はしばしばこんな具合に生じる。会話のなかでは私はあるトランクから古びた衣服，古びたシャツ取り出して，それを他のトランクに移し変えているという気がする。周知のように，それは屋根裏部屋でのことで，ほこりは舞い上がり，汚れにまみれ，多少汗ばませる汚い仕事で，いい気分はしないものだ。そのような会話の後で家に帰る。私は白い紙を前にしてこう思う。〈もう少し注意すれば，私はなにか清潔＝固有で，明瞭なことを書けるかもしれない〉。これこそ書くことの主要な理由のひとつ——そしてそれこそしばしば理由そのものなのだが——ではないだろうか」。

　まさに「書くことの理由」と題された『前詩』の断片はほぼ同じことを言っているが，そこから私はピンセットを取り出しておきたい。それは洗濯ばさみ同様，彼がフランス語を，それが汚らしすぎる際に再び清潔にす〔再固有化す〕べく，すなわち再びフランス語化す〔refranciser〕べく扱うための道具をかなりうまく記述している。「話された言葉自身には気に食わないことかもしれないが，あまりに多くの不潔な口のなかでそれが身につけてしまった習慣を鑑みれば，書くだけでなく話すことさえ，それを決断するためにはある種の勇気が必要である。ピンセットでつまんでいては埒のあかない夥しい古びたぼろきれ。これこそかき回し，振り動かし，位置を変えるべくわれわれに与えられているものである。それはわれわれがいつか黙り込むだろうという秘められた期待において与えられている。ならば挑戦を受けようではないか」。

---

51. «Des raisons d'écrire» (*Proêmes*), in *Tome premier, op. cit*.

シニェポンジュ　51

　断固として挑戦を受けること，それはピンセットをつかみ取り，言葉を引用符に入れて，まずもってフランス語の全般化された引用として取り扱うことであるだろう。そして彼の署名さえもテクストのなかに包摂され〔compris〕，引用符の内に捉えられる〔pris〕ことだろう。

　いかにしてひとつの署名はその署名者によって引用符の内に捉えられるのか。

　引用符とピンセットを比べることで，私は無理やりなことをしている〔事物に無理をさせる／事柄をゆがめる forcer les choses〕わけではない。彼自身がそうしたのであり，まさしく「固有名」という表現における「固有」という語に関してそうしたのである——「このことは引用符内で，すなわちピンセットを用いてなされる」。

　したがって，汚いものを前に彼は逃げることなく，汚いものでもって汚いものに逆らって，汚いものの上に，汚いものについて書くのである。それが彼の素材〔題材 matière〕なのである。

　このことは「アウゲイアスの厩」[52]のなかで書かれている。「ああ，さらに恐ろしいことには，われわれ自身の内部で同じ汚らわしい命令が語っているのだ〔……〕。われわれにとってはすべてが，その筆を浸すためにただひとつの巨大な壺しか持っていないので，太古よりすべての者がそれぞれの色をそこに溶かし込まなければならなかったであろう画家たちにとってのように生じる。〔……〕アウゲイアスの厩を掃除することでは

---

52. «Les Écuries d'Augias» (*Proêmes*), in *Tome premier, op. cit*.

なく，それ自身の液肥を使って，それをフレスコ画法で描くことが問題なのだ」。

フレスコ画法で〔à fresques〕描くこと，言い換えればいまいちど新たな出費をして〔à nouveaux frais〕描くこと。フレスコは，その名が指し示しているように新鮮なもの〔le *frais*〕の上に直に捏ね上げ（彼はこの語が捏ね上げるすべてのもののゆえにこの語を好む），濡れたペーストの滴る新鮮さに，すなわち土と水の混合物のなかに顔料を混ぜ合わせる。この意味では，その他いくつもの例〔事物〕の内で「草原」もまたフレスコを生じさせることだろう〔フレスコの技法で場を与えるだろう〕。

「アウゲイアスの厩を掃除することではなく，それ自身の液肥を使って，それをフレスコ画法で描くことが問題なのだ」。

それ自身の液肥。「自身の〔固有な〕＝清潔な」という語が液肥に直に作用する〔遊ぶ jouer〕，つまり自らを非固有化し〔不潔にし s'exproprier〕，自分自身に自らを再固有化する〔再び清潔になる〕。

それは物質〔素材／質量〕に直に働きかける。

固有なもの＝清潔なものは布類（下着）の内に，その織物，そのテクストの内に，清潔さをなすものと固有性〔所有〕をな

---

53. フレスコは下地の漆喰がまだ乾かないうちに，その上に水で溶いた顔料を用いて描く技法で，語 fresque は「涼しい，新鮮な」を意味するイタリア語 fresco からきている。
54. 動詞 pétrir はものを捏ねる，もみくちゃにするの意のほかに，精神や人格等を形成する，鍛え上げるの意でも用いられる。
55. 原文は donner lieu à fresque。donner lieu à は成句的表現で「……を引き起こす」等を意味する。デリダは fresque を無冠詞にすることで，この文を donner un lieu à fresque とも donner lieu à une fresque とも読む可能性を与えていると考えられる。

すものの双方を包み込んでいる。固有性，それは事物の持つ *idion*〔固有なもの／特殊なもの〕であり，何も語らないことによって，つまりは特異な仕方で，それ自身の記述，というよりむしろそれ自身のエクリチュールを口述し書き取らせる〔命じる〕。それは固有語法的〔idiomatique〕で，事物に対して，そして事物によって固有化〔我有化〕されており，署名者に対して，そして署名者によって固有化〔我有化〕されているようなエクリチュールである。*idion* のこの二重の固有化，これこそ「カーネーション」の導入部，「布類〔下着〕」の「清潔さ」を前にしての恍惚〔extase〕の少し前のところで定められている〔prescrit〕ことである。

「言語に対する事物の挑戦を受けようではないか。［……］

それはポエジーなのだろうか。［……］私にとってそれは欲求であり，ア・ン・ガ・ー・ジ・ュ・マ・ン・〔誓約／責務 engagement〕であり，怒りであり，自己愛に関わる事柄であって他に言うことはない。［……］

ひとつの事物が与えられれば，——それがどんなに平凡なものだとしても——それは真に特有ないくつかの質を常に提示しているように私には思われる［……］。それこそ私が取り出そうと努めているものである。

それらを取・り・出・す・こ・と・〔*dégager*〕[56]に何の利益があるのか。人間の精神に，それにとって能・力・的・には可能であるのに，ただ

---

56. 動詞 dégager は直前の engagement の動詞形 engager と対になる。後者が「抵当（gage）の内に（en）入れること」，またそこから「誓約すること」等を意味するのに対し dégager は「その抵当からはずすこと，分離すること（dé-）」，つまり「義務や拘束などから解放すること，責任を免れ，取り消すこと」等を意味する。

それが身につけた因習ゆえに我有化することが妨げられているようなこれらの質を勝ち取らせることである」。

私は「挑戦」、「アンガージュマン」、「利益」そして「取り出すこと」といった語を強調しておく。

（このことが、出来事、さらには革命を、必ずやそれに引き続くことになる入れ子化と共に生み出すことを誓約する〔……へと自らを拘束する s'engager à〕ということ、これこそ他の機会に別の口調で、マルクスによって論じられた所有化〔取得 Aneignung〕あるいはハイデガー的事物の性起〔Ereignis〕[Ring、つまり輪〔指輪 anneau〕、そして同時に固有化であり

---

57. 訳者はマルクスの諸作品の日本語への翻訳において、この語がどのように訳されているのかを調べ上げることはできなかった。また、同じ翻訳においても、この語の翻訳は必ずしも統一されていないようである。読者がそれぞれに独自の探求を行ってくれるよう、ここでは最新の『資本論』の翻訳（『マルクス・コレクション V 資本論 第一巻（下）』、今村仁司・三島憲一・鈴木直訳、筑摩書房、2005 年）より、この語の用いられている箇所を2箇所だけ恣意的に（とはいえそれらはよく知られた箇所である）選んで引用しておく（原語の挿入は引用者による）。「［……］商品生産と商品流通に立脚する取得の法則〔Gesetz der Aneignung〕、あるいは私的所有の法則は、それ自身の内的かつ不可避的な弁証法により、その正反対物に転換する。［……］当初われわれには、所有権は自己の労働のうえに立脚しているように見えた。少なくともそう仮定することが妥当性をもっていなければならなかった。なぜなら互いに向き合うことができるのは同等の権利をもつ商品所持者だけだからである。そこでは他者の商品の取得手段〔das Mittel zur Aneignung〕は、自己の商品の譲渡以外にはなく、かつ自己の商品は労働によってしか作り出しえないからである。今や所有は、資本家の側には他者の不払労働、ないしはその生産物を取得する権利として立ち現われ、労働者の側には自分自身の生産物を取得することの不可能性として立ち現われる。所有と労働の分離は、一見、両者の同一性から出発したように見える一つの法則がたどる必然的帰結となる」（第22章「剰余価値の資本への変容」第1節、310–311ページ）。「この変貌のプロセスが、それまで古い社会

出来事でもある出来の輪舞〔Reigen des Ereignens〕](58)ということとあわせてシンポジウムの議題とならねばならないところのものである)。

　何ゆえこの賭けめいた企て〔gageure〕は不可能なのか, そしてまた何ゆえこの不可能性はポンジュのような者の署名を可能にし, それを立ち上がらせ, 聳え立たせ, ついで横たわらせて, それに記念碑の身の丈と同時に死者の身の丈〔stature〕(59)を

を, その深甚さと規模において十分に解体し, 労働者がプロレタリアへと, そして彼らの労働条件が資本へと転化されるとともに, つまり, 資本制的生産様式が自らの足で立てるようになるとともに, 労働のさらなる社会化が起きる。そして土地その他のさまざまな生産手段が, さらに社会的に利用される共同の生産手段へと変質し, それゆえ私的所有者に対するさらなる搾取が起きる。しかし, ここまで来たとたんに, そうした変貌は新たなる形態をとる。今や財産収奪を受けるのは, 自ら経営する労働者ではなく, 多くの労働者を搾取する資本家の側となる。／この収奪〔Diese Expropriation〕は, 資本的生産に内在する法則である資本集中の法則によって起きる。[……] 資本の独占は, それとともに, 今度はまたその下で花盛りとなった生産様式そのものを束縛しはじめる。生産手段の集中は, そして労働の社会化は, ついにその資本制的な被膜と合わなくなるところまでくる。そしてこの被膜は吹き飛ばされる。資本制的私的所有の終わりを告げる鐘が鳴る。収奪者たちの私的財産が剥奪される〔Die Expropriateurs werden expropriirt〕。／資本制的生産様式から生まれた資本制的な所有化の形式〔kapitalistische Aneignungweise〕である資本制的な私的所有は, 自分自身の労働に依拠していた, それまでの個人的な私的所有に対する最初の否定である。しかし, 資本制的生産は, 自然過程と同じ必然性によって自己自身の否定を生み出す。これは否定の否定である」（第24章「いわゆる原初的資本蓄積」第7節, 573-575ページ）。

58. Cf. Martin Heidegger, *Das Ding,* in *Bremer und Freiburger Vorträge, Gesamtausgabe,* Bd. 79, Vittorio Klosstermann, 1994〔邦訳「物」,『ハイデッガー全集第79巻：ブレーメン講演とフライブルク講演』所収, 森一郎・ハルムート・ブッナー訳, 創文社, 2003年〕.

59. 語源は「立っている」を意味するラテン語 stare。

与えるのか。この担保〔gage〕の利益は何なのか。この賭けめいた企てのリスクはいかなるものなのか。

　いくらか混乱を招くかもしれないが少し返答を急ぐことにしよう。

　彼は無限の負債を返済しなければならない。もっとも，魅了されてしまって，われわれは相も変わらず，負債を負うすべを心得ていたことになるだろう者の法に服している。

　彼が負債を負う。⁽⁶⁰⁾

　無限の負債はおのずと消滅し，そしてそれが決して消え去りはしないということ，こうしたことが奇妙にも結局同じことになるということからここにねじれた手管が生じる。つまり彼は負債を負う。彼が事物と呼んでいるところのものに対して。事物は無言であるにもかかわらずその諸条件を口述し書き取らせる〔命じる〕。そして無言であるがゆえに，事物は契約のなかに入っては来ない。事物は無責任であり〔応答責任能力がなく〕，始めは彼だけが事物の前で責任を負う〔応答可能であるresponsable〕。事物はまったき他者であり続け，無関心で，決して義務を負うこと〔s'engager〕はない。「対象＝物の最大の権利，不可侵であり，あらゆる詩に対抗可能なその権利を認めること……［……］。対象＝物は常により重要で，より興味深く，より有能である（権利に満ちている）。つまり，それは私

---

60. 原文は Lui s'endette。主語 il があえて強制形 lui になっているのは，単に「われわれ」との対比で「彼」を強調しているだけではなく，この文の音声の内に lui sans dette（「彼は借金なしである」）を聞き取らせるためであろう。

に対していかなる義務も負うことなく，私こそがそれに対してあらゆる義務を負うのである」(「ロワールの河岸」[61]，あるいは，事物を決して「なんらかの言葉上の発見を引き立てる」ために「犠牲にする」ことなく，常に「対象＝物自身，それが有する生のもの，そして異なるもの，つまりとりわけ私がすでに（この瞬間に）それについて書いたこととは異なるもの」に立ち戻って，いかに事物によって定期的に打ち負かされるようにするか)。

何も求めず，自己に対する関係さえ持たず，自己とも誰とも何ひとつ交換取引することなく，要するに死であって主体ではない（擬人的にせよ擬神的にせよ，意識としてにせよ無意識としてにせよ主体ではなく，言説ではなく，まずもって普通の意味でのエクリチュールでさえない）まったき他者に由来するだけに，その法はよりいっそう高圧的で，際限がなく，飽くことなく犠牲を要求する。すべてを要求し，そして何も要求することなく〔すべてと何ものでもないもの＝無を要求して〕，事物は債務者（私の問題＝事物〔ma chose〕を固有な仕方で＝的確に〔proprement〕言わんとする者〔私の問題＝事物と固有な仕方で言わんとする者〕）を絶対的な他律と無限に不平等な同盟〔結びつき alliance〕の状態に置き入れる。かくして，彼にとって〔義務，任務等を〕履行すること，いずれにせよ「挑戦に応じること」とは，決して署名されたことのない言語契約に順応することではなく，次のことができるようになるためになさればならない〔il faut〕[62]ことを署名しつつなすことである。それ

---

61. «Berges de la Loire» (*La Rage de l'expression*), in *Tome premier, op. cit.*
62. 注44を参照。

は,彼が真理と呼んでいるもののオルガスムに至る歓喜において,最終的に彼が自らのテクストに署名し,自らの署名を押し付けたり添えたりすることができるためにだけではなく,テクストを署名へと変容させることで事物を拘束すること,事物を(63)何かに向けて拘束すること〔l'obliger-à〕,しかも自分で署名し,自分自身を示し〔意味し〕(『石鹸』のなかのすばらしい「補遺V」を参照していただきたい),署名としてのエクリチュール〔écriture-signature〕となり,フランシス・ポンジュとある契約取引の絶対的な固有語法,すなわち連署されたただひとつの署名,二重に署名するただひとつの事物を締結するというまさにこのことに向けて拘束することができるためにである。だが言うまでもなく,この契約取引はいわゆる契約取引ではない。ある意味,署名の交換においては何ものも交換されないのである。他方,出来事はその都度固有語法的であるので,何もそして何者も署名のなんらかの交接から生じる即時的な特異性を越えて責任を負わされる〔engagé〕ことはない。そのうえ,署名の混同は出来事の内にまったき他者を到来させることでしか価値を持たないので,この他者は双方の署名の側で契約外にあり,無関心で,関わり合いにはならぬものにとどまる。連-署〔対抗-署名 contre-signature〕はそれを存在するがままにしておく〔laisser être〕(『前詩』が愛の対象について言っているように,それを生きるがままにしておく)。このことは事物の側にもポ

---

63. 動詞 obliger は語源的には「強く結びつけること」を意味し,そこから「強いること,強制すること」等々を意味する。ここでの議論における「alliance 同盟,絆」,契約取引の締結といった「結びつけ」の意味領域との連関を浮き出させるために「拘束する」と訳すことにする。

ンジュの側にも当てはまるので，彼を読むと，ここにいると同時に引き払う〔自らの拘束を解く se dégager〕すべを心得ている者，自らが解放されている〔dégagé〕ことを知っているような者が，生を賭した誓約〔アンガージュマン〕と同時に解放された振る舞いをしているのだという気になる。またこのことから，つまるところ〔すべてを数え上げるなら〕すべてと無，すべてか無かの「とるか残すか〔受け入れるか諦めるか〕」が，重々しいと同時に軽やかな模倣しがたい抑揚を帯びるのである。

　彼が実践しているような入れ子化の構造は，その都度このような場面を反復しているように私には思われる。その都度，だがその都度必然的に固有語法的な仕方で。というのも，「示差的質」は署名の形式にまで作用を及ぼし，署名は他者のもの〔他者めいたもの de l'autre〕であり続けるからである。署名の無限なる記念碑化，そしてその回帰なき消散もまたこのことに由来するのだが，ここで署名はもはやただひとつの固有名にではなく，新たな事物ノ署名〔signatura rerum〕の無神学的多数性へと結びつけられる。

　事物の専制的な「お前は……しなければならない」の単数形〔特異なるもの singulier〕，それはまさしく事物の特異性〔singularité〕である。その都度代替不可能な命令の特異性——稀

---

64. ここでデリダは de を「所属，起源」を表わす前置詞としてだけではなく，部分冠詞としても用いていると思われる。フランス語では名詞に部分冠詞をつけることで，その名詞が示すものの機能，属性を表わす抽象名詞を作ることができる。例えば，il y a du théâtre は「芝居めいたものがある」という意になる。つまり，署名は単に他者に属し，他者によってなされたというだけでなく，それ自体なんらかの他者性を持っているということになる。

少性——は，その命令が法となることを妨げる。あるいはまた，こう言ったほうがよければ，それは即座に侵犯される（より正確に乗り越えられる〔franchi〕と言うことにしよう）法である。というのも，それに応答する者は即座にそれとの特異な関係の内に身を置くことになり，そのことによって専制から解放される〔s'affranchir〕からである——それを承認し，その試練を受けることで。ついで，その法は署名者が事物に署名させるときに再び乗り越えられるのだが，そのことにはまた後で立ち戻ることとする。事物をある特異な取引契約の内に誘い込み，彼は特異な要求を入れ子化することによって法へと変容させる。越境的〔franchissant〕侵犯〔transgression〕，これが入れ子状の反復の法であるだろう。

そしてまさしく〔固有の仕方で〕ポンジュの歩みであるだろう。

このような読解の仮定に対して，まず二つの帰結が考えられる。まず，まさに彼の負債に基づいて，そして彼が負債なく負債を負っている〔s'endette sans dette〕ということによってこそ，彼が（教育的，倫理的，政治的，哲学的等々の）命令〔先行規定 prescription〕に対して憤っているように見えるまさにそのときに，彼のテクストは教えや道徳的教訓といった形で義務を負わせ〔engager〕，命令し〔先行規定し〕，拘束し，教示するということである。彼が『草原の製作』の「序文」で義務および差異に関して言っていることを参照していただきたい[65]。彼は義務を引き受け，そしてそこから，「私の倫理と呼ぶのはおそら

---

65. «Les sentiers de la cération», in *Fabrique du pré, op. cit.*：とりわけ「1970 年 5 月 29 日」の日付の箇所を参照。

く思い上がったことであろうもの」(『ひとつのマレルブ論のために』)に従って，なんらかの義務を命じ〔口述し書き取らせ〕なければならないということを引き受ける。彼が——倫理，政治，修辞，詩作等々に関わる——教えを授けるということを，彼同様に受け入れなければならない。だがそれはその教えを受け取るためではなく，何に，いかなる言い回しに，いかなる輪(負債が負債を負う)に基づいて，ひとつの教えを与えたり受け取ったりすることができるのかということを理解するためにである。それは高圧的で，やさしく，妥協なき教えである。私の興味を引くのは，彼の教え(彼の倫理，政治，すなわち彼の哲学)よりも(実を言えば，それを聞くとき私に常に不満がないというわけではないのだ)，何に基づいてこの教えが構成されているかということであり，彼は誰にもましてこのことをよく示しているし，まさにそうすることによって，倫理的審級は文学に，その身体に対して働きかける〔文学を辛抱強く攻める〕という，あまりに容易に疑われていることを論証している。そういうわけで，私は彼が授ける教えを聞くことよりも，彼を読むこと，つまり彼を道徳の教え〔道徳的教え〕としてではなく，道徳に関する教え，後に見ることになるだろうが，彼が系譜学にまつわるある教訓〔道徳〕から引き出した道徳の系譜学に関するひとつの教えとして読むことを好む。

第二の帰結。二つのまったき他者(義務を負わされるもの〔engagé〕－義務から解放されたもの〔dégagé〕)は契約取引の外にあって，近づくことができず，また人はそれらを(彼〔それ〕と事物を)存在させておくことしか決してできないので，興味深いのは，われわれにとって興味深いのは〔われわれを関

わり合わせるのは nous intéresser〕、そしてわれわれを読むことへと拘束する〔engager〕のは、当然ながら中間で生じること、彼らの間で生じることである。すなわち諸々の仲介するもの（名と事物）、証言するもの、執りなすものであり、彼らの間で、すなわち当事者たち〔intéressés〕の間で生じる出来事である。

このことに一歩下がって立ち戻ることにする。

いかにして、二重に固有＝清潔なもの〔固有の分身 le double propre〕（清潔さと固有語法的な固有性、そしてまた自らを入れ子化する固有＝清潔なものの分身）は署名となって生じるのか。

最初の不十分なアプローチとして、署名の三つの様態を区分することができる。固有な意味で署名と呼ばれているようなものは、ある言語のなかで分節され、それとして判読可能な固有名を表象する〔再現前化する〕。すなわち、それは自分の固有名〔自分自身の名〕をただ書くこと（あたかも身分証を記入しているかのように）に満足せず、自らがまさに書いているところの者であるということを認証する（そんなことが可能だとすれば）こと、「これは私の名です、私は、人が私をそう名指しているように私自身を指向します。そしてつまるところ、私は自身の名においてそうするのです」という具合にそれを認証することを誓約する〔s'engager〕者の行為である。下位署名するものとして、私は断言する（そう、名誉にかけて）というわけである。固有名の自書と署名の境界はいくつもの厄介な問題を（すなわち事実上も権利上も）提起し、私はいつもそうなされているようにそこから逃げ出したくはないのだが（それどころか、これこそここでの私の問いなのである）、今のところは放

っておくことにしよう。

　二つ目の様態は最初のものの凡庸で不明瞭な隠喩なのだが，それによれば署名とは署名者が彼の作り出すもののなかに図らずも残すかあるいは打算的に企てるような諸々の固有語法的な刻印〔マーク〕である。こうした刻印は，ある言語の「内で」分節され，あるいは判読されるような固有名の形式とは本質的な関係を持っていないことになるだろう。たとえ固有名のある言語の「内への」内包ということは決して自明のことではないとしてもである。ときにこれはスタイルと呼ばれている。つまりひとりの作家，彫刻家，画家，あるいは演説家の模倣不可能な固有語法である。あるいはひとりの音楽家の固有語法。音楽家というのは音楽家である限りでは最初の意味での署名，名による署名を作品に直に書き込むことのできない唯一の者である。つまり音楽家はそのテクストのなかに署名することができない。彼にはそれを行うための空間，そしてある言語の空間化が欠けているのである（彼がその音楽をほかの記号システム，例えば記譜法によってさらにコード化するのであれば話は別だが）。そのことは彼にとってチャンスでもある。

　この二番目の意味から，作品がポンジュあるいはXと署名されているということが固有名を読む必要なく言われるだろう。

　そして第三に，そしてこれはいっそう複雑なのだが，入れ子化がなす襞を一般的署名，あるいは署名の署名と呼ぶことができる。それは一般的な意味での署名を模して，エクリチュールが自らをアクト（行為であり記録文書〔archive〕）として指し示し，記述し，書き込んで，終わりの前に次のようなことを読み取らせて自らに署名するときである。つまり，私は私自身を

64

指向します。これはエクリチュ_・ー_・ル_・のもの〔エクリチュールに属するもの／いくらかのエクリチュール〕であり，私はエク_・リ_・チ_・ュ_・ー_・ル_・であり，これはエ_・ク_・リ_・チ_・ュ_・ー_・ル_・の〔によってなされた〕ものです，と。⁽⁶⁶⁾このことは何_・も_・の_・も排除するものではない。というのも，入れ子化〔mise en abyme〕が成功するとき，すなわちそれが深遠に沈み込み〔s'abîmer〕，出来事をなすとき，他者こそが，他者としての事物こそが署名するからである。これは単に書物のなかだけで起こることではなく，革命〔公転〕においても，あるいはフランシス・ポンジュの「サパート」の間でも起こることである。

　これら三つの様態は，原則として構造的に区別される。だが私が示したいのは，いかにしてフランシス−ポンジュ（私は彼の名と姓の間にハイフンを入れる）が，それら，つまりこの三つの様態を，それらが一体になるように，あるいはいずれにせよ同じ舞台上で結びつき合って同じドラマ，同じオルガスムを構成するように服従させる〔畳み込む plier〕か——これこそ彼のスタイル，花押なのであり，あるいは，もしそういうものがあるとすれば，彼固有の操作なのである——，ということである。

---

66. 原文は ceci est *de* l'écriture, *je* suis écriture, ceci est de l'*écriture*。繰り返される文，ceci est de l'écriture は de を前置詞ととるか部分冠詞ととるかで異なる解釈が可能であるし，前置詞ととる場合も帰属，目的，出所，行為主体等様々な解釈が可能であるだろう。ここでは強調された語 de, je, écritutre の推移をエクリチュールが主語の規定的資格から，「私はエクリチュールである」という自己規定を経て，行為の主体として自らを規定していく過程と解釈した。この過程が表わしうる自己参照性ないし円環性を考慮して，デリダは「このことは何ものも排除するものではない」ということに注意を促しているのであろう。

「固有名」による署名（第一の意味での署名）を生み出しかつ禁じる法とは、もはや署名を下記署名を書き込む〔souscription soussignée〕という形でテクストの外部に放っておくことなく、それをテクストの身体の内に挿入することで、署名を事物あるいは石質の物＝客体として記念碑化し、創設し、建立するということ、しかもまさにそのことによって署名の同一性、そしてそれが持つテクストに対する所有権の資格〔所有権登記証書 titre de propriété〕は失われ、それがテクストの一契機ないしは一部分、ひとつの事物あるいは共通名〔詞〕となりゆくがままにするということである。建立が崩れ落ちる＝建立－墓〔L'érection-tombe〕。人間はいない＝人間の歩み〔Pas d'homme〕。

したがって、署名は残ると同時に消え去らねばならず、それは消え去るために残り、あるいはまた残るために消え去るのでなければならない。なければならない、これこそ重要なことである。署名は消え去るべきものであり続ける＝消え去ることで残る〔rester à disparaître〕のでなければならない。同時に二重の要求、相反する二重の請願、二重拘束、ダブル・バインド。この言葉を私は『弔鐘』のなかで署名の *double bande* と訳した。[67] それは二重帯〔la double bande〕であり、分身が勃起する〔le double bande〕、つまり分身（たち）が勃起する〔les double(s) bande(nt)〕ということである。署名が〈消え去るべきものであり続ける〉＝〈消え去ることで残る〉ためには署名がなければならない。署名が欠けている、だからこそそれがなければなら

---

67. Cf. *Glas*, Galilée, 1974, p. 77.

ない。しかし署名は欠けていなければならない，だからこそそれは必要ないのである〔il ne la faut pas〕。

なければならない，それをお好きなように書いてみていただきたい。これが不要かつ不可欠で，代補的な連署された署名である。

多少偶然任せではあるのだが，おそらく固有名ほどそうだというわけではなく，さらには「系譜学的」樹形図の形象によって十分に動機づけられた（『フランシス・ポンジュとフィリップ・ソレルスの対話』）[68]出発点をとって，最も古い記録文書のひとつ，「幸福に生きる理由」（1928-1929）の樹木から始めることとしよう。

idion〔固有なもの〕に訴えた後で，つまり「新たな固有語法の印象」を与えて事物を「それら自身の観点から」記述するために，「鉛筆」，すなわち「われわれの作業台上の新たな道具」（木材の上に木材）を「私に取らせる動機」を「瞬時に」形成する「唯一独特な周辺状況」に訴えた後で，彼は「ある著者の全作品が後になって」「今度はそれがひとつの事物とみなされ」うるようになるための条件を説明している。それは「単に詩につきひとつの修辞法ではなく」，「一年につき，あるいは作品につきひとつの手法」である。

そのとき，さも偶然かのように樹木の形象〔文彩〕が次のように入り込んでくる。「［……］相次ぐ樹皮が，時代ごとに樹木の自然な努力によって剝がれ落ちていくように」。ところで，

---

68. 前掲書170ページで，un arbre généanalogique という表現が用いられている。後にデリダはこの表現をこの箇所に言及することなく用いているが，ここでの généalogique はデリダの書き間違いとも考えられる。

樹木は——覚えておられると思うが，樹木の基本的な観念は枯れ木の（そしてまた棺とテーブルの）もととなる松林のそれである——1941年に，規則に逆らうための規則を表明するある手紙のなかで改めて提示されている。[69]

「［……］〈その名に値する〉すべての作家は，彼に至るまでに書かれたすべてのことに逆らって書かなければならない（なければならないとはそう強いられている，そうせざるをえないという意味である）——とりわけ現存するすべての規則に逆らって」（ここで記憶にとどめておかなければならないのは，規則に逆らうポンジュ，規則の起源に完全に逆らう〔ぴったりと寄り添う tout contre〕ポンジュということである）。

手紙の続きを引用しよう。

「だが私は詩人につきひとつのテクニック，極限的には詩につきひとつのテクニック——その対象が規定するようなテクニック——さえも支持する。

かくして，「松林」というテクストに関して言えば，あえてこう提示させていただくなら，松とは（その生存の間に）最も多くの枯れ木を供給する樹木ではないかということである……。

プレシオジテの絶頂と言われるだろうか——おそらくそうだろう。だが私に何ができよう。一度この手の困難を想像したなら，そこから逃げ出さないことを名誉に望むというものだ……（そのうえそれはとても愉快なことである）」。

愉快であることは，ここでひとつの付随的価値であるわけではない。さらに，さも偶然かのように，そして愉しむためかの

---

69. «Le Carnet du bois de pins», *op. cit.*

ように,「樹木の義務」(枝と葉をなすこと), そして「私の友であるこの樹木」について語りつつ,「口述の試み」は一枚の紙（もちろん樹木の紙葉）の上に, 性とひとつの斧（アッシュ）を除けば著者の固有な名に最も類似し, 最も近い普通名詞〔共通名〕プレノンを書き込んでいる。それはひとつの「ちょっとした教訓話〔apologue〕」として提示されているのだが, 弁明＝賛辞〔apologie〕としても読まれる。「私にひとりの友人がいるとしよう（私には数々の友人がいる。文学の領域にも, 哲学の領域にも, 政治の領域にも, ジャーナリズムの領域にも）。だが, この私の友人が一本の樹木であるとしよう。樹木の義務, 樹木の行為とは何であるか。枝をなし, 次いで葉をなすことである。当然それが彼らの義務である。さて, 私の友人であるこの樹木は, 彼の葉の上に, そのそれぞれの葉の上に何かを書いた（皆わかっていると思うが, 樹木の言語で), そしてある葉の上には熔「率直さ〔franchise〕」と書いたと確信していた〔……〕」。

それが最初の例であり, 最後の例は「虐待者も犠牲者もなく」である。

ところが, 教訓話の続きが語っているのは端的に言って, いかにしてその樹木が同時に虐待者であり犠牲者となるか, ひとりの樵がその樹木から一本の枝を切り取って, それから斧を拵え, それを使ってその樹木を伐採しようとするや, いかにしてその樹木が自らに署名する〔se signer〕と同時に死に至るほど流血する〔saigner〕か, ということである。樹木の眼差しは,「樵が手にしている斧に向けられる。最初はそれにほとんど注意することもなかったのだが, 彼はこの斧の真新しい柄のところに, 始めに切り取られた枝の木材を認める」。「ほとんど注意

すること〔remarquer〕もなかった……」。

　教訓話の終わりが示唆するのは、「隠喩をあまりに遠くまで推し進め」てはならない、「隠喩にはあらゆる方向＝意味に引っ張って行くことができてしまうという危険がある」ということである。

　だが、ここではきわめて近しいものの最も近くにとどまっていることができる。というのも、「われわれの樹木が嘆いて、〈オ前モカ、ワガ息子ヨ〉と言うだけでは満足せず、〈つまるところ私は斧を作るための木材なのだ〉と考えるに至るとき、それは悲劇となるし、それこそ酷いこと」だからである。樹木に切り込みを入れ、ついでにとどめを刺す〔死刑に処す〕ために戻ってくるもの、それはしたがって樹木の一部、一本の枝、息子、柄であり、自らの上に、自らの葉、最初の葉の上に「率直さ」と書きつける、そう自らを書きつける樹木から切り離された断片である。樹木は署名者であり、自分自身を切り取る。そしてそれが死に至るほど自らを切るために用いるもぎ取られた断片、それはまたひとつの斧〔アッシュ〕、樹木の上に書き込まれた率直さ〔franchise〕から抜き取られたひとつの文字でもある。それは共通名〔普通名詞〕がほぼひとつの固有な名（プレノン）同然となるために、そこから切り取られなければならないものである。しかし代補的斧〔アッシュ〕は、枯れ木〔死んでいる木〕を作り出すことで、教訓話の〔弁明する apologétique〕樹木に記念碑

---

70. 斧を意味する単語 hache はアルファベット h と同じ発音である。ちなみにフランス語では単語中の h は発音されない。名詞 franchise から h を除くと francise となり、ポンジュの名 francis に最も近づくというわけである。

70

的な身の丈を与えるのである。

Iの,松林の男根的性格,鋭利〔威圧的〕で断固たる率直さの切り込んでくる辛辣さ〔incisif〕,樹木が自分に歯向かってくるがままにする斧の研ぎ澄まされた決断〔décision〕,これらすべては男性的価値の見地から,つまり自由率直たる〔フランクである〕こととフランス性〔francité〕に認められるきっぱりとした〔tranchant〕男性性の見地から聞き取られる。もしこういったことすべてが,まさに説明しなければならないところのひとつの必然的な法に従って,自らを入れ子状にし,反転するのでなかったら,この上なく積極的に引き受けられた男根中心主義に結びついた固有なもの=清潔なものへの欲望が,最大限に力強く,いまいちどそろって断言されるのを見ることだろう。

例えば,マレルブ〔Malherbe〕の固有名を,彼がしばしばそうするように形容詞と普通名詞〔共通名〕(男性的〔mâle〕/草〔herbe〕)に分解,分析し,断片化ないし自然化が同時にそれを伝説的=銘文的紋章ないし判じ物〔*rebus*〕に変容させた後で——他のところで,スパダの名(今度もまた男根的剣)やピ

---

71. 原語 incisif, décision の内には,共に「切る」を意味するラテン語 caedere がその語源として聞き取られる。
72. franchise の形容詞 franc は同時に「フランク族の」を意味する形容詞でもある。これは,フランク族がゲルマン民族のうち唯一の自由民であったとされていることに由来する。
73. ラテン語 rebus は「物」を意味するラテン語 res の複数奪格形で,「物によって」意味する。このことから,フランス語 rébus は「判じ物,語呂合わせ,謎」等を意味するが,これは事物の絵を並べそれに対応する言葉を言わせるゲームがあったことに由来すると言われている。
74. ラテン語で spada は「剣」を意味する。
75. 〔原注〕:私はこれを「マルセル・スパダのために」(『赤い毛の祝祭に

カソの名(「だからこそまた，このテクストの冒頭で私はこの名を，そしてまずもってそのイニシャルの大文字［それはさも偶然かのように彼のイニシャルでもある］を，槍先〔pique〕につけられた［今回は，発音可能な名からかすめとられた〔piqué〕断片はイニシャルの可視的な図画形態でもある］旗のように植え込まなければならなかった。それは知的攻撃の旗である［ここで発音されてはいないが，いつものように暗に書きつけられている言葉全体，しつこくなく，そしてセンスのないわけではないやり方で，見抜かれるようにそっと置き残された言葉全体，この「襲撃〔assaut〕」という言葉全体はピカソの断片である。そして，彼はもっと後のところでこの表象が「長三角旗〔pennon〕」の表象であることを喚起している］」)，そして相も変わらず名声〔再び名づけられるもの〕への率直なアタック〔出だし〕におけるブラック〔Braque〕の名(「あなたを解放するために，とことんハンドルを切って〔braquer〕ください［……］」)と共に生じるように——，彼は mâle/herbe のページ上で，フランクであること，男性であること，そして断固た

て『À la fête rouquine』の序文)のなかで読んだとばかり思っていたのだが，今見るとそこにはそのようなことは書かれていない。ポンジュがそれについて話すのを聞いたにちがいない〔言及されているテクスト Pour Marcel Spada は Nouveau nouveau recueil, tome III (Gallimard, 1992)に収録されている〕。

76. 発音は「アソ」で，Picasso の asso に重なる。pique と共にピカソの固有名を形成するわけである。
77. ラテン語語源は penna で，本来男性器を意味する penis と語源的なつながりはないが，クィンティリアヌスにはこの二つの語の混同が見られるようである。
78. «Texte sur Picasso», in *L'Atelier contemporain, op. cit.*
79. «Braque ou un méditaif à l'œuvre», in *L'Atelier contemporain, op. cit.*

ることとを結びつける。「自尊心，断固たる決意。御婦人方が抵抗するときに彼が脅し，からかうやり方」。そして書物の終わりごろにはこうある。

「**フランス性**の確たる中核。啓蒙された〔穏健な／照らし出された éclairé〕愛国心。

〈もちろんそのとおり〉のポエジー，諾〔*Oui*〕とはっきりと言うこと。［……］何か尊大なるもの。だますことのない優越さの口調。男性的でもある何か」。（肯定され，承認され，署名された）諾は，例えば「ブラック」の終わりのところでのように，彼の固有名の書き込み，自筆の署名に結びつけられる。このフランス性を，その不明瞭な〔十分に啓蒙されていない／十分に照らし出されていない mal éclairé〕国民的指向対象へ性急に関係づけないようにしよう。少なくともこの指向対象に，マレルブとポンジュにもほぼ共通であった固有な名のこの迂回を経由させる必要がある。フランシスとフランソワを比べるならばほぼ共通な〔ありふれた〕名，「偉大なる**ロゴス**の偉大なる子［……］フランソワ，このすばらしき日にあなたの現前が私に授けられる［……］」。しかしながら，台座ないし碑文の上で二度にわたってラテン語に表記し直されると完全に共通となる固有の名。つまり「最高位ナル Franciscus Malherba」と「無花果（乾燥）」の最初の出版時に末尾に付された「Franciscus Pontius／ニーム出身ノ詩人」。

率直〔フランク族〕であること，フランス人であり，自由で解放されていること，それはまた決着をつけ，侵犯し，法から

---

80. «La Figue (sèche)», in *Pièce, op. cit.*：初出は『テル・ケル』誌創刊号（1960 年）の巻頭を飾った。

解放される〔s'affranchir〕,あるいはまた線を踏み越える〔franchir〕すべを知っているということでもある。「ヴュリアミ〔Vulliamy〕の名に関する〔基づく〕散文」の最後のところ[81]で,彼はそのすべを巧みに利用する(「見者の能力〔voyance〕からついには君のヴュリアミ性〔vulliance〕まではたった一歩しかなく,それはただ詩人だけが踏み出す〔決断する〕ことのできるような一歩だとすれば,少なくともフランシス〔Francis〕は,最終的に今度は君がヴュリアミ的に〔vulliamment〕それをやってみることになるように仕向けたのだから,踏み出してみたまえ〔franchis-le〕,我が友よ」)。

名の審級上だけでも,すでに署名の二重拘束〔二重帯〕プレノンが見られ,そこで署名は,一方では事物,事物の共通名,あるいは固有なるもの〔idion〕を失うある一般性の名となって,巨像的なものを書き込むという要請と,他方では純粋な固有語法性,共通なものによって汚されていない大文字,すなわち固有な意味での署名の条件の要求との間で引っ張られている。判じ物としての〔事物による〕署名,換喩的ないしアナグラム的な署名は,署名という出来事の可能性の条件かつ不可能性の条件であり,そのダブル・バインドである。あたかも,事物(あるいは事物の共通名)は固有なものを保持するためにはそれを吸収し,飲み干し,引きとどめなければならないかのようである。だが同時に,それを保持し,飲み干し,吸収することで,事物(あるいはその名)は固有な名を失うか,もしくはそれを汚しているかのようなのだ。

---

81. «Prose sur le nom de Vulliamy», in *L'Atelier contemporain, op. cit.*

スポンジ〔éponge〕——事物であり〔*et*〕彼の名。その事物は彼の名である〔*est*〕(l'*est*, l'*é*, *lait*〔ミルク〕, *legs*〔遺贈〕, これこそ大事なことである)。それはここで出来事を, そしてこの出来事のチャンスとその偶然なる舞い込み〔échéance〕をなしている。二重拘束〔二重帯〕の, あるいは密輸入の〔de contrebande〕出来事。

一方で, スポンジは固有名を吸い取り〔éponger〕, それを自己の外に置きやり, 消し去り, 失い, そしてまたそれをひとつの共通名にすべく汚し, ありとあらゆる汚れを保持するために作られた最もみじめで形容しようのない物体と接触させて汚染する。ここにスポンジを廃棄させるような一群の否定的な価値が寄せ集められる。というのも, それは汚く, 固有なもの=清潔なものを吸い取るからである。だが同時に, スポンジは名を

---

82. 原文は la chose *et* son nom。文法的には原文の son nom の所有形容詞 son はポンジュではなく事物を受けるととるほうが自然である。その場合, 次の文 la chose *est* son nom は「事物とはその名のことである」となるだろう。その場合,「言葉と事物を分別する常識」が問いに付されていることになる。一方で, ここでは当然 éponge という語のなかに含まれているポンジュの固有名が問題でもある。この所有形容詞の指向の曖昧さをデリダは最初からしばしば活用していることを思い起こしておく必要があるだろう。

83. l'*est* は動詞 être の直説法現在における三人称単数活用に代名詞 le のついたもの, l'*é* は *é* に定冠詞 le のついたものだが, 発音はいずれも「レ」となる。それに続く lait, legs もフランス語での発音は「レ」となる。

84. double bande の bande と contrebande の bande には語源的なつながりはない。とはいえ, ダブル・バインドとしての「二重帯」が相反する方向に牽引する帯であるということから, contreband を「対抗帯, 反対帯」等の意にとることは可能である。また, de contrebande は成句的に「秘密の, ひそかな」等を意味する。

引きとどめ、吸収し、自己の内に匿い、保持する。さらに、それは清潔な水も汚い水も飽くことなく保持する。私があなた方に注意を促したいある動きでもって、スポンジが「オレンジ」(85)のある特異な一節において、オレンジとの対比で断罪されているのは、それが優柔不断〔indécis〕で、決定不可能であり〔indécidable〕続けるからである。それが汚いもの、不潔なもの=非固有なものを保持するからではなく、それが汚いものも清潔なものも、非固有なものも固有なものも同様に保持するに十分なほど両義的であるからである。まさにその点でそれは高貴〔noble〕でも率直でもなく、むしろ卑しい〔ignoble〕のである。次の一節をごらんいただきたい。彼はスポンジとオレンジ、geで終わる二つの事物、二つのob-ge(86)、そして吸収する〔切望するaspirant〕印象〔内部刻印 impression〕と表現〔外部表出 expression〕(87)に対するそれらの二つの関係を比較したところである。「スポンジにおいてと同様、オレンジには表現〔外部表出〕の試練を受けた後で、容量を取り戻すことへの吸収的切望〔aspiration〕がある。だがスポンジはいつも成功するのに、オレンジはいつもだめだ。というのも、その細胞は破裂し、その繊維は引き裂かれてしまったからである。〔……〕抑圧に耐えそこなうこの二つのやり方のどちらかに加担すべきであろう

---

85. «L'Orange» (*Le Parti pris des choses*), *Tome premier, op. cit.*
86. objetとの言葉遊びであると考えられる。ポンジュ自身、objeu, objoieといったobjetをもとにする造語をしばしば用いる。ちなみにob-は「対面、対抗」等を意味する接頭辞。
87. impression/expression：前者は内部へ押し付けることであり、後者は外部へと押し出すことである。expressionはここで「圧搾」の意味を持つことも注意しておく必要がある。

か」。

　このような問いの後でなら，スポンジに対する賛歌が続くと予想することもできるかもしれない。というのも，それは常に容量を取り戻し，抑圧されるがままにならないので，この点では，それは自由で，束縛されない〔franc〕物＝客体，つまり解放される〔s'affranchir〕すべを心得ている主体だからである。しかしながら，オレンジとスポンジは，その間で態度を決めること〔prendre parti〕が決着のつけがたい問いであり続け，それらに加担すること〔prendre parti〕，それらを利用すること〔tirer parti〕，あるいは甘受すること〔prendre son parti〕が困難であるような，そのような事物である。スポンジの場合はより困難で，不可能でさえある。後に明らかになるだろうが，この点においてこそそれは卑しいのである。オレンジとスポンジの間の手に負えない＝不可能な〔impossible〕分裂，つまり断固として，そして率直に決着をつけること＝分断することの困難，それはこの二つの項の一方，つまりスポンジに内化され，内包され，そこで反復される。というのも，スポンジはありとあらゆる相反するもの，固有なもの＝清潔なものへも非‐固有なもの＝不潔なものへも整えられている〔差し出されている〕ということにおいて「卑しい」からである。「抑圧に耐えそこなうこの二つのやり方のどちらかに加担すべきであろうか。──スポンジは筋肉組織でしかなく，状況次第で風，清潔な水，あるいは汚い水で満たされる。この体操は卑しいものだ。オレンジはもっといい趣味〔風味〕をしている。だがそれはあまりに受け身なのだ，──そしてこの芳しい自己犠牲……実際，それは抑圧者にあまりに得をさせてやるというものだ」。

スポンジは卑しく、生まれつきの高貴さもなく、系譜学的に貧しい素性で、固有なもの＝清潔なものと非‐固有なもの＝不潔なものの間で決着をつける能力がないにもかかわらず、そのエコノミー〔組織〕は抑圧者によりよく抵抗し、その卑しい仕事がそれを解放する。

あなた方はこう言うかもしれない。スポンジ、それは伝統的な幻想のある種の傾向に従うなら、どちらかというと女性的な形象である、と。つまりそれは受け身の物質で、オレンジほど受け身ではないにせよ、その自由と還元不可能な力を限界なき受動性の内に見いだし、よい水であれ悪しき水であれすべてを吸収してしまう点ではより受け身でもあるというわけである。それは集積所〔réceptacle〕の注目すべき形象であり、彼がものを書くページやテーブル〔盤〕同様、エクリチュールのための基底物〔下に置かれたもの subjectile〕である。だが後に明らかになるだろうが、テーブル〔盤〕同様、それは両性具有となりうる（テーブル〔盤〕の平らなエクリチュール表面は、Tの建立〔勃起〕ないしは足の直立姿勢の上に立ち上げられる）。そして「コップの水」[88]同様。この「コップの水」を、私はここで別の手でつかんでいる（「新鮮さ〔fraîcheur〕、私はお前をつかんでいる」:「3月28日」）が、「それを踏破してしまう〔乗り越えてしまう avoir franchi〕」ことはなかった（「3月25日」）。

したがって、フランシス・ポンジュは確かに〔首尾よく〕結婚したということになるだろう。まずもって彼自身と。フランシスはポンジュである〔Francis est Ponge〕。フランシスとポン

---

88. «Le Verre d'eau», in *Méthodes, op. cit.*

ジュ〔Francis et Ponge〕は調和のとれた異性愛カップルをなす。フランシスはその男性性によって決着をつけ，決定不可能なスポンジに決断を導入する。そしてポンジュは女性性──妻──であり，この決定を甘受する。しかしポンジュは絶えず卑しい両義性を，固有なもの＝清潔なものと非‐固有なもの＝不潔なものの間の婚姻＝処女膜〔hymen〕の決定不可能性を再導入し，かくして，今度はポンジュが限界を乗り越える〔franchir〕のである。スポンジが結婚する〔épouser〕ということはもう少し後に立証するとしよう。

　フランシスとポンジュ，これはおそらくチャンスに恵まれたひとつの結合である。とはいえ，あらゆる幸福な世帯同様，それはひとつの歴史＝物語を持ち，いくつもの場面〔いざこざ〕（別れ，和解，子供の有無）を自分たち自身にやってみせることに時間を費やすものである。この二重の魅惑の内にあるドラマ，すなわち婚姻＝処女膜の絶え間ないアクションは，次のようなものである。フランシスはスポンジに，つまり常に「嫌」と言いながら彼がどうするのか見つめている事物に執着し〔とつながりがあり，親戚関係にあり tenir à〕，またやり直す。彼は絶えずそれを誘惑しようとし，それを彼の遊戯あるいは彼の寝床に連れ込み，彼に同意し〔態度を決め prendre son parti〕，彼の有益な結婚相手となり〔être son parti〕，彼をして自らの有益な結婚相手とする〔faire de lui son parti〕ように仕向ける。

---

89. ここで所有代名詞 son は主語 il を受けるとも，スポンジを受けるともとることができる。前者の場合，スポンジが主語であるフランシスを「支持する」，彼に「同意する」の意になり，後者の場合，スポンジが「自身の態度を決める，決心する」の意になると考えられる。

しかしすでに述べた理由で、彼はスポンジに反感ないし嫌悪を抱いている〔反感ないし嫌悪においてそれを捉える tenir en aversion ou répulsion〕。いずれにせよ彼はそれを退ける。このアンビヴァレンツ（自身の死というものは、いつもながら愛にあふれる殺人である）、魅惑と嫌悪のどちらとも言えない混合は、彼の嗜好〔趣味〕をいらつかせるが、決断を下す率直さに向けてそれを養いもするので、彼は驚くべき自由さでもってそれらを操るに至った。そしてそれが作品をなしたということになるだろう。つまり、彼はスポンジをつかみ取り、にもかかわらずそれを放っておく（つかみ取ることで放っておく）というすべを知っていて、それを放っておくことで再度つかみ取り、あらゆる権利を自らのために取っておくのである。それが膨らんでいようが空にされて（外部表出〔表現〕されて）いようが、それをばかにする権利、それを持ち上げる、あるいは貶める権利を。

というのもフランシスはスポンジをこけにする〔意に介さない se foutre〕からである。それは彼の事物＝問題ではなかったことになるだろう。

失意のとき（スポンジは失意を引き起こす。それは常に否と言うのだから）、彼はもはや挑戦に応じることなく、決して満足することのなかったことになるであろうスポンジを投げ捨てる(90)。それは棄権〔forfait〕(91)（放棄、罪、重要犯罪）である。どこ

---

90. 原文は jeter l'éponge。この表現は、成句的に「（ボクシングで）タオルを投げる、放棄する」、あるいは「（仕事などを）投げ出す」といったことを意味する。
91. フランス語の forfait には「請負額、一定料金、クーポン」、「違約金、棄権」、「大罪、重罪」等の意味がある。

かで，彼はリングに適応したパンチという語をうまく操ること
で，ボクシング，つまり「高貴な技〔noble art〕」（卓球選手
〔pongiste〕の巧みでリスクのない身のこなしと混同してはなら
ない）のコードからのこのような借用を正当化していたように
思う。ポンジュのあらゆる打撃には，その拳をどこにもってい
ったらよいかを心得ているという高貴な技がある。その拳はま
た彼の言葉たちでもある。だが言葉とはまた身体，彼の身体の
諸々の断片，諸々の末端でもあり，取っ組み合う者〔em-
poigneur〕である彼の身体が彼をそこへ運んでいく〔porte〕
（「……部屋のこうした高度障害物のひとつを，腹部の陶器製の
瘤のところでつかみ取る〔empoigner〕ことの幸福。一瞬歩み
を止めるこのすばやい取っ組み合い［……］」）。垂直な「扉
〔porte〕の楽しみ[92]」は，つまるところ，彼が直立に保っている
（直立に立てられてあるようにつかんでいる）テーブル〔盤〕
以外のものではない。

　それはだから棄権〔forfait〕である。それはまたそのすべて
の状態におかれている彼である（永続的な契約，放棄，犯罪，
侵犯，背信，限界越え，挑戦。彼は常に forfait のもとにある。
というのも，彼の名の forfait が終身以上の仕方で彼に義務を負
わせるのだから）。

　その都度の打撃ごとに〔毎回〕，彼はスポンジをこけにする
〔意に介さない〕。彼はスポンジにもその〔彼の〕名にも自己同
一化しない。こういったことすべてはまた，分離〔無頓着／際
立たせること〕ないしは表現の道程を描きつつ行われる。彼は

---

92. «Les Plaisirs de la porte» (*Le Parti pris des choses*), in *Tome premier,
op. cit.*

彼の名を表現する。それがすべてである〔ただそれだけのことである〕。全作品体を通じて。

　いたるところで，彼はスポンジを完全にこけにする〔意に介さない〕。身体上のほぼいたるところで。

　ここからこの海綿状の事物のメデューサ的〔啞然とさせる〕性質が生じる。それは自らの形態を同じようにたやすく失いもすれば取り戻しもし，その形態は固有でもなければ非固有でもなく，単に事物でもなければ，単に植物でもなく，単に動物というわけでもない。それは，あるいは食虫類〔zoophyte〕，つまり動物性植物と呼ばれるか，あるいは「海綿〔zoophyte marin〕に由来する」（『リトレ辞典』）物質と呼ばれる。固体あるいは可塑的で，空気あるいは水に満たされたスポンジは何に類しているだろうか。水で膨れた動物，それは確かにクラゲ〔méduse〕である。あなた方はそれを『セーヌ川』の内に見いだすだろう。「徹底的に汚され，澱んだ水」と彼は言う——そして汚いものは常に洗濯物〔布類〕と水の間で規定される。あなた方はそれを，ある種の「創世記」を描こうともしている『セーヌ川』の内に見いだすだろう。「［……］例えばクラゲのようなある種の海洋性有機体は，その90パーセント以上が水である［……］」。

　交互に気体も液体も受容することができ，「風あるいは水によって満たされ」うるスポンジ，それはとりわけエクリチュールである。あらゆる事物がそうであるように。これもまた，あなた方は『セーヌ川』——これがどのようにページ上に配置されているかは後で見ることにしよう——で釣り上げるだろう。「［……］思考とその口頭〔言語〕表現の間には，物質の気体と

液体の間にあるのと同様のきわめて確かな非-不連続性がある
にもかかわらず，——書かれたものは，自らを意味された事物，
すなわち外部世界の客体にきわめて近しくする諸々の性質を提
示する。それは液体が固体にきわめて近しいのとまったく同様
である」。それは「際限なく」続けられうるようなひとつの
「類比〔analogie〕」，あるいは「アレゴリーないし隠喩」なのだ
が，そのことに「度の過ぎた時間を費やすこと」を望まない，
そう彼はもう少し後のところで言っている。この箇所でスポン
ジは名指されてはいない。だがクラゲの類比物であり，ある
いはまたあらゆる状態の，そのそれぞれの間の中間的状態の類比
物であり，そしてこの点で書かれたものに類比するスポンジは，
それがあらゆる状態に身を置くことができ，普遍的な仲介者，
執りなし人，あるいは証人の役目を果たすことができるならば，
単に類比（アレゴリーないし隠喩）の項をなすだけではなく，
そのうえさらに，あらゆる比喩形象の中間的場〔媒質 *milieu*〕，
隠喩性そのものをなしもするのである。彼が誰かに賛辞を贈り
つつ言っているように，それは「あらゆる長所を持っている，
すなわちさらにもうひとつ長所を持っているわけである。それ
らすべての長所を持っているという長所を」[93]。

　固有＝清潔であろうがなかろうが，すべてを摂取し，吸収し，
内化する限りにおいて，スポンジは確かに「卑しい」。その
〔彼の〕名同様，それはいたるところからの浸水の危機にさら
されている。しかし表面に押し当てられれば，それは吸い取り，
拭い，消し去ることもできる。エポンジュは吸い取る，スポン

---

93. «Texte sur Picasso», in *L'Atelier contemporain, op. cit.*

ジは吸い取る，スポンジはポンジである(94)。例えばエクリチュールあるいは署名を吸い取る。それはまた黒板上の，テーブル〔盤〕あるいは石盤〔ardoise〕上のチョークの痕跡を消し去ることもできる。

ところで，消去自体両義的で決定不可能なひとつの価値である。それは取り消し，消え去るようにするがゆえに否定的な価値である。そしてすでにスポンジは，固有なもの＝清潔なものも非‐固有なもの＝不潔なものも受容可能となった後では，名を消去しうるひとつの事物ではもはやなく，ポンジュをひとつの断片（ひと噛み）(95)として，自己摂取する，あるいは自身を渇望するひとつの部分として吸収しうるひとつの共通名，共通名と接触させて固有名を汚染し，大文字を吸収し，消去し，縮小することもできるひとつの共通名でもある。だが逆に，この（つまりは否定的な）脅威は，ひとつのチャンスとして与えられる。共通名は固有名を失うが，しかしまた，負債を取り消して固有名を封印し，それを保持しもする。だとすれば，フランシスはある種の*spongoteras*であったということになるだろう。

---

94. 原文は Éponge éponge, l'éponge éponge, l'éponge est Ponge。この三つの文は，冠詞を除くとどれも発音が「エポンジュエポンジュ〔エポンジェポンジュ〕」となる。最初の文では冠詞なしの名詞 éponge の頭文字が大文字にされており，それによってそれが単に文頭に来ているからだけなのか，それとも固有名詞化されているからなのかは決定不可能になっている。ここでは固有名詞化されているものとして訳出しておいた。
95. mors は通常「馬の轡」を意味するが，もともと「噛むこと」を意味するラテン語 morsus に由来する。morsus は断片を意味する語 morceau の語源でもあることから，ここでこの語が挿入されているのだが，それによってその後の自食，自己摂取のイメージとの関連が強調される。つまりこの断片は噛み取られた一片ということになるだろう。また，この語の発音の内に「死（mort）」を聞き取ることもできる。

ギリシア人はこのように海綿〔éponge〕の保護動物を名指していた。それは海綿の前で見張りをし,同時にそれによって庇護してもらうのである。

すでに幾度も分割＝共有されて,清掃に適しているスポンジ,それはまた浄化のチャンス,すなわち汚れを消し,さらには——後で明白となるだろうが——借金（「つけ〔ardoise〕」）を解消する〔éponger〕ものでもある。信じがたい事物なき事物——固有なもの＝清潔なものであろうと非‐固有なもの＝不潔なものであろうとあらゆるもので触発されること〔自らを触発すること／変様を被ること〕が可能な名づけえぬものの名——,それは,汚されること,そして自分の汚れを自分で洗うことができ,かくして何とでも（例えば石と石鹸）一体となり,そしてそれゆえにすべてから除外されていて,あらゆるもの,あるいは何ものでもないものであるただひとつで,唯一の事物である。

あらゆるもので触発されて〔自らを触発して／変様を被って〕,スポンジは吸い取られる〔自らを吸い取る l'éponge s'éponge〕。

それ自身を,彼自身を。

スポンジは自らを再度印しづける〔自らを際立たせる／注目される se remarquer〕。したがって自らを消滅させ,自らを取り除き,自らを奪い去り,自らに関わり合いになる〔自らを括り込み分け隔てる se concerner〕（この語に関しては『マレルブ』

の終わりを参照)⁽⁹⁶⁾。

それはあらゆるスポンジ体〔spongisme〕を分泌し，それから身を切り離すに至る。

spongisomos とは滓，スポンジから切り取られ，採取され，選び出され，語られそして読まれ，スポンジでもってかき集められたごみくずである (*spoggizô, spoggologueô*)⁽⁹⁷⁾。

ソフィストの定義において，似たものと似たもの (*homoion*) の間においてと同様，より良きものとより悪しきものの間の分離が困難であることが告げられるとき，プラトンはこの分離，この識別〔*diacritique*〕を浄化 (*katharmos*) と名づけている。そして生命体ないし無機物の，外的にせよ内的にせよ，ありとあらゆる浄化の一覧を作成した後で，彼は論証の方法 (*methodos tôn logôn*) においては，海綿を用いて清掃する術〔*spongistique*〕(*spongistikè tekhnè*) も薬製作術〔*pharmacopoétique*〕⁽⁹⁸⁾(*spongistikes è pharmakoposias*) も同等の価値であると指

---

96. 注9参照。
97. *spoggizo* はギリシア語で「(スポンジで) 吸い取る」を意味する。*spoggologueo* は「スポンジ」を意味する *spoggo* と動詞 *logueo* の合成語であり，*logueo* は *lego* の変形と考えられ，「集めること」を意味する。したがって，*spoggologueo* は「スポンジを集めること」といった意になると考えられる (ここで *sppogo* は直接目的語ととるほうが普通である。例えば *spermologeo* は「種を集めること」を意味する)。ちなみに *lego* (*legein*) は *logos* の元になる動詞でもあり，「語ること」ないし「(声に出して) 読むこと」を意味しもする。
98. ここでデリダはギリシア語の単語 *pharmakoposias* を pharmacopoétique と翻訳しているわけであるが，*pharmakoposias* は「薬物」を意味する *pharmakon* と「飲むこと」ないし「飲ませること」を意味する *posis* か

摘する。
(99)

これはあなた方が予期しなかった参照であるが，私はそれを机の上に置き，少なくとも8年の間，現在の機会を待っていたのである。
(100)

彼の名の備蓄のなかに，婚姻＝処女膜，クラゲ，そして *pharmakon* があるのだとすれば，われわれは彼の署名を捕まえるにはほど遠いというわけだ。

そもそも彼自身そうなのだ。

(101)
二つの部の間の中断の一時が来てしまったことを印しづけるためにも，記念碑的な大きな文字で，大文字も小文字も区別せず（固有なものも共通なものもすべては言語〔langue〕に帰する），何も言わずに，銘文を書き込むことにしよう。言語の出来事を石碑の上に（したがって句読点なしに）書き込むことにしよう。石（それはわれわれを待っているだろう）の上，テーブル〔盤〕（彼は，それが立ち上げられ垂直であるようにそれを支えている）の上，つまりはスポンジに差し出された（さらされた）盤〔tableau〕の上に，一気にチャンスを書き込むこと

　らなる。プラトンのテクストではその術（テクネー）が問題なので，「水薬を投与する術」といった訳になると考えられる。デリダが *posis* と *poiesis* の音声的な類似からこのような誤訳をあえてしているとも考えられるが，二つの語の間にはいかなる言語学的関係もない。
99．プラトン『ソピステース』，226 d–227 c を参照。
100．デリダは1968年に『プラトンのパルマケイアー』を発表している（cf. «La Pharmacie de Platon», in *La Dissémination*, Seuil, 1972）。
101．［原注］：スリジーでの10日間にわたるシンポジウムでは，この発表は実際午前と午後の二重の部〔double séance〕からなっていた。

にしよう。

今後彼以後そしておそらく今日からそして私以後スポンジで吸い取ることはフランス語むしろフランス語化された〔フランシス化された〕あるいは再度フランス化〔フランシス化〕され地中海の海岸から再び植民地化された言語において例えばポンジュという名を洗うこと掃除すること清潔にする〔固有にする〕ことしたがって消去することだがまた一気に弁済することポンジュ家の名を書き込むことポンジュと署名すること〔SIGNER PONGE〕署名し吸い取ること〔SIGNÉPONGER〕ポンジュの名ですでに欄外署名してしまうことを意味するだろうしすでに意味していたということになるだろう

II

満たすことのできない主体性に対する解毒剤，つまりは海綿清掃術，そして薬製作術。

　それは署名の氾濫〔縁をはみ出ること débordement〕に関わる問題である。

　活動〔活力／能動性〕に満ちあふれている〔débordant〕が，その活動は完全に受容的で，開かれていて，もてなしよく，その術策において，あらゆる印象〔内部刻印〕を受容できる状態(102)にあるようなスポンジ。

　誰よりも〔entre personne〕活動に満ちあふれているスポンジ。人物，固有名，事物の名，事物の固有名あるいは人物の共通名の間で〔entre la personne, le nom propre,...〕活動に満ちあふれているスポンジ。

　それは疲れを知らない仲介者であり，ある不可能な契約取引の当事者たちの間を行ったり来たりする。当事者たちは付き合

---

102. 原文のフランス語 ruse の語源となるラテン語 recusare は「拒絶すること」を意味する。ここにも，デリダがたびたび強調するスポンジの能動性と受容性，固有性と非固有性等々の決定不可能性が読み取られる。

いにくく，近づきがたくて，少なくとも当事者としては契約取引に入ることを望んでいない。

　まず他者が署名してくれんことを。

　したがって，スポンジは身を削って奮闘し〔消費され se dépenser〕，八面六臂の活躍をした〔増殖した se multiplier〕ということになるだろう。それ自身あふれ返されて〔忙殺されて débordé〕。

　固有なもの＝清潔なものも非固有なもの＝不潔なものも，ほぼすべてを吸収し，ほぼすべてを表現〔外部表出〕したということになるだろう複数的単数〔複数的な特異なるもの＝特異なる複数的なもの singulier pluriel〕。私がテクストと名づけるものを残して，それ以外のものはすべて吸い込んだ〔éponger〕ことになるだろう。言うまでもなく，テクストが残されたからこそわれわれはおそらくここにいるのである。

　崇高な，とはいえ自分自身を飲めないものに至るまで飲み込んで〔我慢ならないほど自分自身を信じ込んで〕。飽くことを知らず，常に何かに渇いていて，しかしながらまったくもって特異な能力，したがってとても限られていて慎ましく，何でもできるにもかかわらず（何でもできるがゆえに）ほとんど無意味な能力をもつスポンジは，彼から前もって〔d'avance〕（この先行〔優位／前払い avance〕は気掛かりなもの〔先行して心を占めるもの préoccupant〕である）すべてを奪ったというこ

とになるだろう。それが彼の主要な気掛かりである。スポンジは彼からすべてを，あるいはほぼすべてを奪ったことになるだろう。というのも，それは彼に先立って，彼の代わりに〔彼のいる場所において〕生じ〔場を持ち〕，何でも自分のものとし〔すべてを自分の責任で取り直し／すべてを自分の口座に取り返し〕，彼の固有語法的な自筆文字を，さらには——それは正確に同じことではないのだが——彼の（またもスポンジによって）かくも完成された〔消費された consommé〕花押の技＝芸術を，ひそかに彼以上にうまく模倣するように見えるからである。

だとすれば，彼は自分の名によって自分自身に先立っているわけである。言語が彼になすこの先行〔前貸し〕で，彼は得をしたことになるのだろうか。彼はこのような貸付の契約において，彼を拘束する〔engager〕もの以上に得をしたことになるのだろうか。

何の利益があるのかと言われるだろうか。前もって彼を失う〔彼を破滅させる〕もののおかげで，彼は自らを保持し〔身を守り〕もするのである。あらゆる襲撃に，異他的な身体による汚染に，まさに盗難に，そしてあらゆる他者〔まったき他者〕一般に逆らって。というのも，スポンジは彼があらかじめ——絶対的な前日付——フランス語の資料体〔corpus〕のほぼ全体に署名することを可能にしたことになるからである。したがってまた，その他多くのもの——諸身体あるいは諸言語——に署名することを。お返しに〔en revanchc〕。

94

　気掛かりな〔先行して占領する〕スポンジ〔海綿〕はなおも——それは少なくとも事物であり，そして常にわれわれに先んじる〔prévenir〕自然のようなものであるから——自然に属している。言葉と事物を分別する常識にとって事態はこのようなものである。スポンジはなおもあまりに自然すぎて，「事物」と言語の内にとらわれた「名」の間の仲介者ないし証人（これはある決闘の舞台〔pré〕上にも召喚させるべき語である）の役割を演じることはできない。それは自然の内にあまりに浸りすぎている。あまりに近すぎ，そして同時にかくも隔たっている。人間的なものにまだ無縁〔異他的〕なのである。それはその名のようには手元にないわけである。

　その反面，自らを預け託す〔自らの意中を明かす se confier〕ために，しかしまた，清潔＝固有にせよそうでないにせよ液体＝現金〔liquide〕（あるいは前貸しないし借金）を吸収して消し去るためにも，彼はほとんど代替不可能といっていい人口物を有している。タオル地〔tissu-éponge〕である。

　タオル地はそれほど自然ではないがゆえに——それは工場に由来し，製造過程がそこに読み取られる——より近しいものとなる。パラダイムは再固有化し，エンブレムはよりよく再固有化されるがままになる。その親近性〔家族性〕はそれに家族的雰囲気を与え，そこには彼の名前が再度見いだされる。経済的＝家政的形態において，それはなおいっそうよく同定される。[103] つまり家の，固有なものの法のもとで，〔手で〕加工され〔manufacturé〕，手で扱うことができ〔manipulable〕，そして飼

---

103. エコノミーは語源的に「家の法〔統治〕」を意味する。

いならされ〔家庭化した〕，さらには夫婦化した形態，スポ・ン・ジ・タ・オ・ル・〔serviette-éponge〕の切り取られた形態で。

　原料〔第一質料〕，つまりここではタオル地から，それに形態＝形相を与えるために，スポンジタオルを切り取ったことになるだろう。

　タオル地がそうして形態＝形相を与えられる〔タオル地はそのことをよく知っている en être informé〕。ひそかに〔手元で〕。

　それらはそうして形態＝形相を与えられる〔そのことをよく知っている〕，というのも，言うまでもなくそれらはすでに複数であるのだから。

　二つの場合において（物質＝質料と形態＝形相，こう言ったほうがよければ物質＝質料と記憶），ハイフンの周りで，あるいは絶えざる連結の周りで，スポンジが主体＝主語なのか属性＝属詞なのか，実体なのか偶有性なのか，名詞なのか形容詞なのか，事物なのか質なのかはよくわからない。

　さらには，「である〔être〕」なしに，そして連辞なしに，ある動詞が連結活用〔conjugaison〕しているのかもしれない。つまり le tissu-éponge〔布は‐吸い取る〕，la serviette-éponge〔タオルは‐吸い取る〕。そのとき，ハイフンは「である〔est〕」に代わって，その操作が主体に突如として付け加わるのではないこと，それに付随して起こるのではないこと，それに依存していないこと，逆にその唯一可能な行為〔現働 acte〕，その本質的な潜勢力〔puissance〕あるいはエネルギー〔エネルゲイア

énergie〕として,それを触発〔変様〕しそれを定義づけていることを印しづける。

連結活用の手の裏でひそかに,夫婦的連結性〔conjugalité〕がわずかに,それを巧みに利用している。

ここでもまた,二重帯〔二重拘束〕状に,女性形と男性形——タオル地あるいはスポンジタオル——の価値づけは絶えず転覆を行い,表裏で転覆の転覆を行う。休みなく。引き継ぎ〔止揚 relève〕も取り消しもなく。[104]

パンの身の否定的価値,その軽蔑すべき,冷ややかな緊硬性〔consistance〕。「パンの身と呼ばれるあの緩んだ冷たい地下はスポンジに似た布地を持っている」。

「断固たる決意」,勇気,応答責任,尊厳,率直さ〔franchise〕といった諸価値の反転(それが始まる上述の箇所を参照のこと)が,「冷たいこと〔froid〕」と「もろいこと〔friable〕」もまた下方へとせきたてる。

「パンの身と呼ばれるあの緩んだ冷たい地下はスポンジに似た布地を持っている。葉と花はそこで,あらゆる屈曲部のところで一度に接合されているシャム双生児のようである。パンが固くなると,この花々は萎れ,収縮する。そのとき,それらは

---

104. 原文は la mise en valeur du ou de la—du tissu-éponge ou de la serviette-éponge—[...]。tissu-éponge は tissu の影響を受けて男性名詞,逆に serviette-éponge は女性名詞である。du は前置詞 de と定冠詞男性単数の le の縮約形であり,de la は同じ前置詞と定冠詞女性単数 la が組み合わさったものである。その受動性ゆえに女性的なものとされたスポンジは,やはり受動性によって特徴づけられているはずの質量的様態(タオル地)において男性名詞であり,ポンジュとの親近性の法のもとに形態を与えられたスポンジタオルは逆に女性名詞なわけである。

互いに身を離しあい，塊はそのせいでもろくなる……。

だがそれを砕いてしまおう。というのも，パンはわれわれの口のなかでは，尊重の対象であるというよりは消費の対象であるべきなのだから」。

口のなかのパン，つまりは語〔vocable〕であり，また，あらゆる崇拝を免れているとしても，ひとつの名であり，その口頭による〔口での〕消費は「枯れ木」が最も作られる木と共に聞き取られる。枯れ木，すなわち松〔pin〕（「あなた方が F. ポンジュによって注目されたということはどうでもいいことではない……」ということが言われたであろうもの，つまり松林に関しては上述の箇所を参照のこと）。

消費し，語ってしまうことだ，飲み，そして食べるために（ほら，「牡蠣」においてのように。「[……] 飲み，そして食べるための丸ごとひとつの世界 [……]」）。そしてここで松を口に入れる瞬間に中断してしまうこと。そこで打ち切りにしてしまうこと。

・・

105．原文は brisons-la。同じ発音の brisons-là は成句表現で議論などを「打ち切りにしよう」の意になる。この成句表現をデリダはこのパラグラフの最後で用いている。

106．«Le Pain» (*Le Parti pris des choses*), in *Tome premier, op. cit.*

107．原語は adoration。adorer はそもそも「（何かに）言葉を向けること」を意味する。

108．フランス語ではパン（pain）と松（pin）は同じ発音。

109．«L'Huître» (*Le Parti pris des choses*), in *Tome premier, op. cit.*

地下の冷たさ，そしてもろさに関しては，草原に関して言われる「壊れやすい〔fragile〕が縁取ることはできない〔non frangible〕」という箇所を読み直していただきたい。草原はわれわれを待つスポンジ状の名であり，「敵対する記号のにわか雨」と「始原の雷雨」の後で生じる，土と水，固体と液体の混合物である。すなわち，（歌，賞賛，絵画あるいはエクリチュールの）飛躍〔ほとばしり〕がその欲望を最大の高まりにおいて，崇高な抑制——それがなければ決して何ものもそそられる〔勃起する bander〕ことはない——に従って落下し始めるぎりぎりのところに宙吊りにするという危機的〔de crise〕契機（そしてまた縮合〔crase〕の契機，つまり不純な混合物の契機。 それは「paratusの縮合形」なのである）。それは息を呑むほどである。始まりのすぐ後ですべてが止まってしまうのではないか，起源のすぐ傍で始まることさえなかったということもありうるのではないかという激しい不安〔effroi〕。fr 効果。すなわち，すべては始まっているように見える。彼が名づけたことになるのだろうか。彼自身署名したことに。

　この「スポンジに似た布地」，「それをパンの身と名づける」ことは正当だろうか。この布地（あるいは女性形のパンの身）はしかしながら，無気力，冷ややかさ，無関心である。この布地は単に「スポンジに似ている」に過ぎない。

　そこで今度は，ほぼひとつの語，ただひとつの名になったタ

---

110. 語源的には「混合」の意。ちなみに crise の語源 krinein は「分けること，決定すること」を意味する。
111. paratus は pré の語源とされるラテン語で，parare（準備する）の過去分詞であり，「用意できている，手元にある」を意味する。ちなみに『リトレ辞典』はこの説を疑わしいものとしている。

オル地が，自身に結びついて下方へ向けて吸い込み（pompeに関わる問題，pompeの諸々の意味＝方向が提起する問い），下方に，つまりは水分〔humidité〕ないし卑下〔humilité〕といった否定的価値に向けて惹きつけ（「その侮蔑的な指数を伴う低さ〔下品さbassesse〕という価値へ，そしてその帰結として屈従〔humiliation〕という価値へだろうか。ああ，余談になるが，*humid*と*humil*という語根の間の音声関係がついに裏づけられたことに私はとても満足している」:『セーヌ川』），靴をなめてへつらい，力の前に這いつくばり，くずを貪り，廃棄されたものを引きとどめておくことのできる状態にいつもある。それは汚れ‐湿ったものの最も近くにあるマット〔paillasson〕である。「ところで，いかめしく堅固な古岩から，このタオル地質の地層，この湿ったマットをただ単に剝ぎ取ることは，飽和状態に至って可能となる」(「苔」)。

　ポンプによる意味＝方向の逆転に関しては，もうひとつの逆転を待機すべく，まずは「叙情的行列」を再読していただきたい（「公共衛生の車たちが夜間に通りにやってきたとき，そのとき以上に詩的なものがあるだろうか！［……］そしてこの乱

---

112. pompeは「ポンプ」の意のほかに同じつづりで「（式典や行列などの）盛大さ，荘重さ」，「（文体や表現の）典雅さ」を意味する。この二つの語に語源的な関係はない。
113. humidは「湿った」を意味するフランス語humnideの語源humidusの語根。humilはhumiliationの語源humilisの語根である。humilisは大地を意味するラテン語humusに由来し，「大地に近い」というところから「低いこと，へりくだっていること」等を意味する。
114. paillassonは比喩的に「卑屈な人，へつらう人」を意味する。
115. «La Mousse» (*Le Parti pris des choses*), in *Tome premier, op. cit.*
116. «La Pompe lyrique», in *Pièces, op. cit.*

雑な吸い込み——そしてポンプとタンクの内にあると想像されるもの，ああ気が遠くなりそうだ！」。

　剰余価値と共に何が生じているのか。例えば，より自然なもの（海綿）からより自然でないもの（タオル地，ついでそれから製造され，切り取られ，縫われ，飼いならされた〔家庭化した〕スポンジタオル）へと，生産が質料に形相を与えるときに。
　スポンジタオルはもはや，ひとつのありきたりな否定的価値あるいは無価値を代表〔表象〕してはいない。それは価値なきもの，無，取るに足りないものの範例そのもの，ほとんど価値＝価格のないどれでもいいもの，些細なものの群れのなかの匿名的あるいはほぼ匿名的なものとなる。排泄〔排泄物〕をこらえて〔引きとどめて〕いただきたい。
　「そしてまた，あなた方の鼻をあなた方の糞に突っ込むためにこそ，私はありえそうで想像可能な他の幾多の事柄〔事物〕を記述しているのだ。
　スポンジタオル，ジャガイモ，洗濯釜，無煙炭だっていいではないか。［……］ポエジー，茶化されたモラル……」（「副次ページ」，『前詩』所収）。
　事態〔事物〕はすでに逆転する。スポンジタオルは無煙炭にさえ先立って，取るに足りないもの，下層階級のものの最初の例である。つまり価値＝価格なきものの最良の例である。それは価値＝価格をもたない。かくも特殊で，無意味で，特異で，多数化しうるものであるがために，それは価値＝価格なくある。つまりは手が出ない〔接岸できない inabordable〕価値＝価格のものなのである。それはこのような特異な事物となる。つま

り特異なもの＝単数のものの，そして絶対的な稀少性の例（したがって不可能なもの）。そしてまた，それは恣意的なもの（「スポンジタオル〔……〕だっていいではないか」）の例である。この恣意的なものは，そこに固有名の効果が認められるような恣意的なものの必然性，そのような偶然性〔contingence〕の法(117)を伴って，ひとつの挑戦めいたものを引き起こす。つまりは正当化することができないだけにいっそう確固たる保証。それはもはや正当化される必要がないのである。「だっていいではないか」から数行のところではこう言われている。「私がなんら共通のものを持たないこの世界，そこでは私は何を望むこともできない（われわれはとんだ計算違いをしているというものだ）のだから，どうして恣意的に始めていけないということがあろう……云々」。

「世界の形態＝形相」の例(118)。世界の形態＝形相のための〔の代わりの *pour*〕例であって，それ以上でも以下でもない。だがそれは諸々の例のなかの例である。かくも特異で，ばかげている〔*idiot*〕諸事物の例。それゆえに，これらの事物は常に，範例的すぎて何ものの例にもならない例，特異性そのものの例なき例，恣意性と偶然性の必然性である。彼のテクストのそれぞれ，彼の署名のそれぞれが，常に唯一的で，例なきものであるにもかかわらず，飽くことなく（同じ）事物＝事柄を，同じものを反復しているように。

ここで，ひとつの――ほかならぬこの――スポンジタオルと

117．この語の語源 contingere には「偶然に生じる，到来する」の意がある。
118．«La Forme du monde» (*Proêmes*), in *Tome premier, op. cit.*

その諸々の被多数化項〔multiplicande〕はある非対称を証言している。それらはテクストの内で、いつものように、そして形を与えられた布地のように、鍵がなかに入っている鍵穴の上に配置されている。「だがむしろ、まったく恣意的な仕方で次々と、最も特殊で、非対称で、そして偶然的であることで評判の諸事物の形態（そして単に形態だけではなく、あらゆる特徴、色や香りの特有性〔特殊性〕）。例えば、リラの一本の枝、グロ゠デュ゠ロワ埠頭の先端のところにある岩でできた天然アクアリウムのなかの一匹の海老、私の浴室にあるスポンジタオル、鍵がなかに入っている鍵穴といったような事物の」。

ひとつのスポンジタオル、このスポンジタオルであって他のものではない。それはスポンジタオルのひとつの例あるいは概念でさえなく、（日付を記され署名された）今ここで、私の浴室にあるこのスポンジタオル、これであって他のものではないスポンジタオルである。そのなかにあって廃棄と排泄に署名しているもの、それはまたそれを愛させるものでもある。彼はそれを欲望する。それは再固有化＝再清潔化し、安心させ、興味を引く。それは「興味深い〔利益のある〕」ものであり、即座に、そしてまさにそれを廃棄させるものゆえに、興味＝利益、剰余価値を回帰させる。それゆえにこそ、それは他のあらゆる価値、合意取引、交渉の共同市場よりも興味深いのである。

「先日、友人たちとレストランで食事している席で、H. C. が私に非常に興味深い事柄を語っていた。時の諸問題のすべてが話題になっていた。

話をしながら、われわれは洗面所へと降りていった」。

ちょっとだけ映画を中断することにする。スポンジタオルの

場面,ほどなく価値を逆転させ(ここでカタストロフィについて話すこともできるだろう),当該の事物への投機の際限ない上昇を引き起こす経済危機,この大暴落はもう少し先で生じる。またもや地下に降りていかねばならなかったということになるだろう。もちろん話をしながら。では続きを見よう。

「話をしながら,われわれは洗面所へと降りていった。

すると,なぜだかはわからないのだが,突然

私の友人がスポンジタオルを投げ捨てるやり方が,

というよりもむしろ,スポンジタオルがその置き台に収まる仕方が——私には共同市場よりもずっと興味深いものであるように思われた。[それが会話のもう<u>ひとつ</u>の主題〔逆転の他なる主体 l'*autre sujet de conversation*〕であったわけである——J. D.]

このスポンジタオルはより安心させるものであるようにも(そしてそのうえ動転させるものであるようにも)私には思われた。そして食事の間,このように私は何度となく誘惑された」(「静物とシャルダンについて」)。

逆転は絶え間ないものであり続け,決定不可能性は構成的であり続けるので,スポンジタオル(タオル地あるいはスポンジ

---

119. conversation の語源であるラテン語動詞 converto は「回転すること,ひっくり返ること,ひっくり返すこと」等を意味する。つまり,スポンジタオルはここで「共同市場」とは別の会話の話題をなすというだけでなく,ここで問題の逆転の主体でもあるということになろう。また,「共同市場」には固有なもの propre に対比された共通なもの commun が含まれていることも注意を要する。また,ここで「他なる」が含意しているものに関しては後述箇所を参照。

120. «De la nature morte et de Chardin», in *L'Atelier contemporain, op. cit.*

テクスト〔texte-éponge〕）が不可能なものとしての最も近しい事物，最も捧げられ，最も拒絶された事物，事物をしてひとつの事物となす他なる事物〔l'autre chose〕ないしは他者なる事物〔la chose-autre〕を卓越した仕方で形象していることが理解される。あえて言ってしまえば，それは事物の事物性であり，そこから常に問題となっている＝彼がそれでもって常に働きかけられている契約なき法が口述される〔命じられる〕。不可能な事物，それが必要であり〔il faut〕，それを書き，それに署名し，それに署名させ（後でわれわれは出血させる〔saigner〕と言うであろう），それを署名へと変容させねばならない。

　不可能な主体＝主題。私は始めにそれは主体＝主題ではなく，むしろ主体＝主題なき主体＝主題であると言っていた。この不可能なものに近づくとしよう。「口述の試み」にはこうある。「決して人間への参照はない。あなたにはスポンジタオルに関する深い観念がある。みなそれをひとつ持っている。そのことはそれぞれにとって何事かを意味するものだが，それこそがポエジーであり，そのこと，この深い観念こそが問題であるということは決して誰も考えてみなかったのである。それを恥ずかしげもなく思いつくということが重要なのである。それこそが真理であり，それこそが堂々巡りの術策から抜け出るのである」。

　ここでスポンジタオルがポエジーの範例，そしてさらには真理の，もっと先で，そして他のところで彼が言うには「享楽す

---

121. 原文は la loi sans contrat dont il s'agit, lui, toujours。注 23 で述べたように，デリダは lui を挿入することで，この il をポンジュの代名詞としてとらせる可能性を開いていると考えられる。

る〔オルガスムに至る〕」真理，そしてまた「歓喜する」真理の範例の地位を占めに来るということ，これこそこの巨像的〔colossal〕署名のチャンスである。

巨像的，私はそのことを今すぐに，そして待歯石〔隅石／布石〕として指摘しておく。というのも，さも偶然かのように，スポンジタオルのすぐ後に来る例は石，スポンジによって勃起し〔建立され〕－石化された〔érigé-médusé〕石（「メデューサの首〔Medusenhaupt〕」のフロイトならそう言うだろう）[122]だからである。「あなた方は〈石のような〔無情な〕心〉と言われるのを聞いたことがあるだろう。こういったことに石は使われているわけだ。〈石のような心〉，それは人間の人間への関係にとって役に立ちはする。だがちょっと削って〔掘り下げて〕みれば，石が硬い〔厳しい〕ものとは別のもの〔autre chose〕であることを理解するに十分である。石は確かに硬いものであるのだが，それはまた別のものでもあるのだ」。

ここで問題になっている別のもの〔他者〕とは何であるのかを後で見てみるために，削ってみる〔掘り下げてみる〕こととしよう。

やはり「口述の試み」のなかのもう少し先のところで，彼は真理を退けつつ——まさしくそれが享楽する〔オルガスムに至る〕ために——，彼のスポンジタオルをある種の処女膜＝婚姻のすぐ傍に差し込む。

「［……］真理は享楽する〔オルガスムに至る〕。真理，それ

---

122. Cf. Sigmund Freud, *Das Medusenhaupt*, in *Gesmmelte Werke*, Bd. 17, Imago Publishing Co., Ltd, 1941〔邦訳「メデューサの首」須藤訓任訳，『フロイト全集第17巻』所収，須藤訓任編集，岩波書店，2006年〕.

はあるシステムの結論ではない。真理とはそのような〔享楽する〕ものなのだ。真理を探している人たちがいるが，真理を探してはいけない。真理は自分の寝床のなかに見いだされるのだ。だがどのようにそれを自分の寝床なかに導いていけばよいのか。しばしばそうであるように，他のこと〔autre chose〕を語りながらである。他のこと，哲学ではなく，真理でもなく，他のことについて語りながらである。するとしばしばそれは美しい〔善〕とみなされる。[123] 実際，かなり頻繁にそれは花嫁のようにいくつものベールに包まれている。ついで，それが享楽した〔オルガスムに達した〕後でしかそれを用いてはならない——こういったことを言うことをお許しいただきたい……」。

行変えのところの中断符，一見したところ余計な脱線，横道への一歩。

「いずれにせよ，できるだけ先入観を持たないようにしなければならない。最良なのは不可能な主題を選ぶことである。それは最も近しい主題である。例えばスポンジタオル……この種の主題に関しては先入観がない，つまりはっきりと言表される観念がないからである……」。

元のタイトルが「三人称単数」であったこの口述の試みにおいて，不可能な主題の内最初に来るものであり唯一の例であるのはまたしてもスポンジタオルである。それは他の諸々の内のひとつではあるが，出頭すべく呼び出された〔引用された〕唯

---

123. 原文は Souvent alors c'est considéré comme bien。ここで展開されている真理と女性の類比に従えば，bien を形容詞とみなし，「美しい」といった意味にとるのが妥当であろうが，bien の内には哲学的な意味での「善」の観念が聞き取られる。

一のものであり，唯一の証人である。不可能な主題，それがま
ずもって言わんとするのは，扱うのが不可能な対象＝客体，伝
統的な詩学あるいは真理の後を追っかけ回している哲学には扱
いきれないと判断された対象＝客体ということである。しかし
ながら，この文章の葉状の重層構造において，あるいはいつも
のようにそのスポンジ状のわずかな〔軽い〕厚みにおいて，そ
のようなものとしてポンジュによって定立された不可能な主題
は，単にある対象＝客体ではなく，命じ〔口述し書き取らせ〕，
要求し，指示する〔規定する／あらかじめ書き込む prescrire〕
主体，自らを与える〔身を任せる〕，あるいは自らを与えない
〔屈しない／体を許さない se refuser〕主体である。その無意味
さゆえに伝統によって不可能と判断された主題＝主体は，ポン
ジュの詩学にとってもまた卓抜な主題＝主体である。それは奨
励されており，取り扱わねばならないものの最初の例である。
この不可能なものは必要なもの＝必然的なものである。

　ここでわれわれの問題を複雑にするものがあるとすれば，そ
れはその無意味さゆえに伝統的な詩学にとって不可能である主
題＝主体は，一見逆の諸理由から，ポンジュという主体にとっ
ても不可能であるということである。私の知る限り，彼は意図
的にせよそうでないにせよ，多くの場所で（どんなタイプの場
所なのかは後で見ることにしよう）それを確かに名指し，預け
置き，配置してはいるが，決してそれ自体として扱ったことは
ない。彼はそれを逆言法や省略法によって，通りがかりに，つ
まりスポンジを通り越し，それをずらし，それにあるかなきか
に触れることによってしか扱ったことがない。私の知る限りだ
ということは強調しておこう。というのも，私は彼の作品すべ

てを読んだわけではないし，スポンジのことを考えずに読んだすべてのものを読み返したわけでもないからである。そのうえ，解読機械というものがあるとしたら，それでさえ，今日のところはまだあまりに粗雑すぎて，テーブル，意味，語，文字等々のありとあらゆる隅に隠され，暗号化され〔crypté〕，散乱し，ひしめき合っているスポンジを拾い上げることはできないだろう。さらに何よりも，たとえ彼がスポンジタオルに関する，スポンジタオルと題され，しかも私が見逃してしまったことになるであろうテクストを発表していたとしても，[124] あるいは彼がそのようなテクストのひとつを机の上あるいは机の下に〔ひそかに〕持っていたとしても，だからといってそのことは事態をまったく変えはしないだろう。それはまたしても諸々の書き物の内のひとつのきわめて特殊な書き物であり，例なき例であり，不可能な主題＝主体から同じように近くもあれば遠くもあることだろう。

　したがって，この不可能な主題＝主体は不可能であり続けた。それは，その当たり障りない無意味さゆえにというよりは，その重大な無意味さ，それが表象代理している不可能な主体性ゆえに扱いきれないのである。この主体性のところから，それは署名者に対して要求し，署名者から要求し，署名者を要求する

124.　［原注］：このようなテクストは存在した。それは 25 行から成り，「スポンジタオル」（1936-1974）というタイトルで，このテクストと同時に 1976 年の『ディグラフ』誌第 8 号に発表された。シンポジウムの際には私はこのテクストを知らなかったのだが，そこに嬉しくも認められる，感服してしまうようなあらゆる確証をほかのところでぜひとも語りたいと思う〔このテクストは後に *Nouveau Nouveau recueil*, tome I (Gallimard, 1992) に収録された〕。

のであり、署名者を底なしの債務者、貸付を弁済すること、あるいは借りを解消する〔éponger l'ardoise〕ことのできない債務者の立場に置き入れるのである。「スレート石盤」——それは「磨き上げられた〔poncé〕」石である——には「クレジットという観念がある」と彼が指摘していることを喚起しておこう。

「しかしながら、スレート石盤にはクレジットという観念がある。〔……〕ある記憶から別の記憶へとすばやく何度も移り行かねばならず、たやすく消去されることができるのでなければならないもののための、つかの間で、白亜質の書式化。〔……〕それをスポンジで拭うことの何たる喜び。〔……〕スレート石盤とは結局のところ、くすんでいて硬い一種の待歯石でしかない。

そのことをよく頭に入れておこう」。

ここではこのことについて論じることはできないが、この頭に入れておくこと〔夢想 songe〕への招待は、先ほどのピン〔洗濯ばさみ épingle〕や妻〔épouse〕と同じように、onge のつく諸々の語のひとつの演出を丸ごと誘発することもできたかもしれない。これらの語は彼の語彙において増殖し、いずれもが略号、すなわち省略され、中断され、あるいはまた凝縮され、ページの表面にピンで留められた署名であるかのようになるのだが、この表面から、それらはまるで息の切れることのない海綿漁師のように記憶の底へと飛び込んで行く〔plonger〕か、あるいはまたテクストの編目を蝕み〔ronger〕、他のありとあ

125.「(借金の勘定の書かれた) スレート石盤を拭き取る」ということから、このような意味を持つようになった。

126. «L'Ardoise», in *L'Atelier contemporain, op. cit.*

らゆる（従っていくべき）意味＝方向の航跡をたどり〔longer〕、またはそれを延長していく〔prolonger〕。

　不可能な、そして卓抜な主題＝主体、卓抜して不可能な主題＝主体として、スポンジタオルは単に無限の負債によって縛られているだけではなく、無限のクレジットを開くのだが、受動的なものと能動的なものは、円環あるいは閉じられた輪となって互いを打ち消しあうことはない。人は双方の側で契約取引を越えたところにおり、贈与に対する贈与〔相互的贈与〕は釣り合いも取れていなければ交換もない。そしてそのことが無限なる不安を死に至るまで保つのである。

　このことは、不可能な主題＝主体が、法をなすすべてのもの〔事物〕同様、ひとつのまったく他なる——つまりは不可能な——他者であり、このまったき他者は最も近いところにいるということに起因する。

　不可能な主題＝主体とは、そう言われているように、「最も近しい主題＝主体」なのである。

　このことはまず、彼の場合常にそうであるように、平凡さということの平凡な意味で聞き取られる。つまり最も親しみがあ

---

127. この挿入は原文では文末に来ている。フランス語の表現 à suivre は、成句的には「（次回、次号に）続く」を意味するが、ここでは文末で括弧に入れられていることで、この表現がここでの議論全体にかかるのか、単に「意味＝方向の航跡」にかかるのかが曖昧になっていると思われる。最初の場合、デリダはこの議論をここで行うことはできないと前置きしているので、この onge の語彙の演出がよそで続けられるべきものであるということを言わんとしていることになるし、第二の場合ではここで言われている「航跡」がたどられるべきものであることを言わんとしていることになる。ここでは第二の場合に即して訳出しておいたが、こちらがより蓋然的と判断したということではない。

って，最も日常的なもの，例えばスポンジタオルといった本当にわれわれが手元に，手の内に，手の周りに持っているようなものである。しかしそれはまた，最も近しい主題＝主体である——書いている主体に，彼の固有な名に，そして彼の署名に。これもまた最も近しい主題＝主体であり，やはりまたスポンジタオルである。

彼は常に他のこと〔他なる事物〕を言うのだ。そのこと，そしてまた他のこと，彼が言うのとは別のこと〔他のこと〕，ひとつのこと〔ある事物〕プラスその他者，プラスあるいはマイナス他者，常に他のこと〔他の事物〕を。彼はひとつのこともその他者も〔ひとつのことを他者のように／ひとつのことを他者として〕語るのである。

不可能な主題＝主体，最も近しい主題＝主体。最も近しいものは不可能なもの[128]であると理解すれば十分だろう。つまり近づきえないものであると。

不可能なもの（近づきえないもの，付き合いにくいもの）であるとはどういうわけか。二つの兆候がある。

1. 近しいものが不可能なものであるとすれば，その場合，まったき他者として，最も近しいものはまた最も遠きものともなる。そのことは固有名を経由する。

こんなふうに急いで進んでいかないように注意しなければならない。そんなことをしてしまえば，われわれは頭を前に出して突き進んでいくのではなく，むしろ深淵を避け，そこから注意をそらしてしまうということになるだろう。それは不注意に

128．impossibleには「手に負えない，付き合いきれない」といった意がある。

よってそこに落ち込んでしまうもうひとつのやり方である。入れ子化〔深淵に置き入れること〕に注意しなければならない。この動き全体を，固有なものないし近しいものの形而上学——あるいはまた，固有なもの (prope, proprius)[129]，近しいものそして現前的なもの〔現在〕といった諸価値を結びつけるならば，現前性の形而上学——と混同しないために。もしそれがひとつのシンポジウムでの行為により適しているのであれば，私はよそでそうしたように，「深淵に置かれた太陽」と「草原」の（逐次的以上あるいは以下の）解読を試みたかもしれない。草原〔pré〕の草原の内への入れ子化，「現在〔présent〕のなかにすでに現前している」pré[130]（「卓抜な過去分詞としてここに横たわっている」[131]死者）の入れ子化は，それだけですでに，現前性を始めとして，さらにその帰結として近接性，固有性＝所有物＝所有権といったこれらすべての価値をそれら自身から隔てるのに十分である。したがって，ここでは現前性‐の‐形而上学も，バシュラールがデカルトについて言っていたような「スポンジの形而上学」[132]も作用していないのである。

そうではなく，それは形而上学の諸法を入れ子状に取り扱うことなのである。

---

129. prope はラテン語で「近く」を意味する副詞で，proche の語源。proprius は「自分のものとする」の意で propre の語源。
130. pré-は接頭辞として「（空間的，時間的に）前に，前の」の意を持つ。
131. 注 111 参照。
132. Cf. Gaston Bachelard, *La Formation de l'esprit scientifique*, Vrin, 1938（Chapitre IV «Un exemple d'obstacle verbal : L'éponge»）〔邦訳『科学的精神の形成：客観的認識の精神分析のために』及川馥，小井戸光彦訳，国文社，1975 年〕：デリダは«La mythologie blanche» (in *Marges de la philosophie*, Minuit, 1972) のなかでこの問題に触れている。

2. したがって，最も近しい主題＝主体（スポンジタオルは，それ〔ça〕[(133)]が「享楽し」そして「歓喜する」ところで，真理あるいはまったき‐他者の代わり〔場所〕にやってくる）は伝統的詩学の堂々巡りの術策にとっても，彼にとっても不可能なものであり続けたということになるだろう。たとえ彼がそれを扱ったとしても，そしてそういうことが到来したとしても，それは到来しなかったことになるだろう。それは不可能な出来事である。というのも，彼は他のこと〔他の事物／他なる事物〕もまた扱うよう強いられるだろうし，スポンジタオルは他なるものであり続け，動じることなく，それに注目する〔それを再び印しづける〕者に対して，そしてそれ自身の際立ち＝注目〔再刻印〕に対して無関心であり続けるであろうから。そしてそれはまた，他の理由は諸々あるが，事物が常に他なるものであるからであり，固有なものは共通なものの内に消え去るからであり，記号のスポンジ状構造が，それ〔彼〕が語ろうとする固有

---

133. ここでデリダはスポンジタオルを明白に受ける代名詞 elle ではなく中性的な代名詞 ça をあえて用いていると考えられる。ça は通常定冠詞を伴って，フロイトにおけるエス（Es）概念の訳語として用いられる。自我に先立つ非人称的「主体」として，ここでの ça は当然フロイトのエスを参照しつつ，スポンジの「主体なき主体」としての性格を表わしていると考えられる。一方で，このような定冠詞なしでの ça の使用は，ハイデガーについては何も言わないでおくなら，むしろラカンを想起させる。周知のように，ラカンは無意識がひとつの言語として構造化されているというテーゼを表明しつつ，しばしば ça parle という定式を用いた。かくして，意識という意味での（形而上学的）主体は「語る主体」としての特権を剝奪されることになる。ここでのデリダの言い回し（とりわけ，このテクストにおいてたびたび用いられている ça jouit という言い回し）は，*Encore*（*Le Séminaire de Jacques Lacan, Livre XX*, texte établi par Jacques-Alain Miller, Seuil, 1975）の第9講に掲げられた次の題辞と対照されるべきと思われる： *Là où ça parle, ça jouit, et ça sait rien*。

名,それ〔彼〕が署名のために用いようとする固有名を吸い取ってしまうであろうからである。この構造は,分類,概念的一般性,反復の,そして当然のように生じる入れ子化のシステムの内に固有名を書き込んでしまうであろう。

記号は署名を吸い取る〔Le signe éponge la signature〕。

Le signe éponge, これはおまけに〔市場取引を通さずに par-dessus le marché〕,幾多の仕方で裏側から署名されて聞き取られうる。Le signe éponge〔記号は吸い取る〕。それは動詞であり,記号の行為,それが(事物と署名を)吸い取る限りで「記号」という主体=主語の行為である。Le signe éponge〔スポンジという記号〕,それはひとつの名,お望みなら括弧に入れられた名,つまりは「スポンジ」という記号〔le signe «éponge»〕であり,ひとつの記号であるスポンジの名であると同様,われわれが確かめたように,ひとつのスポンジでもある記号の名でもある。スポンジの名はひとつの記号であり,スポンジはひとつの記号なのである。ついで,記号とはポンジュである〔le signe est Ponge〕。現にここにいる署名者であり友人の固有名が記号の述語となり,かくしてわれわれは署名とポンジュ〔le signe et Ponge〕を,ポンジュと共に(『石鹸』の最後の補遺で,彼が「共に」〔という語〕と共に行っていることを参照)署名

---

134. デリダがすでに引用した「補遺 V」の一節(「社会の内に入り,なんらかの他者(生き物であれ事物であれ),要するになんらかの客体=物と共にいるようになることによってこそ,誰もが自分の同一性を構想し,それをそれではないものから切り離し,その垢を取り,煤を払うことができるようになるのではあるまいか。つまり自らを示す〔記号によって示す/意味する se signifier〕ことが」)の直前には,次のようにある。「そして言うまでもなく,われわれの省察のこの段階において,〈共に avec〉という観念,すなわちその語そのものを両腕でがっちりとつかま

を持っていることになる。そしてさらに，言語と共に多少重い斧〔hache〕を持つことで，記号はポンジュを憎む〔le signe hait Ponge〕。最後に，偽造によって，人はあるシンポジウムの議事録の下に，あるいはまったく別の誓約書の下に，署名者ポンジュ〔signé Ponge〕と書き込むことができる。そしてそれは私が・あ・な・た・方に〔あなたに〕与えることのできる命令である。[(135)]つまり，以後しかるべき仕方で書くすべを知るようにしなさい，そしてそのためにはポンジュと署名しなさい〔signez Ponge〕，と。あるいはまた・彼に与えることのできる命令である。署名しなさい，ポンジュ〔signez, Ponge〕，というふうに，私の問題〔事物〕であるものそのものに話しかけながら。あるいはまた，〈スポンジと〔に〕署名しなさい〔signe éponge〕〉，〈記号，スポンジ〔signe, éponge〕〉，〈署名しろよ，なあ，ポンジュ〔signe, eh! Ponge!〕〉（というのも彼が渋るので……）。このシ・ニ・ェ・ポ・ン・ジ・ュは[(136)]，これほど多くの可能な候補にかくも経済的＝家政的にゆだねられて〔貸し与えられて〕しまう言語というもののスポンジ的性質，その多少不快な両義性を保持している。

　あまりしつこくするのはやめておこう。だが，タオルとポン

　えなければならないだろう。さて，avec とは av-vec，apud hoc，すなわちそれの傍らで，それに連れ添って，ということ以外の何であろう」。
135．vous はフランス語では二人称複数であると同時に二人称単数の丁寧な呼び方でもあるので，ここでデリダがほかならぬポンジュ自身に命令しているともとれる。ポンジュ自身，このような命法のもとに置かれるのである。
136．signe éponge / signe est Ponge / signe hait Ponge / signé Ponge / signez Ponge / signez, Ponge / signe éponge / signe, éponge / signe, eh! Ponge ! はいずれも「シニェポンジュ」と発音される。

ジュ〔serviette et Ponge〕でも，同じように拭ってやる〔同じようにする〕ことができる。

　これらすべてのヴァリエーションはそれだけで，出来事なきひとつの奇妙な物語(レシ)を分節する〔組み立てる〕。常に，少なくともひとつの文があり，ひとつの始まりと終わりがある。そこでは，叙述的な，あるいは少なくとも劇的なある種のシンタックス，つまり伝説的で〔語りの〕神話的な〔ミュトスの〕パフォーマンスの時間＝時制を，ある点ないしは原子に還元することはできない。この特異な物語＝歴史を消去してしまうこと，ひとつの名，あるいはひとつの事物の分節されていない単一性へとそれを還元してしまうことは，この物語＝歴史がその筆舌に尽くしがたい〔叙述不可能な〕不可能性に相応して無限に固執する〔執存する insister〕だけに，いっそう退けられている。それはわれわれが明確にした諸理由からだが（名と全言語との，そして全事物との交換なき交換。私は確かに全言語と言っているのであって，単にフランス語，ラテン語，あるいはギリシア語と言っているのではない。どこかにはまた「パンチ〔punch〕」や「パンチ〔ponches〕」があるのである），しかしまた，それはこの物語＝歴史が伝統的な意味での出来事というものを持たない物語＝歴史にとどまるからでもある。それは言語とエクリチュールが事物そのものを他者として，事物そのものの範列であるスポンジタオルを他なる事物，接近できない他なる事物，不可能な主題＝主体として書き込むときのそれらの物

---

137. スペイン語でアルコールの飲料を指す。

語＝歴史である。スポンジタオルの物語＝歴史，少なくとも私のほうで語っているような物語＝歴史，それはひとつの寓話＝作り話〔fable〕，フィクションという資格での物語＝歴史，言語のシミュラークルあるいは言語効果（*fabula*）⁽¹³⁸⁾であるのだが、それによってのみ，事物が他者として，そして他なる事物として，固有化＝我有化不可能な出来事（深淵における〔入れ子状の〕*Ereignis*）の様相〔足取り allure〕で出来することができるのである。様相〔足取り〕の寓意（私は到来することなく到来するものの歩み，この奇妙な出来事において問題になっているものを様相〔足取り〕と呼ぶ），そこではすべてがあの小さいテクストにおいてのように進行する（ここで私がひとつの短い詩のことしかコメントしていないことはおわかりいただけていると思う。この詩はとても特異で，とても短いのだが，ひそかに代替不可能な仕方ですべてを吹き飛ばすのに適している）。そのテクストは「寓意」と題され⁽¹³⁹⁾，このように始まる。「〈から〉という言葉からこのテクストは始まる／したがってその最初の行は真理を述べている」（継続すべき指摘）⁽¹⁴⁰⁾。

....

　他者の物語＝歴史としての，私の名の象徴的〔エンブレムをなす〕物語＝歴史であり，「不可能な主題＝主体」の崇拝〔溺

---

138. ラテン語で「話，物語」の意。
139. «La Fable»（*Proêmes*）, in *Tome premier, op. cit.*
140. ［原注］：『プシシェー，他者の発明』（ガリレー社，1987 年），19 ページ，注 1 を参照〔«Psyché. Invention de l'autre», in *Psyché, Inventions de l'autre*, Galilée, 1987〕。

愛〕されている紋章（周知のように，**入れ子化**〔*mise en abyme*〕という表現はそもそも紋章学のコードに属している）[141]であり，寓意であり，物語＝歴史をなすもうひとつのやり方であるスポンジタオル，それはもうひとつの〔他なる〕歴史＝物語であり，それ〔ça〕[142]が始まる瞬間に常にすでに開始され＝傷つけられており〔entamé〕（「から」という言葉から，「共に」という言葉と共に等々），それが自らを飽くことなく語っているがゆえに決して語られることがない。『石鹸』の終わり，最後のすすぎ——身体のすすぎであり石鹸自体のすすぎ——が生じ，「その一方で，身体はすでに新たな対象＝物にしがみつく〔熱中する〕，つまり**スポンジタオル**……」。

ここで**スポンジタオル**は，彼が自身の名を伝説的〔銘文の書き込まれた〕石碑の上にラテン語で書き込むときのように大文字になっている。それからひとつの休止，広い白紙部分とアステリクスの後で，ページの下部に次のような最後の言葉がある。「だが，つまりはここで，まったく別の〔まったく他なる〕ひとつの物語＝歴史が始まるわけだが，それを語るのは次の機会

---

141. abyme の原形である abîme は，盾形紋章の中央部分を指すことがあり，作品の内部に別の作品をはめ込むといったいわゆる入れ子化，入れ子構造という意味での用法は，この盾形紋章の中央に独立した模様をはめ込むことに由来する。
142. ここで問題となっている物語＝歴史において，開始がそれとして二重化ないし反復されているとすれば，開始の起源的単一性は常にすでに分割され，損なわれている。だとすれば，この物語＝歴史は決して自己固有化ないし自己同一化することはない。先ほど同様（注133参照），ここで中性的な主語 ça は，常にすでに開始されていると同時に分割されている「**主体なき主体**」を表わしていると考えられる。また，ここで「語る」を意味する raconter には反復のニュアンス（接頭辞 re-）が含まれていることにも注意を要する。

としよう……」。

　したがって，身体がしがみついている〔熱中している〕ものーのこの（まったく別の）物語＝歴史，私がそれに関して，彼は決してそれを語り，彼の全作品の作品体のなかに，たとえ補遺としてさえも組み込むことはできないであろうと言っていたすでにして伝説的な〔物語めいた〕あのものの物語＝歴史，彼はそれをすでに語り，その主題を汲みつくすに至るまでさんざん繰り返したと言うこともできるだろう。つまりスポンジタオルは，享楽し，歓喜し，オルガスムの最中にある真理（『石鹸』および『ひとつのマレルブ論のために』），すなわち犯され，穢され，湿らされ，出血する処女である真理のまさにその場において彼を唖然とさせた〔interdire〕，つまりは語ることを妨げたことになるだろう。その点においては，後に見るように，それは猥褻でもある。だがそれはまた同時に，血まみれの規則＝月経の，処女膜＝婚姻の，そして決定不可能な破瓜の効果＝結果としての真理の場から（それにぴったりと寄り添って〔完全に逆らって〕），彼を絶えず語らせたのである。それが彼にとっての「法と預言者〔絶対的な真理〕」である。周知のように，それは1930年のあるテクストのタイトルである。それは驚異的なテクストである。つまり私が言いたいのは，それがタオル地とその諸々の驚異を扱っているテクストだということである。ここではその偉大さを尊重することができないので，私はあなた方が自身で事を見定めるのに不可欠なところだけを引用し，それに手をつけないでおくことにする。

---

143. «La Loi et les Prophètes»（*Proêmes*), in *Tome premier, op. cit.*

「〈問題は知ること〔connaître〕ではなく生まれること〔naître〕である。自己愛とうぬぼれは主要な徳である。〉

　彫像たちは，股の間にタオル地の猿轡をはめられたまま，ある日町のなかで目を覚ますだろう。そして女たちは，自分たちの猿轡を剥ぎ取り，それを捨て去るだろう。かつてはその白さと，30日のうち25日は排出口なしであることとを自慢にしていた彼女たちの身体は，踝まで血が滴り落ちるのを見えるがままにしておくだろう。身体は美しく自らを示す〔現われる〕ことだろう。

　かくして，体つきの丸みや胸の張りよりもう少し大事な現実が視界に入ることによって，少女たちを最初に捉えた恐怖がすべての者に伝達されることとなろう。

　純粋形式のあらゆる観念は，こうして決定的に汚されることになるだろう」。

　続きも読んでいただきたい。それから18年後に（1947年12月29日，1948年1月4日），「享楽するためのものを与えること」，「それは署名されている，つまり私だ［……］」といったことに関して，そして「法と預言者たち」に関してシディ゠マダニで書かれた諸々の注記も読んでいただきたい[144]。そしてあなた方が一見無意味なタオルを手につかんでいる以上，「無意味なるもの〔*L'Insignifiant*〕」の「衛生的なため息」によく耳を澄ませていただきたい。

　名であるにせよ事物であるにせよ，タオル地はある種のフェ

---

144. «My creative method», in *Méthodes, op. cit.*

ティッシュ（商品の，あるいはペニスのフェティッシュ）を形成し，マルクスないしはフロイトの慣習的な読解に従って解読されることになるであろうか。

　そうかもしれない。そうしていけないというわけはない。しかしそれは，こういったことすべてが——まさにここで——フェティシズムの諸効果の読解——科学的読解——でもあるのでなければの話である。そして，その操作の途中で，事物そのもの〔物自体〕に対するフェティッシュの伝統的な対立（フェティシズムの理論を構築している対立）が，きわめてねじれた一撃をそこから受けるというのでなければ，そしてまた，それに引き続く全般化されたフェティシズムのシミュラークルが，上述の対立を倒壊させるというのでなければの話である。それは私がよそで展開した議論なので，さしあたってはそれを中断することにする。

・・

　判じ物，アナグラム，換喩，提喩，語源のシミュラークル，系譜類比学〔*généanalogie*〕，表象〔再現前化〕における言葉ないし事物の非固有化〔剝奪 expropriation〕等々の内どのような仕方であれ，われわれが付き添っている署名，あるいはまた，われわれが彼同様，今ここでそれに立ち会っているところの署名が言語に頼るならば，それは必ず固有名を吸い取ることになる。

　とはいえ固有名は，その認証可能な保持者，認証を行い，そのことによって証書，記録文書，銘文ないし署名をなすものの

内で自らを指し示す保持者によって完全に書き込まれても，まだそれとして現われはしなかった。

　自分の名を書くことはまだ署名することではない。では何が足りないのだろうか。そしてエクリチュールそれ自体が，署名の条件であるにもかかわらず，自分の固有名のエクリチュール〔自分の固有名を書くこと〕とそれによる署名のあの特異な境界，あの書き込むことのできない縁を消去するとしたらどうだろうか。

　それとしての固有名，完全なものとして与えられる固有名，今回〔cette fois〕，一度に限り〔pour *une fois*〕，それに接近するよう試みてみよう。

　それはたぶん，署名は証書＝行為〔acte〕をなすことで直ちに出来事と銘文〔伝説〕に分割され，同時に〔à la fois〕それが直ちにそうであるもの，すなわち出来事でも銘文でもあることはできないということを確証することになるのかもしれない。もう一度〔une fois de plus〕，署名は事物としてのテクスト〔chose-texte〕の一片となって失われ，自らの可能性を感じる〔試す／試練にかける〕ことで再び不可能なものとなる。死者の署名，すでにして。

　しかしながら，死者の署名は出生証書を意味しもする（「草原」の始まりのところの**自然**〔Nature〕。死者の**署名**〔Signature〕は最後にはそこへ戻っていく）。署名することで，私は私自身に，その都度最初で最後のこととして，私の名を与えるのである。私が私に与えることのできないものの贈与について，少なくともその表象〔再現前化〕を私は自分に与える。いかなる場合でも私が持つことにはならないであろうものを私は私に

与える。したがって，署名を奪うことで——つまるところ，それこそまた，たとえ私の固有名をもってしてだとしても，私がその都度署名するときに行っていることなのである——私は出生証書を混乱させ，墓所を冒瀆するのである。私はこの巨像的〔colossal〕論理を告知した。そして，死んだファルス（*colossos*）の石質の分身をいたるところから追い出して，私はある彫像の股の間にタオル地を据え付けるものによって誘い込まれる〔拘束される〕がままになった。

ポンジュの石版印刷に関する終わりのない言説を避ける〔faire l'économie〕ために(145)（そこではいたるところで，石は自分の家にいるわけである），私はここで必要とされる石の二つの主要な効力を名指すことで満足することにする。

これらの効力もやはり相反し，二重に帯で巻かれた〔ダブル・バインドの double-bandé〕ものである。石は署名を保持し，銘文の書き込み〔伝説的碑銘〕を堅固に引きとどめなければならない。しかし，そうすることで，それは他のどんな要素よりも確実に証書＝行為を石化し，それを無に帰し，（名の）エクリチュール〔書くこと〕を署名から分離することになる。そしてその結果，それが保持しているところのものを消去するのである。

---

145. faire l'économie de...は「……なしで済ます，……を免れる」を意味する成句表現であるが，字義的には，「……のエコノミー（経済／家政／節約）をなす」を意味する。注103で述べたように，économie は語源的には「家の法」を意味し，そこから「石は自分の家にいる」という括弧内の指摘が導かれると考えられる。デリダはここで，そこでは石が自己の家のなかにある「終わりのない言説」のエコノミーをなすと言うことで，この石の家を統べる法を取り出そうとしていると言うことができるだろう。

記入かつ消去の表面としてのひとつの石,それが,誰であれポンジュのような者のマジック・メモである。それはわれわれに諸々の驚きを残しておくのである。

　連署〔対抗署名〕する石,これがそれのチャンスである。軽石〔la pierre ponce〕(146)(火山岩,それはほとんど石に似つかなくなるほどに軽い。リトレは「スポンジ状の」石と言い,ヴォルテールの『オルレアンの聖処女』を引用している。「pierre ponce と言うのか,それとも pierre de ponce と言うのか。それは大問題だ」)。軽石は一種の石であるのだがそれはまた,すべての石がそうするようにそれが保持するものを消去するだけでは飽き足らず,能動的に,押しあてることよって〔熱心に〕,こすりつけによって,そして圧迫する浸食によって消去しもする。それは磨き上げる。例えばすでに見たように,「艶出し仕上げの準備のできた,研磨されたスレート石盤」。「物質と記憶」(147)——私はかくも巨像的なものを石の上にこれまで読んだことがない——では,例えば次の一節が読まれる。「では石が示すあれら諸々の反応に話を進めよう。そしてまず,厳密に言って詩的なあの契機における(先立って行われる研磨を除くあらゆる準備以前の)反応に。つまりは芸術家が,最後に自身の印璽を石に押し付けるべくそれと格闘する,あるいはまたそれと戯れるときである」。あるいはまた印刷石盤に関して:「ひとつの石が過去と呼ばれるものを持つとき(ひとりの女性に複数の愛人がいたように),それがどれほどよく研磨されることがで

---

146. デリダがしばしば用いている論理に従って,ponce を動詞ととるならば,この表現は「石は研磨する」の意になる。

147. «Matière et mémoire» (*Le Peintre à l'étude*), in *Tome premier, op. cit.*

きたとしても、愛の営みに際してこれらかつての愛人たちの内の誰かの名前を思い起こすことがあり、そして（例えば）一枚のポスターの試し刷りの上に、きわめて古いドーミエ作品の特徴が、心ならずも浮かんできた思い出のように現われてくるのを、印刷工が驚き見入ることがある。［……］この石に関してもうできることはない。それは殺してしまったほうがよいのである」。

したがって、固有に＝適切に印しづけられる〔マークされる〕がままになるには、生き生きとした石は、フロイトの語ったマジック・メモの表面のように、その都度その処女性を見いださなければならない。そしてそうすることができるのは、それが余すところのない研磨をその都度耐え忍ぶ場合においてのみである。「物質と記憶」は、「ついで向かい合わせに置かれ、石に娶るべき〔épouser〕ものとして与えられ」、この「婚礼」においてあらゆる起伏〔relief〕を消滅させる「紙の厚み」についても議論している。あの「殺してしまったほうがよい＝殺すべき女中〔bonne à tuer〕」のいかがわしいシンタックス。

---

148. マジック・メモについてはFreud, *Notiz über den »Wunderblock«*, in *Gesammelte Werke*, Bd. 14, Imago Publishing Co., Ltd., 1948〔邦訳「マジック・メモについてのノート」中山元訳、『自我論集』所収、竹田青嗣編、筑摩書房、1996年〕を参照。デリダは、«Freud et la scène de l'écriture»（in *L'écriture et la différence*, Seuil, 1967）〔邦訳「フロイトとエクリチュールの舞台」三好郁郎訳、『エクリチュールと差異　下巻』所収、若桑毅ほか訳、法政大学出版局、1977年〕のなかでこの論文を論じている。
149. この語の語源は「約束する」を意味するラテン語spondereであり、ここにはスポンジの語源であるラテン語spongiaとの類似がよりはっきりと認められる。デリダが「スポンジが結婚する」と言っていた所以であろう。

研磨された石を娶ることで，その起伏〔relief〕(その残滓)^(150)
を消滅させなければならない。

そのとき，ポンティウス・ピラトゥス〔Ponce Pilate〕との物語めいた類似〔親類関係〕を通じて，石の研磨が署名された固有名（Franciscus Pontius）を浮かび上がらせる。『ひとつのマレルブ論のために』は，まず「私の父親の内にあるスペイン的な何か（Pons, Ponce），あるいはアラブ的な優雅さ」を取り上げている。

そして『石鹸』(「〈ある種の石ではあるがしかし〉」) においては，「すすぎ」の直前のところで，ポンティウス・ピラトゥスが父親に取って代わる。「いや，石鹸だけが問題であり，私の先祖，ポンティウス・ピラトゥスに倣って手を洗うことだけが問題なのである――彼が，〈真理とは何であるか〉と言った後で，正しい人（あるいは狂信者）の死から手を洗い，かくして清潔な手をして歴史＝物語のなかに入り，もったいぶった身振りやこれ見よがしな象徴，泣き声や慢心なくその義務を果たした唯一の物語上の人物となったことを，私はこんなにも誇りに思っている」。

こうして Ponce から Pilate へと移って行く。それは，結局同じことになる〔似たものから同じものへと帰する〕二つの名のもとで，同じことを言うための諧的表現である。

注意をそらし，またもや紋章を作り上げるべく共通名を従えた大文字のイニシャルから始めて，このスポンジ質の岩石学〔岩石書記法 pétrographie〕は，ゆっくりとわれわれを固有名そ

---

150. relief には複数形で「残飯，名残，面影」等の意味がある。

のものの署名のほうへ向かわせる。それは，例えば「貝に関する注記」[151]において，*spongoteras*〔海綿保護動物〕がその行為によって示していることである。

「貝とは小さなものであるが，私はそれを実際よりも大きく見せることができる〔……〕。

では，もし海の刃のような波ひとつでおそらくは覆い隠されてしまうであろうこの貝が，一匹の獣によって住まわれていると私がふと考えるならば，もし私がこの貝に一匹の獣を付け加えるならば〔……〕。

人間のなす記念碑的建造物は，その骨格の断片，あるいはどんなものの骨格であれその断片，肉を削がれた大きな骸骨に似ている。それは，その大きさに釣り合ったいかなる住人も喚起することがない。〔……〕

私はローマを，あるいはニームを，こっちには頸骨，あっちには頭蓋骨といった具合に散らばった，今も残る古い都市，古い生者の骸骨とみなして楽しむことができる。だがその場合，私は肉のあり骨のあるひとつの莫大なる巨人〔colosse〕を想像しなければならないが，それはわれわれが学んだことから理性的に導き出すことのできるようないかなるものにも実際には対応しない，たとえ**ローマ民族**〔Peuple Romain〕とか**プロヴァンス群集**〔Foule Provençale〕といった単数形の表現を利用するとしても」。

ローマ民族同様**プロヴァンス群集**も，そのイニシャルは大文字になっている。それは署名者のイニシャルであり，フランシ

---

151. «Notes pour un coquillage» (*Le Parti pris des choses*), in *Tome premier, op. cit.*

ス・ポンジュのgeを除けば、同時に事物の名であり人物の名であるこれらの名、これら誰でもない者の名、ひとつの群集でありひとつの民族であるこれらの匿名の名の内に、彼の固有名のすべての文字が見いだされる。同じ手法は「草原」の最後にも見いだされるのだが、もしこの最終部をそのための準備のところを省いて読むことが野蛮すぎるというのでなければ、今回ここにあるのは死者のイニシャル（先行する‐名＝草原‐名〔pré-nom〕）であり、それは彼の名全体の上に生え出ているのだが、それから$\frac{草原}{名}$〔$\frac{pré}{nom}$〕というように一本の水平な棒線によって分け隔てられている。この棒線は、硬直した、あるいは解体されつつある死体の上の大地の表面のように——あるいは横臥彫像の下の墓石表面のように——共通（伝説＝銘文的）名と固有名を切り離している。

「植字工諸君よ、
さあ、お願いだから、ここに最後の線を引いていただきたい。

それから、その下に、少しも行間をあけずに、私の名前を横たえていただきたい、当然、小文字ケースから取り出して、

　　　　だが言うまでもなく、イニシャルは別だ、
　　　　というのも、それは、

　　　　　　明日その上に生えることになるであろう
茴香〔Fenouil〕と、**木賊**〔Prêle〕の
イニシャルでもあるのだから。

───────────────

　　　　フランシス・ポンジュ」

・・・

(『草原の製作』において貸付〔prêt〕を抵当に入れている請求書〔技巧 facture〕[152]を除くすべてを——もしそれが可能なら——正当に評価するような「草原」の読解を, 後にここに置き入れていただきたい。)

・・・

棒線の上と下にあり, それを通り越す署名は, 同時に内と外にあり, 縁をはみ出し, 自らの縁をはみ出すのだが, しかしその外部はなおもテクストの内にあり, 固有名は, 伝説的な＝銘文的な仕方で解体されつつある死体として, 作品体の一部をなす。二度署名され, 連署され, 石のなかに, そしてその下に消し去られたテクスト, 布地。

それ〔ça〕は常に縁をはみ出す, 彼の署名は。

絶えず署名し直される死者のイニシャル, 今回「言葉の未来」[153]においては, その腕は組まれ, すなわちキアスム状になっている。だからそれはこのきわめて短いテクストにおいて, ごく初期のころ (1925年) から始まっていたことになるだろう。私はそこに葬儀用の幕を見たのだったが, 何ものもそれをはっきりとは描いてはいない。「昼の光を遮る幕のところ, 共通名は覆われ, われわれの住処を読んでみても, 織物のモニュメン

---

152. 語源的には「作ること」, すなわち製作と同じ意味である。
153. «L'Avenir des paroles» (Proëmes), in Tome premier, op. cit.

ト上にある金具のついたピン〔épingles ferrées〕のように外か
らここを通ってわれわれのイニシャルが輝いている以外には,
もはや大したものも認められないとき[……]」。[154]

葬儀〔Pompes Funèbres〕の幕上の金属加工された文字のよ
うに交差した(P.F./F.P.),あるいはアクサン・シルコンフレッ
クスの交えられた剣(pré, près, prêt)——「草原」の決闘におい
て,最終的に決着のつく〔最終的な決断の〕瞬間の「傾いた武
器の交差した襲撃」——のように交差した「金具のついたピン」
の内に,多くのピン,とりわけ多くの安全ピン〔épingles à
nourrice〕(「彫像」における蜘蛛の形象)同様にテクストに突
き刺さっている「金具のついたピン」の内に,スポンジとフラ
ンシスを読み取ることは度がすぎるというものだろうか。「言
葉の未来」において,乳母〔nourrice〕はもはやさほど遠から
ぬところにいる。金具のついたピンの下に,「ヘラクレスの母
の乳房のところで飲むための椀」が突然現われる。[155]

もしここで,そうとは知らずに私が,残念ながら読むことが
できなかった一冊の本のタイトル,『事物の遺贈』から何かを[156]

---

154. デリダの引用で quant となっているところは,ポンジュのテクスト
    では quand となっているので,元のテクストに即して訳しておいた。こ
    のテクストの翻訳は解釈次第で意見の分かれるところなので,原文を挙
    げておくことにする:«Quand aux tentures du jour, aux noms communs
    drapés pour notre demeure en lecture on ne reconnaîtra plus grand-chose si-
    non de hors par ci nos initiales briller comme épingles ferrées sur un monu-
    ment de toile [...]»。動詞 draper には「(喪の印に)黒い幕で覆う」とい
    う意味があり,ここにデリダの印象が由来していると考えられる。
155. «Scvlptvre», in *L'Atelier contemporain, op. cit.*
156. Henri Maldiney, *Le legs des choses dans l'œuvre de Francis Ponge*,
    L'Age d'homme, 1974:legs の発音はミルクを意味するフランス語 lait と
    同じ。マルディネもこのスリジーでのシンポジウムに参加していた。

シニェポンジュ　*131*

借用しているのだとしたら，私はアンリ・マルディネに許してくれるようお願いする。

・・

　彼の名からの演繹〔推理／差し引き〕に立ち会ったことになるのだろうか。

　言い換えれば，それ自体はすべてから差し引かれた〔déduit〕彼の名からすべてを演繹した〔déduit〕ことになるのだろうか。それがそれ自身の漂流〔派生〕の内に置き入れたことになるであろうすべてのものから抜け去る彼の名から。

　私自身，彼の作品全体を彼の名が持つチャンスから派生させたことになるのだろうか。

　だとすれば話は少し単純になるだろうが，私は最初に，彼の名の問いは作品体のひとつの小さな——つまり無意味な——部品以外のものでは決してないだろうと言っておいた。そして彼の作品はほんのわずかにしか彼の名の産物ではないので，彼の名なしで済ますことへの適性に基づいて自らを建立するのである。彼はスポンジに対してけんかを売り，そしてまたその機嫌をとっているが，結局のところ，そんなものどうでもいい〔それをこけにしている／意に介さない〕ということをはっきりと示している。さらに，この事物を建立する能力のない完璧に同名の人物を想像することは可能である。彼の名に対する諸関係におけるフランシス・ポンジュ自身のありえないわけではない臨床的精神分析に関して言えば——それについて私は語らなかった——，それがその作業を行うには，彼の作品にはあまりに

多くのものがありすぎるか，あるいはあまりにわずかなものしかないことになるだろう。この事例においては，それは自身の，つまり精神分析〔に固有〕の完遂不可能性を受け入れるだけではなく，言語に関する，そして（固有なものにせよ共通なものにせよ）命名の諸効果に関する決定不可能なるものを考慮するならば，彼の（ポンジュの）テクストもまた完遂不可能性と飽和不可能性の実践的科学であること，その主題＝主体を賭けに投じる偶然〔alea〕の科学であることを考慮に入れなければならないことだろう。偶然の科学とはいかなるものでありうるのか。彼が違う名前だったとしたら，しかも，信じがたい仮定によって，彼がそれでも同じ者であるとしたら，彼，F. P. は同じこと〔同じ事物〕を書いたであろうか。答えはイエスでありノーである。そもそもこの問いの妥当性はいかなるものだろうか。われわれは，それ自身，科学という名とかくも特異な関係を持っているこのような科学の敷居にいる。そしてそこにわれわれを導き入れるために，彼は少なからぬことをしたのである。この点で，彼の作品はこの科学が扱うであろうひとつの事例ではなく，あらゆる意味でその資料体のエレメントであり，法宣言と一体をなすひとつの代替不可能な事例である。

　固有名と母国語とのこのような関係を打ち立てる偶然とは，諸変項からなるきわめて大きな集合の内のひとつの変項でしかない。単にすべての者にフランシス・ポンジュという名を持つチャンス（あるいは取柄）があるわけではないというだけでなく，同じ名前を持っていても，あらゆる類のエコノミーがその都度固有語法的なものとして確立され，ときには固有名の形式に強力な組織化機能を与え，ときにはまたきわめて付随的で派

生的な組織化機能を与えるのである。そのうえ，彼の名のなかで仕事するように仕向けたものは，彼の名と姓のそれぞれとある自義的〔プレノン〕な意味作用との，つまり事物ないし一般的な固有性の名（率直さ，フランス性，スポンジ，スポンジ性質，等々）との類縁性だけであるのでもなければ，本質的にそうであるのでもなく，シンタックスであり，信じがたい〔語りの fabuleux〕物語であり，そして二つの語彙要素をシンタックス上で連結すること，言い換えれば共義的結合の豊かな諸可能性である。ただ共義的要素だけを，つまりひとつの接続詞あるいは副詞，代名詞，論理的ないし時系列的な基軸となる要素といったものを紋章にし，エンブレム化し始める——私にはわからないけれど例えば，「より」，「というのも」，「そこで」，「ところで」，「なしに」，「ない」，「もし」，「すでに」，「除いて」，「誰」，「私」，「いつ」，「でもなく」，「以後」，「彼〔それ〕」，「前に」，「ねえ」，「等々」，等々の謎めいた略号といったもの——ような個人の事例——それは起こりうる——，それについてもまた，私はあなた方が想像するに任せよう。

　還元不可能な仕方で特異なある幻想的〔phantasmatique〕組織化において諸力を分配するものに関しては，そしてそれがフランシス・ポンジュと名づけられた有限な個人の事例においてはこのように生じたということを説明するためには，私は何も言わなかった。そして，そのことに関して特異な仕方で妥当な何事かを言うことができると想定しても——それが行われるのを私はぜひ見たいものだ——，ここでそれがなされることは不可能である。いずれにせよ，彼の名に興味を持つ分析家に彼が準備したことになるだろう場面の複雑さは想像されるだろう。

「私の名前を横たえていただきたい」と言うために彼が植字工に語りかけるとき,何が起こっているかよく見ていただきたい。

絶えず彼の署名へと送り返しているように思わせつつ——われわれはまだそこまで来ていない,辛抱していただきたい——,私は彼の署名はすべてであることで何ものでもないのだということを示唆しておいた。それは何も説明しはしない。それは(複数の)何ものでもないものども〔*riens*〕[157]の署名であることで,そのことの帰結に従うなら,すべてのものの署名なのである。ラッセルのコードを使うなら,彼は自分の署名,およびそれが汚染する言語活動全体および言語全体を悪魔化した〔diaboliser〕ということになろう。というのも,彼はあらゆる固有名を記述に変装させ,あらゆる記述を固有名に変装させて,この常に開かれた可能性はエクリチュールにとって,文学がそれにいたるところから働きかける〔責めさいなむ〕限りにおいて構成的であるということを巧妙に明かすからである。彼が名づけているのか記述しているのか,彼が名づけ‐記述しているものが事物なのか名であるのか,共通なものであるのか固有なものであるのかは,決してわからないのである。

その偶然的性格において,固有名はいかなる意味も持たず,直接的な指向対象の内で汲み尽くされるのでなければならないだろう。ところが,その(それぞれの場合において常に別〔他〕のものであるという)恣意性の幸か不幸か,固有名の言語の内への書き込みは常に,意味を持つことの潜在的可能性でもって固有名を触発〔変様〕する。そしてそれが意味作用を行うようになる以上,もはや固有のもの=清潔なものではなくな

---

157. rien の語源はラテン語で「物」を意味する res である。

る潜在的可能性でもって（「無意味なるもの」の「衛生的なため息」）。固有名は，有意味的なものがそれに再度入り込むと，再び意味するようになり，その射程は限定される。それは，偶然の諸効果を統御する一般科学の枠組みのなかに帰還し始める。それは固有名でさえ翻訳することが可能になり始める瞬間である。私は常にひそかに，あるポンジュ作品の翻訳者たちにまったくご苦労なことだと言いたい気持ちに駆られていた。われわれがこれまでに明らかにしたことからはほとんど信じられないことかもしれないが，興味深いのはそれが完全に不可能なわけではないということである。もちろん外国人にそれを読み聞かせつつ，ポンジュとフランス語，そしてフランシスポンジュ化された〔franciséponge〕言語を空で暗記している〔心で知っている〕のでなければ，そこから何も期待できないだろうが。われわれはまだこのことに取りかかり〔aborder〕はしなかった。

....

　まさにこの岸辺〔bord〕にあなた方を置き去りにしようと私は決めた。

　名全体という形式において，署名の書き込みは枠組み，テクストの縁〔bord〕と，ときには内で，ときには外で，ときには内に含まれ，ときには縁を越えてという具合に奇妙な仕方で戯れる。しかし署名は，それが縁を越えるときになおも内に含ま

---

158. 当然，この一語のなかに franc, franchise 等，fr- のテーマ系に関して言われたすべてのこと，およびスポンジのテーマ系に関して言われたすべてのことを読み取る必要がある。

れており,それがテクストの表面に飲み込まれているときに完全に際立っている。彼の署名は縁をはみ出す,と私は言っていた。署名は自らの縁をはみ出る。それ〔ça〕は縁をはみ出る,彼の署名は。

　文盲な科学主義を,そして平凡で蒙昧主義的な詩学擁護を断固として憤慨させ〔石に躓かせ scandaliser〕なければならない。こういったものは,あるスポンジ状の回廊というものが,人がポンジュという名であり,それに住まい,そして『方法』において言われているようにそれを掘り下げていくとき,何であるかということを科学的に知っているならば,ひとつの辞書をどうすることができるかということに対して唖然としている〔interdit〕――そしてとりわけそれに対する無能な禁止者〔inter-dicteurs〕である。それらを憤慨させなければならない。そして,縁に関する語源の最後のシミュラークルをあえて行うことで,それらがいっそう強くわめき立てるようにしなければならない――まずもってそうすることは愉快なことだし,どうして我慢しなければならないことがあろう。そのシミュラークルはもうひとつの *éponge*[159] を牽引によって,リトレが言うように *esponde*[160] へと,そしてラテン語 *sponda*（末端,ベッドの縁,そこではいかなる出来事も自らに到来する〔自らの岸にたどり着く s'arriver〕ことのないような岸〔rive〕）へと差し向ける。ひとりの詩人の物語めいたもうひとつの系譜。

---

159. 狩猟,獣医学用語で「(馬の) 蹄鉄の外側,(鹿など分趾蹄の) ひづめ (の外側)」等を意味する。また「鉛を流し込む台の枠組み」を指すこともある。
160. 「縁,枠」を意味する古フランス語。その前の éponge の語源。

したがって，内部の縁には判じ物となったイニシャル（**茴香**と**木賊**）が，そして外部の縁には固有名全体があるわけである。二つの縁の間には縁，esponde がある。したがって，二つの縁の間にさらに名があるわけである。つまりいたるところにあって，どこにもないのである。テクストの内にではあるが，内部は草原と同じくらい傷んでいる〔深淵に沈んでいる／入れ子になっている abîmé〕。

テクストの内の署名，それはポンジュという下部署名のために自らを締め出しつつも，そこに非常に強く属しているので，『草原の製作』においてすでに計算されていたことになるだろう。「草原」を準備するノートは，そこでいつものように日付が付され，署名されてさえいる（彼は草原とその準備に署名し，彼の署名を準備し〔あらかじめ支度し préparer〕，あらかじめ署名した〔présigner〕ことになるだろう。例えば，63 年 2 月 24 日（3）には，「自然〔nature〕」という語のすぐ傍に）。末尾〔queue〕の署名〔signature〕。

われわれの自然＝本性は
毎朝草原を提示し（提供し），
授ける。
コーダ（定過去完了形で）：[161]
われわれの自然＝本性はわれわれに（を）草原を（に）準備した。[162]

フランシス・ポンジュ

---

161. coda は語源的に「尾」を意味する。
162. あるいはまた「われわれの自然＝本性はわれわれを草原へ〔に向けて／に対して〕準備させた〔心構えをさせた〕」。

しかしながら、例の法に従って、テクストの小さな部分である「署名」という語（その署名）はテクスト全体を奪取し、もはやそれが自らの一部分でしかないようになるまでそれを覆い、つまりはそれをはみ出るのである。

その唯一の兆候は次のようなものである。在るものの全体、生まれ出る〔*naître*〕すべてのものに先行し、それをつかさどる自然〔nature〕（*physis*）はその語ともなり、その資格において署名の一断片〔morceau〕——私は今後ひと嚙みの署名〔un mors de signature〕と言うことにするが——となる。「自然」は「草原」に最初に現われる名〔名詞〕である。「ときに自然が、われわれが目覚めるときに〔……〕」。それゆえ、彼は途中で nature を gnature に置き換えるのである。そのとき、si は賽の一擲の偶然であるかのように、signature から切り離される。gnature は彼の署名のひと嚙みに過ぎず、彼の署名はそれ自身、決着＝決断（決闘）の後、彼の死〔mort〕に際して再び gnature〔自然〕の一部となるのである。このこともまた、『草原の製作』の 64 年 7 月 19 日の準備稿の内に読み取られる。「さあいよいよ、この草原の上で、しかるべき仕方で、時期尚早にけりをつけるための機会である。植字工諸君、草原の自然＝本性〔gnature〕に関するこの小さな散文の、この最後の行の下に、終局の線を引いていただきたい」（云々。茴香と木賊はまだ大文字になっていない）。

ひとつの（純粋な）署名が意味作用を持たないとすれば、それは自然に等しくなり、ついに恣意的なものと自然的なものは混同される。というのも、自然とは「非有意的な」エクリチュ

---

163. フランス語で nature は動詞 naître に由来する。

ールだからである。署名は自然（墓所と発生）となるのである。
『方法』ではこう言われている。「[……] 人間も含めて，自然全体はひとつのエクリチュールであるのだが，[……] それは非有意的なエクリチュールである。というのも，それは無限なる宇宙，厳密に言えば，広大無辺の，限界なき宇宙であるがゆえに，いかなる意味作用のシステムも参照することがないからである」。縁なき宇宙。

　縁なき署名，縁を越えて投射された署名。

　自署の巨像的構造は，その都度独特な他の多くの様相〔allure〕を纏う。広大無辺なる「鎧戸」[(164)]においては，枠ないし縁の効果はなおいっそう複雑である。私はその図式だけを喚起することにする。固有名は現われることなく，署名が行われるはずの場の言及によって置き換えられている（さしあたって，私は版の問題を脇に除けておくことにする）。そこには，括弧入りで「(内側に署名された)」という言葉が読み取られる。内包を印しづけ直す〔指摘する〕括弧は，その操作が内部で生じる（内部にその場を持つ）ということを肯定しつつ，それを単なる内部から切り離すには十分である。とはいえこの内部――空虚かつ充満した場所――は奇妙にも再び外に出る。「(内部に署名された)」は下部署名されたテクストの末尾にあたる下部のところ，すなわち外在性の状況にある。しかしながら，テクストに引き続いて，その注解が直後に始まるということを考慮するならば，それはなおもテクストのただなかにある。しかも，注解はテクストの身体からほとんど切り離すことができないも

---

164. «Le Volet, suivi de sa scholie», *op. cit.*

のなので、このテクストは「注解つきの鎧戸」というタイトルを持つのである。

　そしてまた、ラテン語で大文字小文字の区別なく頭文字書体でなされた多くの伝説的で〔銘文をなす〕記念碑的な碑文があり、それらは墓碑のラテン的系譜と考古学的性質を同時に共示する。署名者は、彼が自分自身のために建立し、彫り上げ、そしてまた崩れ落ちるがままにもした〔放り出した laisser tomber〕記念碑的な墓〔tombe〕を解読する（「……どんな書物も、ひとつの石碑、記念碑、岩石のように……」：『セーヌ川』）。例えば、「無花果（乾燥）」の最初に発表された版（『テル・ケル』誌第1号）の末尾には次のようにある。

フランキスクス・ポンティウス

ニーム出身ノ詩人

1959年ニ記ス

（「無花果（乾燥）」のほぼ中央のところで、ただ不定形の**「乗り越える〔FRANCHIR〕」**という語だけが行の上にある。）
　これらの署名はすべて、印刷の活字でなされたものである。自筆署名が複製されることもあるが、それはもはやすでにオリジナルではなく、単に製版されたものに過ぎない。これが「ブラックあるいは作動中の省察」[165]の終わりの事例である。

---

165. «Braque ou Un méditatif à l'œuvre», in *L'Atelier contemporain, op. cit*: デリダはここで初出時のタイトル «Braque ou la Méditation-à-l'œuvre» を引用している。

誰かが今——だが誰なのか——ポンジュと署名し，その企てに成功した〔打撃をうまく見舞った réussir son coup〕ことになるだろう。

　今や彼には他者の連署，まだ彼のものにはなっておらず，ピ̇ュ̇シ̇ス̇全体の内に表象〔再現前化〕として見いだされる事物の連署が必要である。

　チャンスは強制する。しかし，この二重になった未聞の名のチャンスにもかかわらず（他の者たちが強制なくこの名の担い手であることは可能である），広大無辺な自筆署名は不可視なるものにゆだねられ，ざわめくだけで不能な自己触発の類，つまらないナルシシズムの隷属的なうぬぼれにとどまることだろう，もし彼が事物の無言で専制的な法に従って，借りを実質的に〔effectivement〕，つまり世̇界̇に̇お̇い̇て̇帳消しにす〔éponger〕べくあれほどの力を発揮しなかったならば。私は事を強調しすぎることはしたくないが，つまりある使命を果たし，そこから手を洗うべく力を発揮しなかったならば。彼の名の使命，事物によって彼にゆだねられた使命を。**自然**から受けた貸付を弁済すべく。

　もし署名者が（だが誰なのか），スレート盤に記載された借りをスポンジで拭い取り〔éponger l'ardoise〕，今度は彼が事物に対して代償なき贈与を行うために，事物に署名への興味を持たせるのでなかったならば，名によるすべての署名がこのような巨像的テクストを生み出すことにはならなかっただろう。

ただ単に事物とひとつの契約をかわすことによってではなく、何も交換されず、強制された（不可能な〔付き合いきれない〕、近づきがたい）当事者たちが無関係に〔hors de cause〕とどまり、彼らが相互に最も結びつけられているときにすべてから解放されているような契約、すべてが無に対して交換されるような契約、交換されるものが下部署名された何か規定のものではなく、署名そのものであり、ただそれだけであるような契約なき契約をかわすことによって。

彼にはそれが必要だったことになるだろう。つまり事物に署名させ、事物を彼の〔それの〕署名〔sa signature〕に変容させることが。

不可能な主題＝主体としての事物と何かを交換することではなく、事物をして彼の〔それの〕署名とすること。

彼の〔それの〕署名。誰の署名なのか。

このことは始めのところで指摘＝注目されたであろうが、再帰代名詞はときにこの類の愛嬌と魅惑を織り成す〔たくらむ〕。「誰かが事物を彼の〔それの〕署名に変容させようとした」と私が言うとき、あなた方がそこに事物の署名を聞き取るのかそれとも彼の署名を聞き取るのか私にはわからないし、とりわけこの誰かというのもやはりまた事物であるのかどうか私にはわからない。それはあたかも私がフランス語で、例えば「彼の娘は彼の〔彼女の〕父親の名を持っている〔sa fille porte le prénom de son père〕」と言うかのようである。さあ、それが父親の名なのか祖父の名なのか詮索してみよう。それは些細なことではない。

さて、最終的にこのような連署の効果なしにとどまる〔残

る〕ようなテクストはここにはない。その効果によって，他なる事物としての事物に対する無限な借用の証明書の下部に，私の作成された〔聳え立った〕自署を記入して〔横たえて〕，私は私に関わる〔私を眼差す〕事物の関心を引き〔intéresser〕，それ自身自発的に署名することへ，そしてそれがそうであるところのもの，すなわちまったき他者にとどまり続けつつ，私のテクストの委託された〔記載された／共署名された consigné〕部分〔当事者 partie〕にもなることへと興味を持たせる。それはまた，私のテクストが私から解放されるための，そして，それ自身のカタパルトにのみ従い，私の名において，そして私の言語の法制度のもとで，私の名からも私の言語からも自由となったロケットのようにそれが発射するための条件である。

　もちろんそのようなことは不可能であるし，それは私の不可能な事物であるポンジュが，私がここで拵えていることに同意し，このテクストに署名し連署してくれるように試みるようなものである。

　それは彼に関わる〔彼を眼差す〕ことであって，もはや私にではない。

　とはいえ彼は成功したのだ，この不可能なことを。そしてそれゆえにわれわれはこの場にいるのである。

　われわれがこの場にいるのは，彼が成功したからである。だが，われわれはこの場にいるのだろうか。

　連署効果は，私が便宜的に名による（ある言説において名に結びつけられた）署名と呼んでおいたものから他の二つの署名へとわれわれを移行させる。私はまた，この三分割は彼によって，彼の印璽ではなく，非妥当性の刻印を押されているという

144

ことも明確にしておいた。

　署名のなかの連署，密輸入品〔contrebande〕となっている署名自身の署名，彼はこのことも名指した。それぞれのテクストは，他なるものたる事物によって連署してもらうことに成功するとき，その〔テクストの／事物の〕代替不可能な固有語法のみ，すなわち「一般的」著者の不変な名とのつながりを解かれたひとつの署名のみを備えていることになる。

　このことは必然的に他者の情動〔affect〕，他者によって触発される〔他者による変様を被る s'affecter〕情動を経由する。

　フォートリエに関して（「人質に関するノート」[166]を，性差および糞便的エクリチュールから「人質〔OTages〕」の「略号」

で，「十字架と同じくらいに単純な」，手書きされた ✝

へと導いているものに付き従っていただきたい），「彼の死後性急に走り書きされた新たなノート」[167]は連署を記述している。それらのノートは「エネルギー」および「ついに情熱的に望まれ，愛され，満足させられて，最大の歓喜へと導かれた差異」に関することから開始されている。そしてそれは，きっぱりと言い切って〔決断を下して tranchant net〕，そしていつものように，書き物をするときにきっぱりと言い切るとは何を言わんとするのか，そして何ゆえに連署は採算の取れる〔有料な〕ものなのかを説明して終わっている。そうしたことに決着をつける〔鋭

---

166. «Note sur les otages» (*Le Peintre à l'étude*), in *Tome premier, op. cit.*
167. «Nouvelles Notes sur Fautrier, crayonnées hâtivement depuis sa mort», in *Nouveau Recueil, op. cit.*

利なるものである／断定的である le tranchant〕率直さ〔franchise〕と解放〔affranchissement〕は次のようである。

「制作に際して，総体の偉大さを保持するためには，細部の完璧さにこだわって全体をこじんまりとさせてしまうのではなく，ときには決断を下さ〔trancher〕なければならない。

そこには解放の，幻想の欠如の，ぺてんの拒否の徴があり，それは結局のところ大いに採算の取れるものである。

だが最後に，感情の対象への（意図においては）控えめで，（実行においては）尊大な（常に現存する）参照を私は思い起こさせておきたい。

それは追従することであると同時に，自発的行為によって名指すことである。

ここでは一種の連署のようなものが問題である。あなたの一時的な配偶者である他者の署名。

芸術家の（常に同じ）署名に，対象との出会いから生まれ，作品の機会原因となった感情によって押し付けられた署名——どれほどよりヴォリュームがあり，壮大で，情熱的である（そしてその都度異なる）ことだろう——が付け加わりにくる。そのとき，あらゆる危険を冒して，作品を放棄することが可能になる。それはもはやわれわれには関係ないのだ，と」。

したがって連署においてこそ，ひとつの署名はまさしく〔固有な仕方で〕取り除かれる＝獲得される〔奪われる enlevé〕。

---

168. ここでは le を定冠詞ととることも代名詞ととることもできると思われる。前者の場合，実詞化された形容詞（「鋭利なるもの」）として，「率直さ」，「解放」と同格となる。後者の場合，tranchant は動詞 trancher の現在分詞として，後続の名詞を形容し，「そのことに決着をつける，打ち切る」の意となる。

そしてまさにそれがこのように取り除かれる瞬間においてこそ，テ̇ク̇ス̇ト̇の̇よ̇う̇な̇も̇の̇が̇あ̇る̇。そのとき，二人のパートナーの内どちらが最初に署名したことになるのかはもはやわからない。「是非はともかく，そしてなぜかはわからないけれども，唯一価値のあるテクストとは石に書き込まれうるようなテクストであると，私は子供のころから常に考えてきた。それらは私が署名（あるいは連署）することを堂々と受諾できるような唯一のテクストであり，まったく署名などされないでいることが可能であるようなテクストである。自然のなかの客体＝物のようになおも踏ん張っているようなテ̇ク̇ス̇ト̇，つまり野外で，日にさらされ，雨に打たれ，風を受けて。それこそまさしく書き込まれた碑文に固有なことである。［……］つまるところ，私は**自然**に同意する［……］。私は**時間**の作品に連署するのである」（『ひとつのマレルブ論のために』）。

　私は**自然**に同意する，と彼は言う。というのも，自然は見かけに反して同意されることを必要としているからである。**自然**には，私が「はい，確認し，体験し，読み，同意しました」と署名し，それの表明を私の表明でもって裏打ちし，それの正しさを示すことでそれに同意し，それを証し立てることが必要なのである。負債なき承認〔感謝 reconnaissance〕を示す二重の，そして相互的な徴〔記号〕。すなわち署名の二重－同時性〔di-simul〕。私の署名は同意し，証しを示さねばならない。裏打ちされた〔二重化された〕表明〔肯定〕の結婚指輪，それがツァラトゥストラの超人ではなく，ポンジュのようなやり方で断固たる態度をとる〔résolu〕人間の印璽——諾，諾——である。「**自然**は，それが活動するとき，われわれの同意などまったく

意に介さない。少なくとも、われわれにはそう思える。〔……〕だがよく考えてみると、そういうことはまったくない……」(『詩情』)[169]。

したがって、単に名による署名、そして出会いに際して生まれた感情の署名のみならず、事物そのものの署名、すなわち他のもの〔他なる事物〕の署名が必要なのである。

自筆の署名となって、事物は他なるもの〔他者〕として自己を提示し〔現前させ se présenter〕、それがそうあらねばならなかったところのものにとどまりつつも、名づけることのできない絶対的な指示対象としては消え去る。入れ子化のすべての訴訟〔過程〕は連署の勝利に存すると私が言うのは、ひとつの入れ子化において何が問題になっているのかわかっていると想定したうえで、あることによってあることを説明するためではない。それは反対に、あらゆる入れ子化は何か連署のエコノミーのようなものを含んでいるということを想像させるためである。署名はそれ自体入れ子化されている（固有なものの入れ子化そのものである）。すなわち、脱固有化〔exappropriation〕[170]。

---

169. «Germaine Richier», in *Lyres,* Gallimard, 1961.
170. 単に固有なものの否定＝消去としての非固有化〔expropriation〕ではなく、固有化〔appropriation〕と非固有化の分離不可能な動きを表わすためにデリダが造語したと思われる。署名は、それが固有なものとして生起するために連署されること、すなわち他者によって反復されることを必要とするとすれば、署名のそれとしての出現の可能性の条件そのものの内に反復可能性、すなわちその絶対的固有性の喪失が書き込まれていなければならない。署名は非固有なものとしての限りで固有であり、固有なものとして常にすでに非固有である。固有性と非固有性を判別不可能とするこのような作用がここで入れ子化ないし脱固有化と呼ばれている事柄であると思われる。

事物に自署への興味を抱かせ，それを花押に至るまで惹きつけ，それから署名を奪うためには，それを読まなければならない。すなわちそれを歌い上げ，固有語法的文法へと，そして新たなエクリチュールへと仕立て上げなければならない。彼の鳥，例えばまず「燕，あるいは燕のスタイルで」に対する最初の署名の奪取〔飛翔 vol〕は次のようである（どうやって署名を奪う〔voler〕のか，そうわれわれは問いかけていた）。

「各々の燕は飽くことなく，その種に応じての空への署名に向けて飛びかかっていく——間違いなくその訓練を行うのである。

ブルーブラックのインクに浸された先の尖った羽根よ，なんとすばやく君は君を書き込む〔t'écris〕ことか。

その痕跡は残らないとしても……」。

それ自身へと送り返され，自己参照する再帰的な t'（アポストロフィ）は，それが署名するエクリチュールであることをよく印しづけている。しかしながらその参照は，このように事物を航空輸送〔不正取引〕し，それを書記〔図画 graphique〕の形で軌道に乗せることにおいて飛び去り消え去った〔s'envoler〕。「各々がむしゃらに〔身体が失われるほどに à corps perdu〕空間の内に放り込まれ，空間に署名することにその大半の時間を費やす。〔……〕それらはわれわれから立ち去るのであって〔partir de〕，われわれを起点とする〔partir de〕ので

---

171. «LES HIRONDELLES *ou Dans le style des hirondelles* (RANDONS)», in *Pièces, op. cit*.
172. apostrophe には「省略記号」のほか，「呼びかけ，頓呼法」の意がある。

はない。錯覚のないようにしていただきたい」。

しかも、それらがわれわれから立ち去る＝われわれを起点とするときにこそ、それらはわれわれの元を離れ、再び帰ることはないのであり、それらがわれわれから立ち去る＝われわれを起点とすることがないときにこそ、それらはわれわれに最もよく結びつけられているのである。すべては、元の〔出発の départ〕ラテン語の de あるいは dé のあの二つの価値の間で演じられる。[173]

キリスト教神学の、つまり聖霊によってなされた物の署名〔*signatura rerum*〕を偽造する男根的な鳥の署名。

「完璧な鳥ならば、ある優雅さ〔恩寵〕を伴って飛び回るだろう……。それは空から降臨し、言うまでもなく聖霊の営みによって〔奇跡的に〕、ある種の花押のように優雅なる軌道を描いて、自身の作品と被造物たちに満足している善なる神の署名をわれわれにもたらす。聖霊の鳩の意味とは何であるのかとクローデルに尋ねてみることだ。キリスト教の内に、そして宗教一般の内に他の鳥などいるだろうか。［……］

鳥に語らせ、それを一人称で記述しようとも、何度となく私は考えた——書き留めておかなければならない。この解決策を試し、この手法を試みてみる必要があるだろう」(「鳥に関して書かれたノート」)。[174]

彼はそれを行っており、「鳥に関して書かれた新たなノート〔*Nouvelles Notes pour mon oiseau*〕」には例えば次のようにある。

---

173. ラテン語 de には「乖離」と「起源」の二つの価値がある。

174. «Notes prises pour un oiseau» (*La Rage de l'expression*), in *Tome premier, op. cit.*

この私はと言えば，空のアルバムの上に，一本の線を描き，
それは消え去るまで長いこと惹き付ける，
編み込みになっている雲のなかに私を見失ってしまうのでは
　　ないかと心配そうな眼差しを……
[……]
私たちはまた筋肉質の動力を持つグライダー，
特別なやり方で捩じられたゴム，
そして，私たち自身，自分たち自身のカタパルトである。

　雀蜂の署名[175]。「いつか，ある十分に鋭い批評家ならば，私の雀蜂がこのようにわずらわしく，不愉快なやり方で，興奮気味だが同時にのらくらと文学のなかに乱入したことに関して私を**非難し**，これらのノートのギクシャクとした様相＝足取り，そのまとまりがなくジグザグな提示のされ方を**告発し**，これらのノートが明かしている不連続な輝きに対する趣味，深さはないが，危険がないわけではなく，先端には毒〔*venin dans la queue*〕[176]がないわけではない尖ったものに対する趣味に**不安を募らせ**――最後に私の作品をそれにふさわしい**ありとあらゆる名でもって**見事に**罵倒する**ことだろう」。

　雀蜂だけが，他者の代わりに，とはいえ自筆署名のやり方で署名しつつ，「私は雀蜂である（そしてそれ以外の何ものでもない）」と書くわけではない。

　梨の木もまたそうなのである。

　「……彼らの結び目状の〈エクリチュール〉，彼らの幹，枝，

---

175. «La Guêpe» (*La Rage de l'expression*), in *Tome premier, op. cit.*
176. フランス語には dans la queue le venin という諺表現があり，「物事はとかく最後には毒がある」ということを意味する。

小枝の形態＝形式が，彼らが（彼らのこなれた身の丈に応じて〔彼らを頻繁に切断することでもって〕）従わされている過酷で容赦ない継起的な切除操作の帰結であるということは，明らかであるように私には思われる（では，私は盲目だったと言うわけか！）。彼らは容赦なく切断され，抹消されている。切除，抹消と切り残された部分の間，ついで切り残された部分と大きな果実（大きな梨）の間には確かな関係がある。［……］というのも，何かを切断すれば，自動的に残ったものが確認されるからである。

この種のスタイル（梨の木たちのそれのような）は優れて書かれたもの（話されたものであるよりもずっと書かれたもの）であるように見える（マラルメを参照のこと）」（『早春』）。

二つのエクリチュールの間の署名する交接を形作るセーヌ川もまたそうである。それは自身の「行の長さ」と「余白」，自身の岸と縁を計算する。

「セーヌ川に，そしてそれからなすべき一冊の書物，それが

---

177. 原文は de leurs *tailles* fréquentes。フランス語 taille には「切ること，裁断」等の意味と「規模，身の丈，サイズ」等の意味があり，この二つの意味を聞かせるためにポンジュはここでこの語をイタリックにしていると思われる。最初の場合，tailles fréquente は「継起的な切断」と呼応して「頻繁に生じる裁断」の意になる。二つ目の意味では「……に釣り合った，……にふさわしい」を意味する de la taille de... という成句的表現が聞き取られるので，梨の木が「頻繁に取るサイズに合わせて」という意味にとることができるだろう。
178. «L'Avant-Printemps»：このテクストは 1968 年に『テル・ケル』誌（第 33 号）に掲載されたものであるが，後に他のテクストと共に編集され，*Nioque de l'avant-printemps*（Gallimard, 1983）のタイトルで出版された。このテクストはまた *Nouveau Nouveau recueil*, tome II（Gallimard, 1992）にも収められている。

なるのでなければならない一冊の書物に関わることである以上，さあ行こう。

　さあ新たに，川と書物というこれらの観念を一緒に捏ねくり回そう。どうやってそれらをお互いの内に浸透させたらよいかまあ見てみよう。

　一緒くたにしてしまおう，セーヌとそれがなるのでなければならない書物を恥じらいもなく一緒くたにしてしまおう」。

　深淵に置かれた太陽と共にミモザもそうである。

　「……tamaris〔タマリスク〕の内に tamis〔篩〕があるように，mimosa〔ミモザ〕の内には mima〔模倣した〕(179)がある。[……]

　したがって，私はミモザに感謝しなければならない。そして私は書き物をする以上，私にミモザに関する書き物がないなどということになれば容認しがたいというものだろう。[……]

　……まだまだ長いこと続けていくこともできるであろうこの前置き全体は，〈ミモザと私〉と題される必要があるだろう。だが，ミモザ自身にこそ——甘美なる幻想だ——今や取り組まなければならない。こう言ったほうがよければ，私なしのミモザに。[……]

　私の仕事をかくも困難にするのは，ミモザの名がすでに完璧であるということかもしれない。ミモザの灌木とその名を知っているならば，その事物を定義するために，それの名そのもの以上のものを見つけるのは困難である。[……]

　ミモザが持って来られるとき，それはあたかも（思いがけな

179.「模倣する」を意味する動詞 mimer の単純過去形。

い贈り物だ）太陽そのものが持って来られるかのようである。
〔……〕

　ミモザの枝のそれぞれは，我慢できる小さな太陽たちの止まり木である〔……〕」。

　ミモザは（あらゆる事物，雀蜂，セーヌ川，梨の木，太陽，「等々〔*et caetera*〕」やその他の事物たち〔les autres choses〕同様）他者，他なる事物〔l'autre chose〕である。つまり「私なき」事物である。この場合，事物と私ということは私が私と関係のない他者と関係に入ることを想定する。ここから非対称が，そして契約取引のない負債が生じるのである（「したがって，私はミモザに感謝しなければならない」）。借金の返済は「甘美なる幻想」であるだろう。他方に〔他者の側に〕渡ったつもりになって，他者に取りかかるべく，それがそうであるところのものであるがままにしつつそれを我有化しようと試み，それの代わりに，それの名で，それ自身の場から署名することで——そして連署することで——それに自分で署名させておくことを試みるだろう。

　私なしのミモザの「甘美な幻想」は，このミメーシスによる準‐幻覚，すなわち事物をしてエクリチュールとなし〔事物のエクリチュールをなし〕，事物の名においてエクリチュールをなす準‐幻覚を暴いている。ミメーシスのこのような操作，そ

---

180. デリダはここでエトセトラという表現をあたかもひとつの名詞（あるいは名詞という事物）のように用いている。この表現は字義的には「そしてその残りのもの」といった意なので，すぐ後の「その他の事物たち」はエトセトラの翻訳とみなすことができる。
181. 「感謝する」を意味するremarcierのmerciは本来「賃金，報酬」等の意味を持つ。

れもまたミモザのチャンス，それの名そのものおよびその系譜の持つチャンスである（「その事物を定義するために，それの名そのもの以上のものを見つけるのは困難である」）。この事物〔問題の事柄〕，それはミメーシスであり，それは語源核のなかに書き込まれている。ポンジュはそれを引用している。

　「*Mimosa*［……］。語源：mimeux を参照。

　Mimeux：触れられると収縮する植物について言われる。しかめ草〔オジギソウ〕。語源：mimus。収縮するときに，この植物がパントマイム俳優〔mime〕のしかめ面を表現しているように見えることから」。

　事物のエクリチュール化は他者（なる事物）を手つかずで〔元のままの〕，動じることのない〔外から影響を被ることのない impassible〕，超越的なもの，まったき他者であるがままにし，あらゆるエクリチュールにとって手の届かないところにあるようにする。

　事物はその署名から立ち去る〔その署名を起点とする〕。

　署名が出発点にある，そして連署が。

　それぞれの署名は，それぞれの事物同様唯一である。しかしながら，この代替不可能性そのものにおいて類比が始まるのである。類比の資格で，次のような小海老の署名，それに対してわれわれが負っている諸義務，したがってそれの諸権利，それの名誉権があり，にもかかわらずまさしくそれの諸特徴〔caractères〕，そのエクリチュールの字体〔caractères〕，その「表意文字」は恣意的な特徴〔caractère〕を持ち，さらには無関心＝無差異〔indifférence〕でさえある。[182]

---

182. «La Crevette» (*Le Parti pris des choses*), in *Tome premier, op. cit.*

「[……]ときに，熱や空腹あるいは単に疲労によって視覚の混乱した人間が，つかの間の，そしておそらくは軽微な幻覚を被ることがある。彼は自身の視界の広がりのある地点から他の地点へと，活発で，ギクシャクして，継起的で退行する跳躍とそれに引き続く緩慢なより戻しによって，小さな棒の形やコンマの形をした，そしてそれ以外の句読記号の形もしているのかもしれないような，ほとんど目立たない，半透明の小さな記号のようなものたちが，特有な仕方で動いているのを目にとめる。それらは，彼に世界を隠すことなどまったくなく，いわばそれに消印を押し〔それを判読不可能にしoblitérer〕，重ね刷り状にそこで移動し，ついには，それらを追放することでより明白な視界を再び享受するために目をこすりたい気持ちにさせる。

ところで，外部のものの表象の世界において，ときに同様の現象が生じることがある。小海老は，それが住まっている海原の内で，別の仕方で跳躍してはいない。そして私が先に語っていた染みが［……］」。

したがって，小海老はエクリチュールに，句読記号，印刷記号，重ね刷り記号に，知覚領野における文字と文字消去〔oblitérations〕の戯れに類似している。まさしく重ね刷りされたある印象〔印刷〕をポンジュは記述し，そして今度はそれが自らを書き込むようにさせておくのである。水が小海老の生息域〔エレメント〕，彼が少し先で言っているように，「インクから区別されにくい」生息域であるのと同様に，類比それ自体がこの重ね刷りの空間である。だからこそまた，われわれはこの再‐刻印〔re-marque〕と重ね刷りのエクリチュールの権利〔正しさ〕を，それを書き，それに署名し，今度はわれわれが

ひとつのエクリチュールをその上に重ね刷りすることで，認めてやらねばならないのである。小海老には様々な権利があり，われわれには様々な義務がある。われわれが負債を支払わ〔honorer〕なければならないのと同様，われわれは他者の諸形態を讃え〔honorer〕なければならない。

「ときに小海老たちを活気づける内部の極端な複雑さが，それらが与る権利のあるひとつの様式化の最も特徴的な諸形態＝形式をわれわれが讃えること，ついで必要とあればそれらを無関心な＝無差異な表意文字として扱うことを妨げてはならないとしても〔……〕。

そもそも，ひとつの形態に関して，自然によってそれが──天気の良いときも悪いときも新鮮でふんだんな〔copieux〕水のなかで──同じときにいたるところで，無数の複製〔*exemplaire*〕に再生産され散種されることを指摘すること〔再度印しづけること *remarque*〕以上に，それに利益を付け加えるものがありうるだろうか」（私による強調──J. D.）。

最後に太陽の署名を挙げよう。それは最も禁じられた署名であるだろう。というのもこの場合，事物は唯一のもの，唯一の「見本＝模範をなすもの〔exemplaire〕」であり，代替不可能な指向対象であり続けるからである。ただひとつしかない太陽，ただひとりしかいない署名者というわけである。いずれにせよ，太陽はこのようなものであるように見える。すなわち，可能な代替物なき，再生産なき，散種なき，類比物なき指向対象である。絶対的な，つまりは言語外にある指向対象として，太陽はその名の内に宙吊りにされるがままになることなく，かくしてあらゆるテクスト化，あらゆる重ね刷り的指摘＝再刻印，そし

てまたあらゆる入れ子化から逃れ去っているように見える。そのことによって、太陽はすでに絶対的な署名者に類似している。表象代理＝再現前的ないかなる置換も許容しない太陽は、いかなる場合においても、その自筆署名に還元されることはない。そのうえ、古めかしい＝古代の哲学素を思い起こすなら、太陽は、可視的で命名可能なあらゆる客体＝物の源泉および条件として、超越論的地位（*epekeina tes ousias*）を占めているがゆえに、それが可能にするところのシステムにはもはや属していないのである。それが深淵〔abîme〕である以上、それを入れ子〔abyme〕にすることができてはならないだろう。「世界の客体＝物の内で**最も輝かしいもの**は──このことのゆえに──**否**──もはやひとつの客体＝物ではないのだ。それはひとつの穿孔であり、それは形而上学的深淵である。すなわち、世界内のすべてのものの不可欠なる形式＝形相的条件である。他のあらゆる客体＝物の条件。眼差しの条件そのもの」。

したがって、太陽を横たえ、それを署名に従わせることができてはならないだろう。ひとつの太陽のような何か、もはやひとつの客体ではなく、ひとつの物遊びですらないこのような事物に署名させること、それをページに配置すること、あるいはそれを入れ子にすることができないのでなければならないだろう。

ひ̇と̇つ̇の太陽〔*un* soleil〕なのか。あ̇の̇太陽〔*le* soleil〕なのか。

---

183. プラトン『国家』第6巻における善のイデアの類比物としての太陽の記述を参照。*epekeina tes ousias* は「存在＝実在〔ウーシア〕の彼方」を意味する。

この些細な連結〔articulation〕，この冠詞〔ariticle〕の作用は，太陽をわれわれの寝床に置き入れ，深淵を入れ子にするすべを知っていることになろう。言語によって，ひとつの連結が太陽をひとつの例にし，ひとつの太陽をあの太陽の例としたことになるだろう。おそらく，「最も近しく最も専制的な」この非‐客体＝物の卓越さのために，あらゆる哲学，およびあらゆる詩学の彼方で「ひとつの新たなジャンルを発明する」必要があるだろう。この不可能な主題＝主体から，物遊びの手ほどきをしなければならなくなるのかもしれない。このような手ほどきは，不可能な場からのみ試みられうる。

オルガスムをもたらす闘争，死に至る闘争の途中で，全能の指向対象の単一性は，とりわけフランス語がもたらすチャンスのおかげで，*soliculus* の系譜におけるその指小的存在へと還元される[184]。それはまた，（小海老のように）自らの散種へと還元される。つまり，「他の無数の太陽たち」があり，あの太陽は「それらの太陽のひとつに過ぎない」のである。

専制君主は権威を奪われ，その唯一で固有な名は共通名となる。法は腐敗〔売春〕であることが明かされる。それが自然の上に署名し，印璽を捺しつけ，封印した——鉛の封印，鉛のように重くのしかかる〔激しく照りつける〕太陽（「太陽による封印が自然の上になされる」）——後，裏面の次のページでは入れ子状の表題化〔mise en titre〕が始まる。この不死のページは諳んじられている——そこからこれらいくつかの特徴〔線

---

184. フランス語で太陽を意味する語 soleil はラテン語で太陽を意味する語 sol に指小辞のついた soliculus に由来する。したがって，字義的には「小さな太陽」の意になる。

traits〕しか引用しないのはあまりにも酷いというものだ。「不死の」とは私が決して使ったことのない古い言葉であり，それは信じられない事柄，すなわち死ぬことがないのでなければならないようなものを名指している。最も廃れた〔死んだ〕コードにおいては，それは不可能なことを語る。ならば，このページとそれに署名する者（もの）とに何かを語るために，というよりむしろ何かを与えるために，私はなおもその語を用いることを望んだのだということにしておこう。このページ，それは他のいくつもあるページの内のひとつに過ぎないのだが，そこで太陽は，署名の契機および場において，タイトルの対角に，すなわち「ページの右下隅に向けて」沈んでいき，「そのとき影がすばやくテクストを覆い，テクストは判読可能であることをやめる」ということは注目された〔再度印しづけられた〕だろうか。

太陽は，よく言われているように判読できない署名をし，それに引き続くバロックな夜の饗宴の後で，「文学の上に昇る」ものとして現われる（これこそ，文学の起源に関してかつてなく多くのことを語るものである。文学はまさにここで始まるのである）。父であり母である「浪費家の祖先」，「種まく人」（「種まく人だって？　私ならむしろほかのこと〔他なる事物 autre chose〕を〔と〕言うだろう……」），事物そのもの，あらゆる父方の系譜の起源にある他者，彼はそれに呼びかけ，二人称で，というかある奇妙な〔異他的な〕単数の二人称で親しく話しかける。

「そして今や，ほぼ真昼の錯乱である。

おお太陽，化け物じみた情人，赤毛の娼婦よ。逆なでする

〔髪の毛の逆立った〕お前の頭を左腕に抱え，この午後の長い腿を通じてずっとお前の傍に横たわって，黄昏が痙攣するころ，愛し合いのごちゃごちゃになったシーツの内にお前の中心の濡れた扉たちがずっと前から開かれているのをようやく見いだして，私はそこに私のペン軸を突き入れ，右側から，私の乳白色のインクでお前をあふれさせるだろう。

太陽は鏡の内に入った。真理はもはやそこに見られなかった。直ちに目を眩まされ，ほどなくして焼かれ，卵のように凝結して」。

私は長く話しすぎたわりには何も言わなかった——私は彼が注目される〔再度印しづけられる〕ようにそうしたのだが——，そう結論されることになったのかもしれない。

私はフランシス・ポンジュ自身について，彼の名（それに対して，そしてそれを考慮に入れて，彼の名声を鳴り響かせるために〔彼の名声が讃えられるように〕，私は味方した〔prendre le parti〕のであり，そして言うまでもなく私の態度を決めた〔それを甘受した prendre mon parti〕のである）を除けば何も言わなかったし，彼の作品自体についても何も言わなかった。

私はそうしたことを果敢に行うのは他の人に任せておく。私はと言えば，他の機会に他の事柄を話すことでしかそれを行うことはできないだろう。

したがって，フランシス・ポンジュについても彼の作品についても私は何も言わなかったのだが，それはひとつの**テーブル**〔盤 TABLE〕の，すでに進行中だが，しかしまた来たるべきも

のでもある巨像的建立〔勃起〕のみを考慮するためである。「隠顕インクで書かれた」盤,「タブラ・ラサ」(諸価値の,立法の,そして性差のタブラ・ラサ,すなわち同時に父のでも母のでもあるもの)。
(185)
(186)

　　　　　　というよりはむしろ

「四足で歩く,　　　　　　　　　歩かないテーブル,

　　　　　　　　　　　　　　　　　　　　　　それが

女性名詞であることは適切である,というのも,それには(四足で)作家の体(体の上部あるいは下部)を支える母めいたものがあり［……］。父たちによって獲得され,あるいは製作されたテーブルである〔の上で〕息子はその作品たちを生み出した」。「水平な」,「垂直な」そして「傾いた」(「……それは……水平性のために垂直性を離れようとする動き,傾向であろうか」) テーブル。
(187)

　またもや特異でまったく異なる〔まったき他者なる〕この事

---

185. table de la Loi はモーゼの十戒の書かれた「立法の石盤」を意味する。
186. «La Table»：デリダがこの講演をした時点では,このテクストはマルディネの前掲書にそのごく一部が発表されたのみであった。デリダはポンジュから直接原稿を見せられていたのかもしれない。結局,ポンジュ自身によってまとめられることはなかったので,自筆原稿を第三者が編集した版が複数存在するが,現在のところ最も自筆原稿に忠実でかつ手に入りやすい版はプレイヤッド版第2巻に収録されたものである (Francis Ponge, Œuvres complètes, tome II, Gallimard, «Bibliothèque de la Pléiade», 2002)。この版では,デリダが再現しているような文字の印刷上の配置は見られない。
187. デリダの引用ではポンジュのテクストにある前置詞「上で sur」が欠けている。したがってデリダの引用では,「息子」と「テーブル」が並置されているととることができる。この場合,母であるテーブルとしての息子がその子孫を生み出すことになり,母でもあり父でもあるというデリダの議論にも呼応する。

物に関して，同じ証明，おそらくは最後の証明であり，ポンジュの基底物〔(ポンジュの)下に置かれているもの subjectile〕であるものをやり直すこともできたかもしれない。

「テーブル，絶対的に決着をつけてしまうために，書かなければならないものとして私に残されているのはテーブルのみである。

　［……］

　私に作品を書くことを可能にしたテーブル（筆記用のテーブル，盤ないしは小さな盤）は，決着をつけてしまうために，書かなければならないもの（書くことがきわめて難しいもの）として私に残されている。

　［……］テーブルよ，お前は私にとって差し迫ったものとなる［……］

　だが，お前を深淵に置くのは私には困難である。というのも，私はお前の支えなしで済ますことができないのだから。

　［……］

　だから私にはお前を深淵に置くことはできないし，お前を素描することもできない。私にできるのはただ私の尖筆〔stylet〕でもってお前の顔を引っかき〔じっと見つめ dévisager〕（お前の表面を引き裂き），お前にひとつのリズムを刻み込むことだけである。つまりお前をひとつの共鳴盤にしてしまうことである」。

　太陽（客体＝物とエクリチュールの可能性の条件）同様，テーブルはひとりの情婦＝女教師〔maîtresse〕（「情婦たる〔指導

者たる〕**テーブル**〔La Table maîtresse〕」)、ないしはひとりの娼婦であり、それを深淵に置くことはできないが、深淵において〔深淵＝入れ子状に〕それを寝床に置き入れることはできる。そして、「あらゆるテーブルが有するこの水平性」は「寝床という観念よりも、このテーブルという観念によりいっそう」適している。

　彼についても彼の作品についても何も語ることなく、私はただ、存在し、この名を冠する唯一のものであるフランシス‐ポンジュ‐の‐作品のような何かについて語る権利がわれわれにあるのは、今日のわれわれにとって、いかなる不可欠な形式的条件においてであるのかを喚起したのである。

　彼の名を借りる＝賞賛する〔louer〕ために、そして内部で常にすでに署名を終えている彼を当てにする〔彼に寄りかかる tabler sur〕ために、いかなる代価をわれわれは払う必要があるだろうか、そして彼は払う必要があったことになるのだろうか。

事後に（証拠）

　今やわれわれはページ下部の右隅を越えて，ひとつの署名を位置づけた。

　私はあなた方にもうひとつの物語＝歴史を語らねばならない——というのもここでそれをしてしかるべきだから。つまりこのテクストのもうひとつのヴァージョン，もうひとつの時間を。

　いずれにせよこのテクストのタイトルの。とはいえ，そこで『シニェポンジュ』以外のものが演じられる〔賭けられる〕かどうかは確かなことではない。

　この本当の話〔物語＝歴史〕，私はそれをエピローグとして書き込む。というのも，私がそれを知ったのは事後的にでしかなかったからである。むしろ，私が今しがた語ったことをタイプするのを完全に終えた——そして私はそれを片づけさえしてしまったのだが——2 日後に初めて，私はそれを意識したと言ったほうがよいのかもしれない（というのも私はそれを意識することなく知っていたにちがいないから）。

　したがって，2 日後，私はなおも『新選集』〔*Nouveau Recueil*〕を，それが取り残されていた私の机の上でぱらぱらとめくっていた。それはフランシス・ポンジュ自身が，われわれがイヴ・テヴナン，ポール・テヴナン夫妻の家で夕食を共にしていたある宵に私に持ってきてくれたものである。それは 1968 年 1 月 5 日のことだった。献辞にはそう日付が付されている。書籍は茶色の包装紙に包まれていた。

そこに何を探しているのかさえわからず，そしておそらくは何も探そうとすることなくその本をめくりながら，私は本の帯〔bande〕に目をとめた。このいわば宣伝用の紙切れは，ページの間に二つに折り畳まれて挟まれていた。私はそれを一種のしおりとして取っておいたのである。

この帯，少し前にそれの大規模な〔高い飛翔の／高度な盗難の de haut vol〕[188]作用に大喜びになって感嘆したので，私はそれをよく知っていた——だがよく言われるように，私はそれを忘れてしまった，忘れてしまったにちがいなかった。

この帯は何と言っているだろうか。こうである。

弾き飛ばすべき帯
〔BANDE A FAIRE SAUTER〕

文字は白く，背景は赤である。

それはあたかも事物が自分自身を指し示しているかのようである。まるで，ある書物の上に**書物**というタイトルが，そしてある絵画のなかに組み込まれたタイトルとして**絵画**という文字

---

188. さしあたってデリダがここで語っているのは，書物に付された帯にある文言とそれを「弾け飛ばす」ことに関わる物語であると考えられる。de haut vol は，「（鳥などに関して）高いところを飛ぶ」，「スケールの大きい，大規模な」という意味を持つ成句表現で，この場合，「弾け飛ばすこと」と「飛翔」のイメージが呼応する。しかし，後に明らかになるように，この物語は帯になされた署名の消去の物語でもある。その場合，この「盗難」を意味するもうひとつの vol がここに聞き取られる。デリダはこの vol に「飛翔」と「盗難」の二つの意味を与えて，この表現の内に帯が弾け飛ぶ作用と同時に帯による署名の盗難作用を，いわば先取り的に読み取らせていると思われる。

が読まれるかのようだ。「**名**」という名のことも考えてみていただきたい。もし、赤地ないし白地の何もないところを背景にして、ただそれだけが読み取られるとしたら、あなた方はそれがそれ自身を指向していると考えることもできるかもしれない。私はひとつの名であり、「名」とはひとつの名である、という具合に。

ここで事物は自らを名づけている。つまり、私は**帯**-である、(189)
と。

この赤い何もないところの未規定な背景上で、帯〔という語〕の内にひとつの名〔名詞〕を聞き取るか動詞を聞き取るかは読者である君の自由だ。そして、二重帯〔ダブル・バインド〕の命令を可能なところに置き入れて、極限まで進むも進まぬも君の自由である。帯を、それがまだ閉じたままにしている書物を読むために弾き飛ばすということが問題なのだろうか。そうだとすれば、それはひとつの間接的な命令であり、ひとつの忠告、ひとつの使用法ということになるだろう。書物を買い求め、帯を弾き飛ばしなさい、そして読みなさい、というわけである。名から動詞へと移るならば、それは反対にひとつの命法であり、高圧的なる「君、弾け飛ぶまで引っ張りなさい〔勃起しなさい〕」ということだろうか。何を弾け飛ばすのか、あ

---

189. 原文は je suis-BANDE。Bande を名詞ととれば「私は-帯である」となるが、bande を動詞ととる場合、直説法現在としてとれば「私は在り-包帯する＝引っ張る＝勃起する」になり、命令形としてとれば「私は在る-包帯しなさい＝引っ張りなさい＝勃起しなさい」となる。あるいはこの命令を名詞化されたものととらえることも可能で、その場合「私は-包帯しなさい＝強く引っ張りなさい＝勃起しなさい〔という命令〕である」の意になると考えられる。

るいは誰を。決定するのはあなた方だが,それがなされうるのは,読むことによってである。

ところで,この7月23日の午後に私が初めて読んだと意識において確信を持ったもの,それは右下の隅により小さく黒い文字で書かれた次のような二言である。

弾き飛ばすべき帯

署名者：ポンジュ
〔Signé : Ponge〕

いかにしてひとつの署名は引用されうるのだろうか。

すべてはすでに,帯さえも(帯の上に直に),内部と外部に署名されていたことになるだろう。

署名はすべてを奪取する。だがそれは自らを引き裂き,自らを弾け飛ばさせる〔自殺する／ものにされる se faire sauter〕[190]。帯について,「引っ張りなさい〔勃起しなさい〕」と語ることで。

誠意をこめて
1975年7月23日,17時30分
J. D.

---

190. sauter は自動詞では「飛び上がる,弾け飛ぶ」等の意味を持ち,ここから se faire sauter は成句的に「自殺する」を意味する。また他動詞としては「飛び越える,(読み)飛ばす」のほか,「女をものにする」の意がある。

事後に（Ⅱ）

したがって，私はこの打ち明け話，そしてこれらの証拠資料をあなた方に差し出すことを決断した。そのためには，この帯をあなた方すべてが利用可能なだけ複写するほうがいいのではないか。こう思って私は（こう言ってよければ，私が属している教育機関の）コピー業務局に赴いて，私自身で業務を行った。

ところで，先のことは想像がつくかもしれないが，現代のこのマジック・ノートは色彩を複製しないのである。それが有している唯一の対照，それは「白黒」である。帯の白色部分はそのために被害を受けなかったことになるだろう。それはきちんと印刷されて出てきた〔il est bien sorti〕。つまりフランス語でよく言われるように，それはうまくやりぬけたのである〔il s'en est sorti〕。赤色部分はと言えば，それは黒色に変わってしまった。だがそのせいで，署名の黒色はそこに溶け込んでしまい，深淵の内に消え去ってしまった。幸運にせよ偶然にせよ，それは私がそれを引き出したところの無意識の底へと，数時間の間にまた立ち返ってしまったのである。彼の名の文字たちは，あたかもあらかじめ自身の喪に服しているかのごとく，黒くなるよう定められていたのであり，黒色がそれらを飲み込んでしまったのである。それらの文字は未分化な境位〔エレメント〕へと，彼が——覚えておられることだろう——それでもって深淵の太陽を文字どおりあふれ返らせるのだと考えたあのインクの底へと立ち返った。容赦ない光のエクリチュールであるコピ

一機は，この時点においてはひとつの対照,「白と黒」という対決しかとどめることはできなかった。彼は諦める〔そのことの喪を行う〕のでなければならないだろう。複製は彼の署名を消去してしまったのである。そしてそれはまさしく，その署名が赤地の上に黒色で記されていたからであり，赤色は署名同様の黒色に為り変わってしまったからである。歴史の別の契機において，何かほかの機械，ほかの技術的装置であれば，もっとうまくできたのかもしれない（そしてポンジュがそうありたいと願っている首尾一貫した唯物論者はそれを認めたであろう）。つまりその機械は赤色を保持し，署名をそのまま保管しただろう。

　言ってみれば，私はこの不調を代補し，あるほかの機械でもって任務を確実に行うことを望んだのである。つまり赤地と共に彼の署名を保持することである。だから私はあなた方に「物質と記憶」ということを語ったのであり，私の記憶と私の諸々のチャンスについて語ったのである。

1975 年 8 月 10 日

**BANDE
A FAIRE SAUTER**

訳者解題――脱構築の決断(*)

　ジャック・デリダの死後，フランスを始め世界各地でシンポジウムが開かれ，雑誌等では特集号が組まれるなど，様々な形でこの哲学者の偉大さが改めて確認されることとなった。すでに生前から始まっていたとはいえ，脱構築と呼ばれる思惟が哲学，政治，芸術等々の領域に及ぼした影響の評価は，今後さらに進められることだろう。デリダをあらゆる既成の秩序の破壊をもくろむニヒリストであるとか，テクストの無限の解読可能性の名のもとにすべてを解釈に還元する相対主義者などと規定する，いわゆる「ポストモダン」的誤読は比較的影を潜め，「まったき他者」，「応答責任」，「証言」，「正義」といったテーマがむしろ支配的となり（とりわけ日本ではその傾向が強いように思われる），80年代におけるデリダの「政治・倫理的転回」というようなことが言われもした。このようなコンテクストのなかに置き直してみるとき，1975年の講演をもとにしたこの『シニェポンジュ』というテクストは，すでに様々な方向への読解を提供するように思われる。まず，デリダの哲学の軌跡という点では，「まったき他者」，「応答責任」，そして「証言」といった倫理的問題が，署名と連署の問題に絡められ，すでに中心的な主

＊『シニェポンジュ』からの引用は，その都度の引用の後に括弧内でページを指示するだけにする。それ以外の引用に関しては，すでに邦訳があるものも，基本的にはフランス語原書ないしフランス語訳のテクストからこちらで訳出したが，読者の便宜を考慮し，邦訳の参照箇所を併せて表記した。既訳をそのまま，あるいは一部変更して用いている場合には，まず訳書の参照箇所を表記し，括弧内で原書のページを指示した。

題として展開されている。また文学理論の領域では,そのような倫理的審級を文学の根本的な問いとして提出することで,構造主義およびデリダがほかならぬポンジュと共に関わっていた(そしてほぼ同時に決別した)「テル・ケル」派的テクスト主義から意図的に一線を画そうとしていることが明瞭に読み取れる。そしてもちろんフランシス・ポンジュ論として読むことも可能である。デリダは,ポンジュ解釈の歴史を決定的な仕方で印しづけた二つの主要な解釈,現象学的解釈(サルトル)と記号論ないしテクスト主義的な解釈(ソレルス)を踏まえたうえで,その双方から距離を置く独自の読解を展開している。前述の二つの解釈が,事物ないし言語のどちらかに特権的な地位を与えていたのに対し,デリダにおいてはその双方が他者と署名の問題として展開されている。ポンジュのテクストにおける還元不可能な事物への参照と,「シニフィアンの戯れ」と言うことが必ずしも不当ではない彼のテクストの振る舞いの双方を考慮することがポンジュ研究のその後の主流であり課題であることを考えれば,たとえデリダの読解が多かれ少なかれアカデミックなポンジュ研究の領域で論じられることがいかに少なく,またそこでの事物とテクストの問題の扱いがデリダのそれとはいかにかけ離れたものだとしても,このテクストをデリダがポンジュを借りて自身の哲学を述べているだけのものであるとみなすことは誤りであるだろう。だが,ここでわれわれは,われわれが便宜的に脱構築固有の哲学的方向づけ(orientation/Orientierung)と呼びたいと思っているところのものにとどまることにしよう。そして,彼に倣って,彼の法のもとに,われわれ固有の仕方で彼に連署する危険を冒すことを試みることにしよう。

　そうすることがわれわれにとって必要,さらには緊急だと思われるのは,脱構築のいわゆる「ポストモダン」的誤読が「政治・倫理的転回」によって取って代わられるまさにそのところで,脱構築と

呼ばれるこの亡霊の哲学は，それ自身の亡霊ないし分身たちによって憑かれているように見えるからである。そのような脱構築の亡霊とはいかなるものだろうか。われわれの考えでは，それは脱構築の「政治的・倫理的転回」を印しづけている「正義」と「法」の対概念，および「まったき他者」の地位に関わっている。デリダの慣習化した解釈においては，これらの概念の関係は通常次のように整理されている。「正義」は「まったき他者」の「特異性」に対する応答責任として，あらゆる一般的規則としての法の宙吊り（エポケー）を含意する。しかしながら，このような正義は，なんらかの法として行使されることでしか実行力を持たない。というのも，法的一般性の考慮なしには，正義はある他者への特異性に対する応答責任の名のもとに，他の他者たちに対して最悪の暴力を払いかねない。ところで，法とは一般的法則である以上，特異な他者の法への書き込みは，その特異性に対する暴力を不可避に含んでいる。しかしながら，この特異性と一般性双方を引き受けることのアポリアこそ，不可能なものとしての正義の経験であり，このような暴力が不可避に起こる限り，脱構築は暴力がより少なくなるような仕方で際限なく法に介入し，正義へより近づくことを目指す。このような整理においては，ここでの「他者」やその「特異性」が指し示しているところのものは明確ではない。これらの概念が，不明確なまま具体的な状況に適用されるところでは，「すべての他者はまったき他者である」というデリダのよく知られた公理は，単に様々な存在者間の知覚可能な差異の経験的な明証性を意味するに過ぎなくなる。他者は自己に対する自明な外在性において捉えられ，その特異性とは特定の個体に結びつけられた知覚可能な質ないし質の集合として規定されるだろう。確かにこのような特異性（例えば，今まさに私の目の前にあるこのペンのこの緑色）を，法同様一般性のシステムとしての言語は十全に（正当に）表現することはできない（「このペン

は緑色である」と言うことは，この緑色の特異性に暴力を振るうことなしには可能ではない)。このような特異性の絶対化は，端的にあらゆる認識を不可能にし，正義はその都度唯一的な瞬間において直前的にあるものの経験的直感の内で疲弊してしまうだろう。したがって，すでに見たように慣習化した脱構築は，特異性を一般性の形式のなかで思考することを同時に要求する。このような観点においては，脱構築のアポリアとは一般化不可能な個別と認識可能な普遍（概念的一般性）との，単に形而上学的であるだけでなく，きわめて粗雑でもあるジレンマ（アガンベンが「偽りのジレンマ」と呼ぶもの）[1]に過ぎないことになるだろう。だとすれば，脱構築的決断とは，特異性をなんらかの一般的固有性によって規定されたクラスに帰属させるある種のやり方に過ぎないことになる（かくして，この緑色のペンは，例えば緑色の客体一般のクラスに帰属しうることになる）。そうなれば，あるクラスに関して他者の特異性を語ることも可能となる。この場合，他者とはなんらかの表象可能な質のもとに集められた特定の集合体となり，この質があるその集合体の特異性とみなされるだろう。

　脱構築的正義を，政治的レヴェルで，経験的，具体的な他者，あるいはなんらかのカテゴリー（社会的，歴史的，文化的等々）のもとに分類可能な他者たちの諸事例に適用していくことが，デリダ以降の脱構築の課題であるというような議論が前提にしているのは，以上のような論理であると思われる。ある特異な個人ないし集団のその都度特異な行為や利害が法的一般性のなかで判断されたり，保護されたりすることは，そのような行為や利害がなんらかの規定可

---

1. Giorgio Agamben, *La communauté qui vient*, trad. fr. par Marlène Raiola, Seuil, 1990, p. 10：この引用のコンテクストは後に復元されなければならないだろう。

能なクラスのなかに帰属可能であることを前提とする。脱構築主義は，特異性をなんらかの（既存のあるいは新たな）一般的カテゴリーへと組み込む際の必然的な暴力を暴きつつ，その「より暴力の少ない」，あるいは「より配慮に満ちた」仕方を絶えず実践することを目指すだろう。ところで，すべての他者がまったき他者であり，それぞれの特異性が等しく絶対的で，なんらかの特定の他者に対していかなる優先権を与えることも許されないとすれば，なんらかの他者にとって正義であることは，他の他者にとっては必ずしも正義でないこと，さらには完全に不当であることもありうる。したがって，正義はやはり特異な個人ないし集団同士の利害関係を統御する法的一般性を必要とするが，この場合，このような諸特異性のそれぞれを配慮し，そのそれぞれに対する暴力がより少なくなるような一般性を思考すること，そのような形で法の創設ないし適用を行うことは，結局のところ特異な他者たちに最大限共通な利害を計算することに帰するだろう。かくして，脱構築の政治的実践は，それが他者に対して不可避に行ってしまう暴力に対する善良な意識がいかなるものであろうとも，端的に議会主義的な政治と混同してしまうかに見える。正義の不可能性は，現実的な決断を迫るときには，最も可能なこと，あるいは現実的なことに場を譲ってしまうだろう。現実主義は，国家的政治の原則そのものである。実際，多様化する現実へのさらなる適合の名のもとに新たな法の創設ないし法改正を絶え間なく行っている近年の国家的政治は，特異な他者に向けての法の絶えざる脱構築を実践していると言えないだろうか。そのとき，現実主義の名のもとに，他者の不可避の選別が行われるだろう。その選別のよく知られた右派的形態は国民優先（préférence nationale）あるいは共同体優先（préférence communautiare）である。それは，例えば国家がその存続を脅かすほどに流入してくる（とそのイデオローグたちが主張する）移民の現実に合わせて，移民に対するきわ

めて抑圧的な法を創設し，それを国民という特異な他者たちへの応答責任であるかのように言うときである。実際どこかで，ある「新しい哲学者」を自称する者が，移民の問題に関してデリダの不可能なものとしての「歓待」の論理を援用しながら，無条件の歓待がどんなに望ましいものだとしても，デリダが示したようにそれは原理上不可能であり，現実的なレヴェルでは最大限に可能なことをやっていくしかないのだと，「われわれは世界のあらゆる貧困を受け入れることはできない」といった類のきわめて国家的な（非歓待的な）言説（これはある左派の政治家によって発せられたものなのだが……）にデリダを寄り添わせていた。もう一方で，その左派的形態は民族的，文化的，性的等々のマイノリティの擁護，歴史的な暴力の犠牲者の擁護であるだろう。このときの選別原理は現実主義であるよりはむしろ倫理である。それは脱構築の政治的実践が例えば「人道」（あるいはそれに類する今日自明とされた倫理的価値）の名のもとになされるときである。現実主義と倫理，今日，議会制民主主義における政治的実践がこの二つの局の間に位置づけられていることは疑う余地がないだろう。

　その成果の肯定的側面と否定的側面がいかなるものであれ，これらの政治的実践が脱構築のシミュラークルであることは明白であるように見える。正義が要求する決断があらゆる既存の規則を宙吊りにするということは，その決断の演繹を可能にするようないかなるメタ言語も存在しないということである。そのようなメタ言語は，決断を単なる規則の適用へと変容してしまうであろう。しかしながら，われわれが見た二つの脱構築のシミュラークルにおいては，現実主義と倫理がそれぞれ決断のメタ言語を構成している。デリダの正義に関する議論の政治的なラディカルさは，それがあらゆるメタ言語的審級の不在における決断を迫ることにある。だがこうしてわれわれは始めの地点に戻ることになる。そのような決断は，それが

より悪しき暴力へと変容しないためには，一般性ないし法的正当性を考慮しなければならない，云々。これが円環として閉じられないためには，他者の特異性と法の概念的一般性のアポリアの間で，そのどちらに定位することもなく，際限のない脱構築を行うほかはない。このアポリアのいかなる可能な止揚もなく，正義はただ「不可能なものとしてのみ可能なもの」として「来たるべきもの」であり続ける。だとすれば，いかなる正義の実践も，始めから失敗へと運命づけられていることになりはしないだろうか。それは，一方で正義に対する不可避な不忠実への居直りを，他方では現存するあらゆる政治的行為に対する不信（そしてそれと対になった「来たるべきもの」の聖化）を生み出しはしないだろうか。あるいは，あらゆる法を宙吊りにするであろうような来たるべき革命的瞬間の「法－外な」暴力を絶えず先送りする法的審級のこのような召喚は，国家的権力の外での法＝権利の行使の可能性が思考不可能なままである限りにおいて，国家（そしてその暴力）の必然性と正当性を確認しているだけにならないだろうか。[2]

だからこそ，デリダの哲学の政治的な可能性に関して，われわれは「まだ他のデリダがある」と言ってみたくなる。議会制民主主義と来たるべき民主主義の間での終わりなき脱構築に還元されるがままにはならないデリダがあるのだ，と。われわれは，このようなデリダを，デリダの正当なる解釈として，他の分身たちを追い払うために提出するのではない。そもそも，これらの分身は多かれ少なかれ正当であるのかもしれない。デリダなら，それはデリダと署名された「テクスト」の諸々の効果だと言うかもしれない。またそれが

---

2. Cf. Giorgio Agamben, *Le temps qui reste – Un comentaire de l'*Épître aux Romains, trad. fr. par Judith Revel, Rivages Poche, 2004, p.186〔邦訳『残りの時』上村忠男訳，岩波書店，2005 年，178 ページ〕.

どれほど不当だったとしても，その出現を完全にコントロールできるようないかなるメタ言語も存在しないだろう。さらに言えば，可能な正義の政治的実践をとりわけ法の問題として考察するというデリダの選択の内にすでにして，このような分身を可能にしている，実践としての民主主義と法治国家の異論の余地ある同一視があるのではないかと疑ってみることも可能なのかもしれない。われわれはこのような分身を，デリダの誤読であるとか，デリダのなんらかの欠点であるというふうに簡単に規定せず，それを脱構築の「思惟における方向づけ」[3]を規定していると考えられる決断の帰結として考察することを試みることにしよう。そこで問題となるのは，脱構築が練り上げ直した「決断」の概念ではなく，脱構築そのものの決断である。したがって，われわれもまたひとつの分身を，そしてその可能性と限界を，ただわれわれがデリダの署名と考えるところのものを奪い，それに連署することによって提出することにしよう。『シニェポンジュ』は，そのために十分なものを提供してくれるように思われる。そして，「まだ他のデリダがある」と言うことで，われわれはデリダになおも──不忠実に──忠実であることを望むことにしよう。

1. 非実存者の実存

　近著『諸世界の論理』のなかで，アラン・バディウは二つの注をデリダにあて，脱構築の本質的な操作を「非実存者〔l'inexistant〕

---

3. この表現は言うまでもなくカントに由来している。ここで「思惟」という語彙を用いるのは，この語のもとに問題となっている事柄を人間の知的活動一般としての「思考」から区別するのに適当なほかの言葉が見当たらないからに過ぎない。

を局地化すること〔位置を突き止めること localiser〕」と規定し，次のように述べている。「デリダの思弁的欲望は，あなたが直面している言説的強要の形式がいかなるものであれ，この強要の規則を逃れる一点，すなわち消失点が存在することを示すことである」。バディウ固有の語彙においては，非実存者とはある（存在論＝数学的に規定された）純粋な多数性（集合）がある特定の世界のなかに「対象〔objet〕」として「現われる〔apparaître〕」とき，その多数性に属しているひとつの要素が「現われない」ということを意味する。これはある対象に「固有な非実存者」と呼ばれる。世界には，そこに現われる存在者のすべての対に関して，その同一性と差異の程度を固定する「超越論的なもの〔le transcendantal〕」が備わっている。ある対象の要素のそれぞれが，その対象の他の要素と，あるいはそれ自身と持つ同一性度数は，超越論的なものによってこの世界のなかに秩序的に位置づけられる（したがって，世界とはそこに現われる諸要素の様々な度数における同一性と差異の網の目にほかならない）。端的に言えば，非実存者とはある超越論的なものを備えた特定の世界において，その実存度数が最小であるような要素である。また，ある要素の他の要素との同一性は，それ自身との同一性（実存度数）を決して上回ることがないということから，非実存者と，それと同じ対象に属する他のすべての要素とのこの世界における同一性度数はやはり最小（ゼロ）となるということが帰結する。バディウは非実存者を「幽霊的要素〔élément fantomatique〕」と呼んでいる。それは在る（存在論的存在）のだが，ある特定の世界における現われという条件のもとではない＝実存しない（論理的非実存）のである。バディウにおいては，この非実存者は出来事において，

---

4. Alain Badiou, *Logiques des mondes*, Seuil, 2006, p. 570-571（以下 LM. と略）.
5. LM., p. 361.

その実存度数が最大になるような仕方で実存化する。そしてこの「非実存者の再起〔relève〕」は，世界の超越論的なものの根源的な変革を導くプロセス（「真理手続」）を創始する。

　非実存者の概念は脱構築の操作を形式化して理解するのにある程度まで役に立つ。いま仮に，「西洋形而上学」という世界における，「言語表現の形式」という対象を考えてみることにしよう。そしてこの世界の超越論的なものを「自己への現前」（ここでは便宜上行為主体の現前としておくが，デリダの分析では言語活動における対象や意味の意識への現前は主体の自己への現前と分離不可能であることは注意を要する）と仮定する。そのとき，われわれは「内面的独語」，実際に発せられた物質的な声等々のパロールの形態，あるいはまた表音文字，表意文字等々のエクリチュールの形態をその要素として考察し，それぞれのこの世界における実存度数，およびそれらの同一性度数を検証することができる。周知のように，パロールにおいては発話者の現前が想定されており，また発話行為の状況（コンテクスト）の現前も想定されているのに対し，エクリチュールは書き手の不在においても機能し，その行為の瞬間における外的な状況としてのコンテクストは不可避的に失われることになる（したがって，主体の意図，その「言わんとすること」も多かれ少なかれ失われる）。かくして，自己への現前という超越論的なものの観点からは，パロール，なかでも物質的な形をとることなく自己への近接性において発話主体それ自身によって聞かれるパロールの実存度数は最大であり，エクリチュールは主体が不在である以上，その実存度数は最小（無）である（この観点からすれば，たとえ表音文字はパロールの転記であるという点で表意文字よりもパロールに近いとしても，表音文字と表意文字は共に実存度数がゼロ，すなわちこの世界での現われに関しては完全に同一ということになる）。先ほどのバディウの議論に即して言えば，自己への現前という性質

（関数）によって階層的に秩序づけられた世界のひとつの対象を考えると，その性質を満たさない要素が必ずひとつ存在するわけである。西洋の形而上学の歴史は，この例外をスキャンダルとみなし，それを排除するか，あるいは同じことになるが，それをこの性質を満たすものに偶然的に付け加わるような二次的現象として制御することにある（ここから，パロールの二次的な再現前化というエクリチュールの規定，およびその帰結としてアルファベットの他の書字形態に対する優越が生じる）。

西洋形而上学という世界における非実存者の特定はそれだけですでに，高度に知的な作業である。その超越論的なものの分析（現前性）およびその諸対象に固有の非実存者の特定（エクリチュール，女性，ミメーシス，パルマコン……）に関して，デリダは常に驚くほど的確だったと言えるかもしれない。にもかかわらず，それは脱構築の根源的な操作ではない。実際，このような非実存者の特定に関わる言説は，このように洗練されたものからかなり粗雑なものまでいくらでも考えることができる。そのかなり粗雑な政治的形態においては，社会的結合（cohésion sociale）の分断ということが問題になるたび，その結合にとって躓きの石となる要素が名指され，その排除ないし統御（コントロール）が試みられる。例えば，個人主義的消費者，郊外の若者，移民，あるいはサン゠パピエというわけである。このとき，国家はその超越論的なものとして，例えば国民の伝統的ないし文化的諸価値を提示する。あるいはまた，全般化された経済的競争という超越論的なものの仮定においては，公共サービスは国家によってある種の例外的スキャンダルとして提示され，私営化に向けての世論操作が組織される。非実存者の特定は，どのようなものであれ，それだけでは思惟における方向づけを構成しない（一方，知は現実主義ないし道徳主義の装いのもとに常に権力に奉仕しうるのである）。脱構築の賭け金は，このような非存在者の

排除による全体化の不可能性を告げるだけではなく，そのアクロバティックかつ緻密な論証によって，その非実存者の実存を最大にまで押し上げることにある。それは，単に問題となっている「言説的強制」において規定された非実存者と実存者の関係を転覆することによってではなく，その非実存者を印しづけている構造そのものを，その言説的強制において問題になっているところのものの可能性の条件そのものとして提出することによってなされる。先ほどの例で言えば，エクリチュールを構造化している「反復可能性」は，話された言葉であろうが書かれた言葉であろうが，それが機能し意味を持つためには反復可能でなければならない以上，あらゆる言語活動の可能性の条件であるということになる。デリダは『グラマトロジーについて』の始まりのところで次のように述べている。「わずかに目にとめられるがままとなっているある必然性によって，すべてはあたかも，エクリチュールの概念が言語活動一般［……］のある特殊で，派生的で，補助的な形態を示すことをやめ，主要なシニフィアンの外的な皮膜，その不確かな分身，シニフィアンのシニフィアンを示すことをやめ，言語活動の外延をはみ出し始めるかのように生じる。この語のすべての意味において，エクリチュールは言語活動を理解＝包摂するであろう」[6]。言語活動一般の可能性の条件であるような反復可能性の構造を，デリダがあくまで「エクリチュール」（「戦略素」としてのエクリチュール）と名指したことは，彼の非実存者への執着をよく示しているように思われる。ここからデリダの様々な命題が導出されうるだろう。ある性質を規定＝強要する関数に対して，必ずそれから逃れ去る非実存者（他者）があるだけでなく，その非実存者こそが当の性質そのものをむしろその効果と

---

6. *De la grammatologie*, Minuit, 1967, p. 16〔邦訳『根源の彼方に——グラマトロジーについて 上』足立和浩訳，現代思潮社，1972 年，23 ページ〕.

して可能としているとすれば，単に閉じられた全体が存在しないというだけでなく，閉じられた全体というものそのものが一貫性を持ちえないのであって，非実存者の排除はある意味で自殺的であるということである。かくして，「固有なものは破裂を制限し，死から匿うが，それはまた死へと向いてもいる。絶対的固有性，自己から自己への未分化の近接性は，死の別名である[7]」というわけである。

注意しなければならないのは，非実存者を非実存者たらしめるところのもの，つまりその排除を引き起こすところのものと，非実存者の実存を最大にまで高めるところのものは，同じ動きであるということである。エクリチュールは，主体およびコンテクスト不在におけるその反復可能性によって非実存者へと貶められるのであると同時に，まさにその反復可能性において最大の実存度数を得る。ここには注目すべき「特異性」の思考があると言えるだろう。ある世界内の存在者を階層的に秩序づける超越論的なものの規則を逃れ去り，様々な実存度数を伴って現われる他のあらゆる要素といかなる共通性も持たない非実存者は絶対的に特異であるが，パラドクサルにもまさにそのことによって，他のすべての要素を貫くそれらすべての可能性の条件として普遍的なのである。ここでは特異性は普遍性に対立するものではなく，普遍性は諸特異性の抽象的ないし平均的一般化ではない（そのような場合に問題になっているのは特異性ではなく，特有性（特殊性 particularité）であると言わねばならないだろう）。特異性はその絶対的特異性において普遍的なのある。これが，デリダ（少なくともわれわれがここで連署しようと試みているところのデリダ）が「他者」の特異性と呼ぶものにほかならないのだがそのことにはまた後で立ち戻ることにしよう。

ところで，なぜこのようなデリダ的「非実存者の再起」（むしろ

---

7. *La dissémination*, Seuil, coll. «Points», 1972, p. 402.

「再来」と言ったほうがより「デリダ的」なのかもしれない）をあらゆる「超越論的なもの」に対して一般化することができるのだろうか。バディウは「言説的強要の形式がいかなるものであれ」と言っていた。ここにこそまたデリダの哲学の独自性があるのだが、それは非実存者の言説的強制からの抜け去りと再起の構造はそれ自体、あらゆる存在者を印しづけているところの存在論的構造でもあるということである。エクリチュールの、異なる時間と状況における、さらには異なる主体による反復可能性は、あらゆる存在者がそれとして現前するための可能性の条件である。現在が純粋に自己同一的であるとすれば、それをいくつ並べたところで時間は流れないだろう。時間がひとつの連続において構成されるためには、現在は自己を差異化しつつ、差異化された自己を「同じもの〔le même〕」として反復しなければならない（過去を把持しつつ未来に開かれていなければならない）。「同じもの」として捉えられる限りにおいて、その都度生み出される差異そのものはそこから抜け去っている。しかしながら、差異は現在にとって否定性をなすのではなく、むしろ構

---

8. デリダ自身、『友愛のポリティックス』のなかでこう言っている。「ヘゲモニーということ、すなわち力関係ということを語るとき、その構造的な諸法は傾向を示すものであり、それらは〈はいかいいえ〉ということ、つまりは単なる排除＝排他といった形でではなく、力の差異、つまりは〈より多くあるいはより少なく〉いった形で規定を行う（そして自らを規定する）。抑圧の諸効果、すなわち再来してはならないはずのものの回帰、そしてまたこの同じ法が産出し、産出を繰り返しうるところの、そして実際のところは間違いなくそうするところの兆候と否認を説明するためには、純然たる排除＝排他の不可能性について強調しておくのがいいだろう」（*Politiques de l'amitié*, Galilée, 1994, p. 325〔邦訳『友愛のポリティックス 2』鵜飼哲・大西雅一郎・松葉祥一訳、みすず書房、2003年、152ページ〕）。バディウの言葉でパラフレーズするならば、超越論的なものは必ずある要素の現われを無化するが、それは要素そのものを端的に無化することはできないので、この非実存者は常に再来しうる、ということになるだろう。

成的である。純粋な同一性とは，この差異の構成的性格によって印しづけられている「同じもの」の忘却に過ぎない。したがって，私が異なる現在，異なる場所においても「同じ」私であるのは，「同じもの」を生み出すこの差異化によってでしかない。差異化は構成的である以上，私は常に私からずれている限りにおいてのみ「同じ」私であり，このずれが抹消されることはないので，私の純粋な自己現前は無限に先送りされるだろう。いかなる起源的現在ないし現前もなく（あるいは純粋に自己同一的に現前する起源というものはなく），根源的な差異（差異化の運動）が現在ないし現前をその効果として生み出す，これが存在論的な意味でのデリダの「差延」である。始めに自己同一的なものがあり，それが自己を差異化させるのではなく，この差異化が自己同一であるような何かを（不可能にすると同時に）可能にする。ここで問題の差異とは決して同一的な存在者間に生じる差異ではなく，それぞれの存在者をそれとして構成する差異であり，その帰結として諸存在者の差異を生み出しもする差異化である。したがって，差延の運動にとらわれている限りでは，同一的存在者間の差異の固定的境界は消去される（この点で，デリダがいかに多文化主義から遠く離れているかは明らかである）。あらゆる差異の「共通の根源として，差延はまた（同一的なものから区別される）同じもののエレメントでもある」[9]。このような差延の効果は「婚姻＝処女膜」の論理とも呼ばれる。客観的差異が消去されることで，それを生み出す純粋な差異が現われるのである。「こうして取り除かれるもの，それはしたがって差異ではなく，差異あるもの，差異あるものどもであり，差異あるものどもの決定可能な外在性である。婚姻＝処女膜に逆らってではなく，それがもた

---

9. *Positions*, Seuil, 1972, p. 17〔邦訳『ポジシオン』高橋允昭訳，青土社，1988 年，17 ページ〕.

らす混同と連続性のおかげで、決定可能な極を持たず、独立していて不可逆な項を持たない一つの差異（純粋かつ不純な差異）が書き込まれるのである」。こうして、婚姻＝処女膜は「現前」と「非現前」といったあらゆる二項対立が混同され無差異となってしまうような「中間の効果〔un effet de milieu〕」を開く。同一性と差異を静的に規制するあらゆる規則は、より根源的かつ普遍的な差異、すなわち差延の内に解消される。しかしながら、すでに見たように差延は存在者の同一性をその効果として可能にする反復の動きでもあり、したがって諸存在者の差異を産出しもする。かくして差延は「相反するものの間に混同を置き入れると〈同時に〉、相反するものの間に身を保つ操作」と言われる。差延とは、すべての差異ある存在者に対して無差別＝無差異に作用する操作であり、あらゆる同一性ないし同一者間の固定的差異を攪乱ないし消去するが、しかしこの差異化は同時に、すべての存在者が「同じもの」として現前するためのあの反復可能性を構成するものであり、その点ではすべての同一者および同一者間の差異を産出する操作である。差異は常にすでに消去されていると同時に、生み出されている。むしろ、差異はそれとして消去されることで（現前性の場において）産出されると言うべきかもしれない。存在者は、さしあたってたいてい再認可能な同じものとして存在している以上、現前性の場において差延そのものが現われることは決してない。それゆえ「差延は存在しない、現実存在しない、（それがいかなるものであれ）現前的‐存在者〔*on*〕ではない」のであり、「差延は存在者のいかなるカテゴリーにも属さない」のである。差延はすべての存在者をそれとして生み出すと

---

10. *La dissémination*, *op. cit.*, p. 259.
11. *Ibid.*, p. 261.
12. *Ibid.*
13. 「差延」、『哲学の余白　上』高橋允昭・藤本一勇訳、法政大学出版局、

同時に，それらの内のいかなるものにも還元されることはない。言い換えれば，すべてでありうると同時に何ものでもないような中間的場である。だからこそ，それはすべての存在者の間にあってどこにもない。「外‐テクストはない」とはデリダのよく知られたテーゼだが，それはテクスト（エクリチュール）がある同一化可能な全体，超越論的かつ超越的な一者を形成するからではない。存在者としての限りで，テクストの差延の作用を免れるものは存在しない。しかしながら，あらゆる存在者の反復可能性を組織する差異化の運動そのものとして，差延はあらゆる全体化の試みを不断に頓挫させる。「散種」は構成的であり，個々の存在者の一なるものはその効果＝結果に過ぎない。全体と呼ばれるような存在者さえ，差延に巻き込まれている限りにおいてしか存在しないだろう。

かくして，非実存者の再来は，デリダにおいてはより根源的な非実存者を，あらゆる実存者の排除不可能な可能性の条件としての非実存者を出現させることとなった（非実存者はここではもはやなんらかの——存在論的にせよ論理的にせよ——存在者でさえない）。このような操作を通じて，西洋の形而上学の超越論的なものの「歴史的閉域」が「素描され」，そのような「限界確定＝解除〔dé-limitation〕」によってその閉域に穿たれる「隙間を通じて，まだ名づけえぬものである閉域の彼岸の微光が垣間見られるがままになる[14]」。それは新たな世界の到来を告げるものだが，ここで「素描」，「閉域の彼岸の微光」といったことが何を意味しているのかということにはまた後に立ち戻ることにしよう。いずれにせよ，差延はこの来たるべき世界にとって，バディウが言うような意味での超越論的なものを形成しないだろう。というのも，差延は何ものも排除しないか

2007年，39ページ（太字は傍点に変更）〔*Marges de la philosophie,* Minuit, 1972, p. 6〕。
14．*De la grammatologie, op. cit*, p. 25〔邦訳36ページ〕．

らである。差延はすべての存在者の可能性の条件として、非現前的な仕方では絶対的に在り（この「在る」には抹消線が引かれなければならない）、しかしながらあらゆる現前のカテゴリーから抜け去っている限りにおいて絶対的に存在しない。したがって、バディウが「終わることのなき作業のすべては、［非実存者を］局地化することである。それは不可能なことでもある。というのも、それを特徴づけているのは場のなかで‐場の外に‐在ることだからである」と言うとき、彼は正確に脱構築の決定的な身振りを捉えている。デリダ自身こう表明している。「差延をすっかり表にさらしてしまったら、それは消失としては消失してしまう危険にさらされるだろう。そんなことをしたら差延は現出してしまう危険に、つまり消失してしまう危険に陥るだろう」。

　今やわれわれは、われわれが「脱構築の決断」と呼ぶところのもののすぐ近くにいる。しかし、それを明らかにするためには、以上の考察を踏まえたうえで『シニェポンジュ』の読解を試みなければならないだろう。『シニェポンジュ』において、われわれがこれまでに見てきたことの政治的な射程も指し示されることだろう。

2. スポンジ的民主主義

　『シニェポンジュ』において非実存者を形象しているものはなんだろうか。むしろ、フランシス・ポンジュの作品という世界において、そこで扱われた諸事物という対象に固有な非実存者となっているものはなんだろうか。デリダによれば、それはスポンジである。ポンジュの詩作が事物の固有性＝清潔さ、すなわち彼が「示差的

---

15. LM., p. 570.
16. 「差延」、前掲書、38-39 ページ〔*Marges de la philosophie, op. cit.*, p. 6〕。

質」と呼ぶところのものを提示することに存するとすれば，なんら固有なものを持たず，そうであるがゆえに不潔で卑しいスポンジは，ポンジュのテクストにおける非実存者である。スポンジは「価値なきもの，無，取るに足りないものの範例そのもの，ほとんど価値＝価格のないどれでもいいもの，些細なものの群れのなかの匿名的あるいはほぼ匿名的なもの」(100)である。それは，価値＝価格を付与する交換のシステムのなかにとらわれるがままにならないほど「特異な事物」であり，そのようなものとして「絶対的な稀少性の例」であるとさえ言われている（101）。

　すでにして，われわれが論じた非実存者の再起ないし再来，すなわちその実存度数の最大化が素描されている。あるところでは，それは「価値を逆転させ（ここでカタストロフィについて話すこともできるだろう），当該の事物への投･機･の･際･限･ない上昇を引き起こす経済危機」(103)として記述されている。そのことは，固有なもの＝清潔なものへと向かうポンジュの詩作が，にもかかわらずスポンジをその特権的主題として何度となく喚起しているという事実にとどまらない。スポンジが，価値および意味作用のシステムからそれを抜け去らせるところのその特異性において，ポンジュがその詩作の対象とするところのあらゆる事物を形象していることをデリダは巧みに明らかにする。それは「事物の事物性」であり，あらゆる事物を事物となすところのものとして「他なる事物」であり，「他者なる事物」である（104）。その他者性は無限であり，汲みつくすことができない。それはあらゆる述語的規定にとって他なるものであり続ける。したがって，事物は本質的に無言である。事物が言語を用いないからではなく，言語によるいかなる識別からも抜け去るがゆえに無言である。このような事物の無言の要求は，それがなんらかの事柄を要求するものではない以上満たしえないものであり，それが「口述する法」は限界を持たない。こうして，スポンジはま

た，卓越した仕方で「不可能な主題＝主体」である。

　ここまでくれば，非実存者としてのスポンジが，まさにその特異性において事物の普遍性を形象していることは明らかであるだろう。スポンジは価値がなく，無意味で，何ものでもないがゆえに，すべてとなることができる。この両義性，固有＝清潔でも非固有＝不潔でもあり，固有＝清潔でも非固有＝不潔でもないこの決定不可能性が，スポンジを卑しいものとして非実存者へと貶めると同時に，それを最大の実存度数を伴って回帰させる。かくして，デリダは作品の一部でしかない「スポンジ状の小さな石ころ」は作品体全体と「余すところなく一体となる」と主張する (24-25)。だとすれば，スポンジがエクリチュールに結びつけられることにいかなる驚きもないであろう。「交互に気体も液体も受容することができ，〈風あるいは水によって満たされ〉うるスポンジ，それはとりわけエクリチュールである」(81)。あらゆる静的な諸差異によって無差別に触発されるスポンジは，それらすべてを吸収してしまう。諸差異を無差別に横断するスポンジは，「あらゆる状態の，そのそれぞれの間の中間的状態の類比物であり，そしてこの点で書かれたものに類比」し，そのようなものとして「普遍的な仲介者」をなす。それは単にすでに措定された差異あるものの間に関係を創設するだけでなく，このような差異そのものを開く「中間的場〔媒質 *milieu*〕」，空間化としての「隠喩性」（メタファーの語源は「越えて運ぶこと」にほかならない）そのものを構成する (82)。

　ここで問題の事柄をより明確するために，アラン・バディウから「識別不可能なもの〔l'indiscernable〕」および「ジェネリック性〔la généricité〕」の概念を借りることにしよう[17]。周知のように，バディ

---

17. Cf. Alain Badiou, *L'être et l'événement*, Seuil, 1988 (以下 EE. と略)：省察 31, 33, 34 を参照。

ウにとってこの二つの概念は、彼が「真理」と呼ぶものの存在論的規定に関わる。バディウはひとつの状況（ここでは単純に公理的集合論に従って現前化される多数性ということにする）が与えられるとき、そこに現前する＝属する諸要素（そのそれぞれも一つの多数なものをなす）を、明確な定式によって定義可能な固有性に従って識別し、またそれらをそれぞれの固有性に従って分類する「状況の言語」が存在すると言う（その存在はゲーデルによって理論化されたいわゆる構成的集合によって保証される）。この識別と分類の操作が「知」を構成する。その都度明確に定義可能な要素から構成され、分類された部分集合＝下位集合の総体（すべての要素をある固有性に従って識別し、それら識別された諸要素を分類する判断の総体）は「百科全書」と呼ばれ、それぞれの部分集合の固有性は「百科全書の限定詞」をなす。バディウにおいて出来事とは、このように定義された百科全書の限定詞の間のいかなるものによってもそれとして捉えられることのできないもののことである。したがって、真理が出来事の帰結として生じるとすれば、それもまたあらゆる限定詞から逃れ去っているようなひとつの多数性を構成しなければならない。真理はある状況の言語にとって名づけえぬもの、識別不可能なものでなければならない。ここではその複雑な操作を詳説することはできないが、バディウは数学者コーエンの強制法（ここでは特にジェネリック・エクステンション）の成果を参照しつつ、ひとつの（可算的に無限の）状況には、その状況の言語によって識別不可能な部分集合が存在することを示している。ところで、この識別不可能な部分集合は、部分集合である限りにおいて元の状況に属する要素からなっている。識別不可能な部分集合がいかなる言語によっても述語づけされない以上、それに属する要素は元の状況に属するという以外にいかなる識別可能な共通の固有性も持たないことになる。ここから、識別不可能性をジェネリック性と呼ぶことが正当

化される。というのも，状況に属する，すなわちそこに存在するという固有性は，状況に属するすべての要素に共通だからである。「識別不可能な部分〔部分集合〕をジェネリックであると宣言することは正当なことである。というのも，もしそれを形容しようとすれば，それの諸要素〔元〕は存在するということだけが言われることになるからである。その部分は最高位のジャンルに属している。すなわち，状況におけるそれとしての存在というジャンルに」[18]。識別不可能な部分がジェネリック性を備えたものとして真理の存在論的規定であることの理由は明らかであるだろう。「ジェネリックな部分は次のような意味で状況全体と同一である。つまり，この部分の要素——真理の構成要素——は，それらの存在，すなわちそれらが状況に属するということ以外に指定可能な固有性を持たない。それが〈ジェネリック〉という語を正当化するところのものである。ひとつの真理はある世界〔『存在と出来事』における「状況」〕において，この世界において存在するという固有性を証言する」[19]。

識別不可能性からジェネリック性へのこの動きに，『シニェポンジュ』におけるスポンジの非実存から実存の動きを重ね合わせることができるだろう[20]。すでに見たように，作品の一部分であるスポンジは作品体全体と「余すところなく一体となる」と言われていた。そのうえ，この「信じがたい事物なき事物」は「固有なもの＝清潔なものであろうと非−固有なもの＝不潔なものであろうとあらゆるもので触発されること〔自らを触発すること／変様を被ること〕が可能な名づけえぬものの名」であり，名づけえぬもの（あらゆる述

---

18. EE., p. 373.
19. LM., p. 45.
20. バディウにおいては，非実存者の実存化はそれだけではジェネリックな部分集合を構成しない。それは，真理の身体を構成する手続の端緒をなすに過ぎない。この差異が意味するものは後により詳しく見ることにする。

語付与から逃れ去る識別不可能なもの）として，「何とでも（例えば石と石鹸）一体となり，そしてそれゆえにすべてから除外されていて，あらゆるもの，あるいは何ものでもないものであるただひとつで，唯一の事物である」(84)。何ものでもないがゆえにすべてでもあるものとして，スポンジを「識別不可能なもの」としての「ジェネリックなもの」と言うことができるだろう。

　このことの政治的含意はいかなるものだろうか。バディウはマルクスを参照しながら，非実存者としてのプロレタリアートの実存化の定式を，よく知られた『インターナショナル』の一節のなかに読み取っている。「我らは無であった。我らはすべてとならん」。バディウはこう続ける。「〈我らは無であった〉と宣言する者たちは，自分たちが本当に無であると主張しているわけではない。彼らは単に自分たちが，政治的な出現という問題に関して，現にある世界のなかでは無であると言っているだけだ。政治的な現れという視点に立った場合にのみ，彼らは無なのである。そして〈すべて〉になるということは，世界を変えるということ，すなわち超越論的なものを変えるということを前提とする」。非実存者の実存化から出発してジェネリックな多数性の形成へと至るプロセスに接合されるならば，プロレタリアとは客観的に規定可能なあるカテゴリーに属する人々ではない。全体と一致する部分として，彼らはひとつのジェネリックな多数性，すなわち，不可識別なただ在るものの集まりである。デリダは「スポンジは卑しく，生まれつきの高貴さもなく，系譜学的に貧しい素性で，固有なもの＝清潔なものと非－固有なもの＝不

---

21. ここにはラクー゠ラバルトが「ミメーシス」の概念のもとに思考したものとの確かな関係があるのだが，それはここで論じることはできない。
22. 「ジャック・デリダへのオマージュ」茂野玲訳，『来たるべきデリダ――連続講演「追悼デリダ」の記録』，藤本一勇監訳，明石書店，2007年，59ページ。引用文中のかぎ括弧はギメにした。

潔なものの間で決着をつける能力がないにもかかわらず，そのエコノミー〔組織〕は抑圧者によりよく抵抗し，その卑しい仕事がそれを解放する」(77) と言っていた。われわれがスポンジのジェネリック性の内に見いだそうとしているのは，解放的政治の可能性，より正確には「来たるべき民主主義」における人民，すなわち来たるべき「デモス」の新たな概念である。ポンジュは「ものいわぬ世界はわれわれの唯一の祖国である」としながら，それは何ものも排除しないと言っていた。ここでデリダは，ものいわぬ世界とは「つまりものいわぬ祖国，言語なき，言説なき，姓なき，父なき祖国である」というコメントを挿入している (40)。ポンジュにおけるすべての事物が，その事物性ないし他者性において結局のところスポンジ的であるとすれば，そのような識別不可能性を共有する事物の集合としての祖国は，言語によるいかなる分離と排除も認めないだろう。このような祖国は，そこに帰属するためのいかなる客観的条件も提出しなければ，そこに帰属する要素のそれぞれをある特定の同一性ないし固有性（例えば，ここで言われているように系譜）に従って識別も分類もしないだろう。差異のヒエラルキーは脱構築され，すべての要素はその帰属（単なる存在）そのものにおいて等しく肯定されるだろう。つまるところ，われわれは「来たるべき民主主義」をラディカルな平等の概念のもとに思考することを試みようとしているのである。

　来たるべき民主主義と平等の概念との，われわれの知る限りデリダ自身によっては一度もそれとして考察されることのなかった結合を理解するためには，ジャック・ランシエールの仕事の参照が不可

---

23. 『友愛のポリティックス』における「友愛」の脱構築的解釈のすべては，同時に新たな平等概念の提示であると言われるかもしれない。確かに，「民主主義」と「平等」の新たな連結は，そこで次のように告知されている。「この不均衡，そしてこの無限の他者性は，アリストテレスなら不平等，あ

欠であるだろう。ランシエールの政治的思惟が今日において持つ重要性は、まさしく平等原則の名における民主主義の概念の徹底した練り直しに存する。ランシエールはある共同体内における諸要素（身体）の現われ（存在様態、行為、言説等々）を分割し分類する操作（数え入れ）を「ポリス」と名づける。それはまた「感性的な

るいは優越性と呼んだであろうものとはいかなる関係もないであろう。それらは、それとしてのあらゆる社会‐政治的ヒエラルキーと相容れなくさえあるだろう。したがって、問題は民主主義の根源における、ヒエラルキーをなす差異のない他者性を思考することであるだろう。少し先のところで明らかになるだろうが、法＝権利あるいは正義一般ではなく法＝権利と計算（措置＝尺度、〈計量〉）のある種の規定を超えたところで、この民主主義は平等のある種の解釈を、それを兄弟性＝同胞愛の男根ロゴス中心主義的な図式から引き去ることによって解放するだろう」（*Politiques de l'amitié, op. cit.*, p. 259〔邦訳63ページ〕）。とはいえ、それをわれわれがここで提示しようとしている平等の概念と関係づけようとすれば、厳密な論証を経由する必要があり、それをここでしかるべき仕方で行うことはできない。むしろ、この概念が直接問題となっているのではないところで、われわれの解釈の可能性を開く論理がよりはっきりと見いだされるのかもしれない。例えば『コーラ』の注意深い読解は、ソクラテスの形象の内に、平等の概念のもとで思考可能なデモスを読み取ることだろう。そこでソクラテスは、模倣者（詩人、ソフィスト）と真の市民（哲学者、政治家）という対立する二つの族（genos）が識別不可能となるような「第三のジャンル」に属するものとして描かれており、その点で「コーラ」に「類似する」。このような「中立化された場」として、それは規定的な対立そのものが無差別に書き込まれるような書き込み一般、すなわち帰属一般の場を開く。コーラが形象化している人民とは、なんらかの固有性によって条件づけられた多数性でもなければ、あらゆる固有性の単なる不在によって条件づけられているような多数性でもなく、帰属そのものによって構成された多数性であると言えないだろうか（Cf. *Khôra*, Galilée, 1993：とりわけ53-63ページを参照〔邦訳『コーラ――プラトンの場』守中高明訳、未来社、2004年、45-55ページ〕）。このリストのなかには、言うまでもなくデリダが『マルクスの亡霊たち』において提示した「新たなインターナショナル」が含まれるが、この決して明確とは言えない概念の可能な解釈とそれが提起する諸問題の提示は、もう少し後で述べることにする。

ものの分割＝共有」とも呼ばれるが，それはわれわれがバディウから借用している語彙においては超越論的なものに相当する。ポリス固有の操作はその共同体に属する身体を名指し，その位置と役割を指定することである。そのことによって，ポリスは可視的なものと不可視的なもの，言い表わしうるものと言い表わしえないもの，聴解可能なものと聴解不可能なもの等々の分割を創設する。かくして，この分割のなかで場を持たない者，「分け前」を持たない者が生じることになる。われわれの語彙ではそれは非実存者である。さて，ランシエールによれば，ポリスに対立する「政治」とはまさにこの「分け前なき者の分け前」の宣言によって創始される，感性的なものの分割＝共有の切断ないし攪乱のプロセスである。それはまさしく非実存者の実存の宣言による超越論的なものの変革のプロセスなのである。「政治的活動とはある身体をそれに割り当てられていた場所からずらす，あるいはある場の用途を変えるものである。それは見られるための場＝理由を持っていなかったものを見えるようにし，雑音だけがその場を持っていたところにひとつの言説が聞こえるようにし，雑音としてのみ聞かれていたものを言説として聞かせるのである」[24]。

このような「分け前なき者の分け前」の書き込みと，感性的なものの分割＝共有を変革するに至るその諸帰結の展開は，政治的活動の主体を生み出す「主体化」のプロセスとして捉えられる。そこにこそ，ここでわれわれが人民のジェネリックな概念と呼びたいと思っているものが現われる。「政治的主体化は，共同体のポリス的構成において与えられてはいなかったひとつの多数なものを産出する。

---

24. Jacques Rancière, *La Mésentente*, Galilée, 1995, p. 53〔邦訳『不和あるいは了解なき了解』松葉祥一・大森秀臣・藤江成夫訳，インスクリプト，2005年，61 ページ〕.

その多数なものの数え入れはポリス的論理に相反するものとして提示される。人民とは，共同体をそれ自身から分離するこのような多数なものの内で最初のものである［……］」。共同体の計算によって数え上げられるがままにならない多数性としての人民，このいかなる分け前を持たない者たちは，政治的活動のプロセスにおいて共同体の全体に一致する。このような捩れを可能にするものこそ，あらゆる政治の原則としての平等である。「人民とは，いかなる実際的な資格も持たない——富も持たなければ美徳も持たない——にもかかわらず，それらを所有している者たちと同じ自由を認められるような者たちの，未分化な集まりにほかならない。実際，人民の人々は単に他の者たちと同様に自由であるのだ。［……］デモスはその固有なる分け前として，すべての市民に属する平等を自らに付与する。そして同時に，いわゆる部分というわけではないこの部分は，その非固有な固有性を共同体の並ぶものなき原則と同一化し，その名——質＝身分なき人間たちの区別のつかない集まりの名——を共同体の名そのものに同一化する。というのも，自由——それは単に，ほかのもの（取柄や富）を何も持たない者たちの質＝身分である——は同時に共通の徳として数え入れられるからである。それはデモスが——すなわち質＝身分のない人間たち，アリストテレスが言うところの〈何の分け前にも与ることのなかった〉者たちの事実的な結集が——同形異義性によって共同体の全体に同一化することを可能にする」。引用の記述は正確にはアテネ民主制に関わるものだが，そこで働いている論理は政治的活動一般に敷衍することができるだろう。ポリス的計算によって非実存者となっている者たちは，まさにそのことによって，共同体の原理である平等と自由を，そし

---

25. *Ibid*., p. 60〔邦訳 70 ページ〕.
26. *Ibid*., p. 27–28〔邦訳 29 ページ〕.

てただそれだけを担うのである。非実存者は、いわば共同体をなすあらゆる構成要素にとって最も共同的なものの担い手だが、その固有性は彼らに固有のものとして属するものではまったくなく、むしろ彼らが固有なものを何も持たないことによって、非固有なものとして固有化される。非実存者を排斥しようとする計算そのものが、部分を全体に一致させるこのような捩れを生み出す。そしてこのような捩れは、「誰でもと誰でもの平等〔誰でもが誰でもと平等であること〕」としての自由という形で書き込まれる。政治とはこの書き込みの諸帰結が共同体全体の秩序を統べるシステムの変革を誘発していくプロセスであると言っていいだろう。それが「主体化」であるのは、平等原則の名のもとに組織される政治的主体としての人民は、客体的に規定されいかなるカテゴリーとも一致しないからである。「主体化」はむしろ、客体的に規定された区分を横断し、われわれがジェネリックな人民と呼びたいと思っているもの（「すべてであるような何ものでもないものとしての分け前なき者の分け前」、「定数外の゠超数的部分〔la partie surnuméraire〕」）を出現させる。政治的共同体は分割された諸部分の単なる総体ではない。主体化としての政治は、共同体がそのような総体として自己自身に一致することを不断に妨げるところのものである。総体化の計算は、平等原則による部分の分割と配分のシステムそのものの問いただし（ランシエールが「係争」と呼ぶものの創設）を通じて破綻する。このプロセスにおいては、諸部分はそれが属する共同体の超越論的なものによって同定されている自己自身から自己を差異化させ、かくして共同体そのものが諸部分の総体として規定された自己から差異化される。あえて言ってしまえば、平等原則とは差延なのであり、人民とはその担い手（ある特定の共同体における平等の局地的な書き込み）なのである。

　このような平等は、法のもとに保証されるような形式的平等より

根源的なものである。リベラルな資本主義のイデオロギーと一体となって，法＝権利の平等は結局のところ，すでに分割された諸部分（個人ないしグループ）がそれぞれに見合う分け前を享受することになるように調整する計算に帰する（かくして，法的平等は実質的な社会的不平等を単に野放しにするだけでなく，それを正当化さえする）。このような平等は，むしろ差延としての平等が絶えず生み出すずれ（分け前なき者の分け前の存在）を抹消しようとするだろう（法治国家の名における政治的なものの抹消についてはランシエールの前掲書，第四章「民主主義とコンセンサス」を参照）。根源的な平等は逆に，諸部分の構成そのものを問いただす。「誰でもと誰でもの平等」は「最終的にはアルケーの不在，あらゆる社会秩序の純粋な偶然性」を明かすのである。

　われわれは，このようなアナーキーな平等の局地的な書き込みによって開始される政治のプロセスへと，デリダが論じた正義の名における法の脱構築のプロセスを屈折させたいと考えている。そのためにはまず，他者の特異性を正義の側に，普遍性を法の側に置き入れ，そのアポリア関係を描き出す脱構築的正義の慣習的解釈における概念的布置は修正されなければならない。われわれはむしろ正義を特異性と普遍性の，われわれがジェネリック性の名のもとに提示

27.「政治的係争の法的問題へのこのような変容に対して，違憲立法審査裁判官は〈政治哲学〉の第一公理，すなわち諸平等間の差異の公理以外の何ものでもないところの法的教えによって答えることができる。この公理は，プラトン以来次のような形で言表される。すなわち，平等原則とは同じようなものを同じような者たちに与え，異なったものを異なった者たちに与えることである。立法審査裁判官たちの英知いわく，平等はあらゆる事態において適用されなければならない（人権宣言第1条）が，それは事態の差異が認める異なる諸条件においてである（同宣言第6条)」(*Ibid.*, p. 152〔邦訳182ページ〕)。

28. *Ibid.*, p. 35〔邦訳40ページ〕.

した連結の側に，そして法を特殊性と一般性の包摂関係がなす体系の側に位置づける。われわれが問題にしている普遍性の概念（それは一般性とはまったく異なるものである）の見地からは，法とはそれが統べる状況に関して，その適用の事例や対象を識別し分類する言語の一種にほかならないと考えられる。したがって，法は状況の諸下位集合をその対象とし，その主は全下位集合の集合としての国家である（このような国家＝状態〔état〕の状況に対する超越的性格から，法の抑圧的あるいは強制的性格の本性は説明されうるが，その理性的な理解はもう少し先延ばしにされなければならない）[29]。法はそのようにして様々な下位集合＝部分（このような集合のなかには，諸個人や状況全体も含まれる）の組織化を秩序づけ，そこに属する要素の行為を規制し，権利を指定し，あるいはまたそれら下位集合相互の関係を統制する。このことは，法を意味するギリシア語 nomos の語源，nemein（「分割すること，配分すること」）の内に読み取られる。諸個人はある特定の固有性によって規定された下位集合への所属において完全に一般化（抽象化）される[30]。かくして，

---

29. このことが，法を他の社会的ないし道徳的規範から根本的に区別しうるのである。したがって，以下により明らかになるであろう理由（おそらく必ずしも法実証主義的なそれとは一致しない）から，われわれは特別な場合を除いて法（loi）と法＝権利（droit）を事柄としては区別せずに分析する。翻訳に際しては，慣習に倣って法と法＝権利という区別を用いた。
30. 個人それ自体がひとつの下位集合として捉えられる際にこそ，法による抽象化の操作（あるいは「暴力」）の度合いがとりわけ明確になる。バディウが指摘しているように，個人は，それが状況によって現前化されているときは，権利上無限の要素を含む多数性である。しかし，個人を下位集合として捉えることは，この多数性をそのものとして捉えることではなく，この多数性のみが属している集合（シングルトン）として捉えることである。かくして，法が個人そのものを対象とする場合，各個人は無限から一なるもの（ひとつしか要素を含まない多数性）へと還元される。このことは，とりわけ投票において明らかである（Cf. EE.：省察 9）。

法はそれぞれの下位集合の構成要素に一律一様に適用され，その権利の形式的平等を保障するが，そのことによって下位集合間の法的不平等を生み出しうる（例えば，民主的と呼ばれる国家においてさえかつてそうであったように，男性と女性や白人と黒人の間にあったような，あるいは今日においては国民と移民の間にあるような不平等）。あるいはまた，法はその形式的平等のもとに，諸下位集合間の実質的不平等（単に物質的な不平等だけでなく権力的な不平等）を放置するだけでなく，それを正当化，さらには強化することもあるだろう（今日現実と呼ばれるものが，資本主義経済によって完全に支配された社会でしかない以上，法が現実に適応すればするほど，それは支配的クラス——例えば労働者より雇用者——にとってより有利なものとなる）。かくして，法はある特定の社会的カテゴリーに対してきわめて抑圧的に作用しうる。法は状況に現前する要素に対して「普遍的に」適用されうるが，それは常にそれらの要素を諸々の下位集合へ分類することによって作用する。したがって，法はポリス的論理によって状況を統べるのである。たとえ特異な他者たちを対象とする法が，彼らを保護するためにときに必要であり，それが少なからぬ利益をもたらしうるとしても，それはあくまでポリス的な論理であり，政治的な論理ではない。特異な他者たちがなす下位集合が超越論的なものによって規定されている限りにおいて，その権利要求は超越論的なものを揺るがせることはないだろう（だからこそ，国家はいともたやすく多文化主義的言説を許容するのである）。

とはいえ，法=権利一般をこのように簡単に断罪してしまうことなく，法=権利とわれわれが問題にしているような平等ないし政治との新たな関係の可能性は問いただされる必要があるだろう。そのような関係がいかなるものなのか，そしてその際の法の様態がいかなるものなのかという問いはわれわれの能力をはるかに超えている。

そのような問いはおそらく，法＝権利の国家＝ポリス的ではないような使用をめぐる根本的な問いただしを必要とするだろう。[31]

とはいえ，平等原則の名におけるジェネリックな多数性の構築というわれわれのパースペクティヴのもとでは，正義の書き込みは法という形を必ずしもとる必要はない。政治的活動が，そのプロセスにおいてなんらかの法の撤廃や制定を要求し，それを実現することがあるとしても，政治は法制度への介入に還元されるものではない。法を正義の唯一可能な実践とすることは政治的活動を法的問題に還元し，政治を法のエキスパートにゆだねることになる。そしてそれはまたしても，政治を，そして政治的主体を抹消してしまうだろう。以上の留保をつけたうえで，正義は普遍的な平等の原則として，あらゆる法的支配の偶然性，その無根拠性を暴き出し，それが行う分割と，それが直接的あるいは間接的に生み出す不平等を脱構築すると言うことができるだろう。われわれがこのような解釈を行うのは，デリダの正義の論理が，法的一般性との対比において特異な他者への不可能な応答と規定されるとき，正義がその都度なんらかのテロスによって満たされる可能性，その空虚が具体的な内容を備給される危険があると思われるからである。それには，その都度の政治的実践において，「特異な他者」がなんらかの経験的な他者となるだけで十分である。バディウが言うように，「正義に関する大半の教義の障害となるのはそれを定義しようとし，次いでその実現への道を探すことである。しかし，平等主義的な政治格率の哲学的な名である正義は定義されえない。というのも，平等は行動の目的ではな

---

31. この点に関して，われわれはデリダが提示した法の脱構築的使用を検討しなければならないだろうが，それはもっと先のところで，われわれが脱構築の決断と呼んでいるところのものとの関係において，脱構築的な実践のより一般的な見地から行われるだろう。

32. Alain Badiou, *Abrégé de métapolitique*, Seuil, 1998, p. 112.

く、その公理だからである」。平等の公理的性格にはここではあえて立ち入らないことにすれば、ランシエールにとってもバディウにとっても（バディウはこの点でランシエールに対する負債を認めているのだが）、平等とは実現すべきプログラムではなく、宣言すべき原則である。いつか、完全な平等が余すところなく実現されているような体制を生み出すことが問題なのではまったくなく、ある特異な状況における不平等を宙吊りにする平等の宣言が、平等の普遍性を局地的に書き込むことで、状況を根本的に変革する解放的政治のプロセスを創始するのである。宣言された原則の諸帰結の終焉＝目的なき展開が問題なのであり、目的のためにあらゆる手段を行使すること（理想主義）が問題なのでもなければ、手段の欠如のために目的を放棄すること（現実主義）が問題なのでもない。

　デリダもやはり、正義がいかなる形であれ目的となってはならないことを強調した。正義をあらゆる目的から解放するためには、いかなる制度的な法も決して正義の十全な表現であることはできない以上、正義は来たるべきものにとどまり続けると言うだけでは十分ではない（他者への「より暴力の少ない」関係といったことが語られるところでは、他者は概念的に完全には一般化されえない感性的多様のようなものとして提示されているのではないかと疑ってみることができる。あたかも他者との関係においてなんらかの到達不可能なテロスがあり、その諸段階が認識可能であるかのように）。われわれはデリダ的正義が関わる他者の特異性を、われわれがすでに所有しているあらゆる規則から逃れ去る識別不可能なものの到来と解釈することで、他者が到達不可能だが特定可能ななんらかのテロスへと変容すること、あるいはそのようなテロスを与えるものへと変容することが回避されることを示そうと試みた。このことは、『シニェポンジュ』における「他者」としての「事物の法」の内に読み取られる。ここで他者とは客観的に特定可能な他者ではなく、

識別不可能なるものとしての特異なる普遍性であるがゆえに、その法は決して「言説」を構成することはないとされていた。このような法は、諸存在者の差異を規定し、階層化するあらゆる言説的強制が無効となるような他者（一言で言えば、それは「出来事」としての他者ということである）への応答責任を要求するだろう。それは、他者をその識別不可能性において迎え入れることである（そして正義の名における民主主義とは、特異な他者たちが、なんらかの共通な固有性によって識別されたり階層的に分類されたりすることなく、あるがままのものとして等しく共存する空間、つまりデリダが言うように「ヒエラルキーをなす差異のない他者性」が可能であるような空間であるだろう）。したがって、その法は正義ないし平等の書き込みとして、法の、あるいはより一般的に言説的強制の今ここにおける脱構築を要求するだろう。にもかかわらず、まさにそこのところで（まさにその「今ここ」において）、識別不可能性としての他者の特異性は脱構築に固有のアポリア（あるいは袋小路）を引き起こさずにはおかないのである。識別不可能なものの書き込みの様態と論理をめぐってこそ、『シニェポンジュ』における署名と連署の問題が開かれると同時に、われわれが宙吊りにしておいたスポンジとエクリチュールの関係の問題が、そしてまた脱構築の決断の問題が開かれるだろう。

3. 脱構築の二つの公理

スポンジは意味のシステム、そして価値の交換のシステムから抜け去っているように見える限りにおいて、すなわちわれわれの語彙で言えば、その識別不可能性において、署名ないし固有名に類似している。ここで固有名の固有性は、いかなる述語づけからも抜け去る特異性としてまず捉えられる。スポンジは、ポンジュの名との音

声的類縁性によってだけでなく，その構造において署名一般の形象をなす。実際，デリダは「無意味なるものの内で（意味の外で，そして概念の外で）自らを示すこと，それは署名することではないだろうか」(47) と問いかけている。このことは，署名こそ識別不可能なもの（他者）の世界内への書き込みの範例的な存在様態であることを意味するのだろうか。

　ここでデリダは，彼独自の挙措でもって，署名に内在するひとつのパラドックスを明るみにだす。ひとつの署名が，固有のものとして再認可能であるとすれば，それは識別可能である必要があるのではないのか，と。つまり，その識別不可能な特異性は，消去されることでしか到来することはないのではないか，と(33)。ここでスポンジは，このパラドックスを演じるものであると同時に，それが生じる場そのものとして機能する。というのも，「スポンジは固有名を吸い取り，それを自己の外に置きやり，消し去り，失い，そしてまたそれをひとつの共通名にすべく汚し，ありとあらゆる汚れを保持するために作られた最もみじめで形容しようのない物体と接触させて汚染する」が，「同時に，スポンジは名を引きとどめ，吸収し，自己の内に匿い，保持する」からである (74-75)。スポンジは，固有

33.「したがって，彼は固有なもの＝清潔なものを好む。彼にとって固有であるもの，他者にとって，すなわち常に特異である事物にとって固有であるもの，そして汚く，汚され，むかつかせ，嫌悪感を与えることがないように清潔であるものを。彼は固有なもの＝清潔なものをこれらすべての状態で要請する。その強迫的な執拗さたるや，この闘争的な熱心さの内に，不可能なものとの取っ組み合いの格闘があるのではないかと疑ってみなければならないほどである。不可能なものとの，つまりは固有なもの，そして固有なものの構造そのもののなかにあって，自分とは異なるもの〔自らの他者〕へと移り行き，自らを入れ子状にし，ひっくり返り，汚染され，分割されることでしか生じることがないような何かとの格闘ということである。そしてそこに署名の大仕事があるのではないかと疑ってみなければならない」(36)。

名の固有性を消去することで，逆説的にもそれが残ることを可能にする。ここでスポンジが言語，とりわけエクリチュールに結びつけられていたことの意味が際立ってくる。いかなる固有名の言語内へ書き込みも，その固有性を消去し，まさにそのことによって「事物」として残ることを可能にする。これは署名のダブル・バインドとも呼ばれる。「判じ物としての署名，換喩的ないしアナグラム的な署名は，署名という出来事の可能性の条件かつ不可能性の条件であり，そのダブル・バインドである。あたかも，事物（あるいは事物の共通名）は固有なものを保持するためにはそれを吸収し，飲み干し，引きとどめなければならないかのようである。だが同時に，それを保持し，飲み干し，吸収することで，事物（あるいはその名）は固有な名を失うか，もしくはそれを汚しているかのようなのだ」(73)。より碑文的な仕方で，デリダはこのダブル・バインドを「署名は消え去るべきものであり続ける＝消え去ることで残る〔rester á disparaître〕のでなければならない」(65)と定式化している。したがって，その非有意味性，その識別不可能性において署名の形象であると同時に，エクリチュールの形象でもあるスポンジは，それ自身「吸い取られる〔自らを吸い取る l'éponge s'éponge〕」(84)。それはスポンジが「自らを再度印しづける」，すなわち反復可能なマークとなって，識別不可能な特異性としての「自らを消滅させ」ることを意味する (84)。

　固有名の固有性のエクリチュールによる吸収の帰結はいかなるものだろうか。それは固有名の識別不可能と想定される特異性をどのように変質させてしまうのだろうか。デリダはこう述べている。「その偶然的性格において，固有名はいかなる意味も持たず，直接的な指向対象の内で汲み尽くされるのでなければならないだろう。ところが，その（それぞれ場合において常に別〔他〕のものであるという）恣意性の幸か不幸か，固有名の言語の内への書き込みは常

に，意味を持つことの潜在的可能性でもって固有名を触発〔変様〕する。そしてそれが意味作用を行うようになる以上，もはや固有のもの＝清潔なものではなくなる潜在的可能性でもって（「無意味なるもの」の「衛生的なため息」）。固有名は，有意味的なものがそれに再度入り込むと，再び意味するようになり，その範囲は限定される。それは，偶然の諸効果を統御する一般科学の枠組みのなかに帰還し始める。それは固有名でさえ翻訳することが可能になり始める瞬間である」（134-135）。

　固有名の特異性の消去は言語システムへの書き込みの帰結である。それは固有なものが意味を持つ可能性，すなわち，識別不可能な特異性が識別され，つまりは述語づけされる可能性を開く。だからこそ，スポンジは自らを消去することで，「自らに関わり合いになる〔自らを括り込み分け隔てる〕」（84），すなわち識別された存在者となるのである。これは単に固有性から共通性への移行ということではなく，識別不可能な固有性（特異性）から識別可能な固有性（特有性）への移行である。デリダによれば，固有名はそれが固有名として生じるや否や，単に反復可能なものとして識別されるだけでなく，なんらかの識別可能な性質（意味，述語）を有する可能性（例えば「フランシス」は，「率直さ（franchise）」，「フランス性（francité）」，「ポンジュ」は「スポンジ（éponge）」，「縁（esponde）」，「ピン（épingle）」という具合である）さえ持つ。デリダにおいて，このような可能性は後から付け加わるような偶発事ではない。それは還元不可能なパラドックスである。というのも，まさにそのような言語システムへの書き込みだけが，ひとつの固有名がそれとして生じることを可能にするからである。それこそデリダが「原‐エクリチュール」と呼んでいた事柄である。「名づけること，場合によっては発音することが禁じられることもあるような名を与えること，それが，ひとつの絶対的な呼びかけをなすところのものを差異の内

に書き込み，分類し，宙吊りにする言語の根源的暴力である。唯一なるものをシステムのなかで思考すること，それをそこに書き込んでしまうこと，原－エクリチュールの挙措とはこのようなものである。原－暴力，固有なものの，絶対的近接性の，自己への現前の喪失，実のところ，決して生じる＝場を持つことのなかったものの喪失，決して与えられることはなかったが夢見られ，そして常にすでに二重化され，反復される自己への現前，それ自身の消失以外の仕方で現われることができない自己への現前の消失」[34]。一なるもの，つまり識別可能で，相対的な固有性に従って区別し分類できるような一なるものは，このような原－エクリチュールの結果＝効果としてしか存在しない。そして（現前的には）そのようなものしか存在しない。このような資格で，識別不可能な特異性の消去は存在者の経験一般を構造化している（「自筆の署名となって，事物は他なるもの〔他者〕として自己を提示し〔現前させ〕，それがそうあらねばならなかったところのものにとどまりつつも，名づけることのできない絶対的な指示対象としては消え去る」(147)）。そして，このパラドックスはとりわけ出来事と呼ばれるもののなかで顕在化する。出来事とは，それがわれわれに到来するとき，その絶対的な予見不可能性と新奇さにおいて，われわれがわれわれのいる状況を理解する（つまりそこに属する諸要素を識別し分類する）言語によって捉えられないものである（それゆえ，バディウにおいて出来事とは存在論的に不可能な自己現前化，自己自身へ帰属するパラドクサルな多数性なのだが，そのことにはまた後で立ち戻ることにしよう）。したがって，出来事がなんらかの痕跡を残すとすれば，そのような痕跡は識別不可能な署名のようなものであるだろう。しかしながらまさにそこにおいて，出来事は識別可能性，デリダの言葉では反復

---

34. *De la grammatologie*, *op. cit.*, p. 164-165〔邦訳 227 ページ〕.

可能性に向けて開かれてしまう（より正確には，そのような反復可能性に向けて開かれている限りでしか生じることがない）。デリダは，ポンジュのテクストという出来事についてこう述べている。「それは——出来事ということが問題になっているので，もう二言付け加えておくが——彼のテクストのそれぞれがひとつの出来事であるということである。そしてそれは，少なくともひとつの出来事というものがいつか自分の縁に接岸＝到来するのであれば，特異で，唯一の，固有語法的な出来事である。ここから，実例や引用を与えることの困難が生じる。ここにひとつの苦悩を吐露するとしよう。つまり，もしすべてのテクストが唯一のもので，決して他のなんらかのテクストの例となることなく，署名者一般ならびにその名の担い手である署名者によっても模倣不可能な署名であるとすれば，いかにひとつのテクストをある論証における実例として引用すればよいのか，ということである。とはいえ，固有語法の法ないしは類型論といったものがあるので，そこからわれわれの苦悩が生じるのである。あらゆる署名に作用しそれを構築するドラマ，それはその都度代替不可能にとどまるものの，傾向上は無限な，執拗で飽くなきこの反復である」(25)。出来事は，その識別不可能な特異性においては到来しない。それは単純に，出来事はそれとしては到来しない，あるいはまた，出来事の到来はその消去と判別不可能であるということを意味する。出来事の痕跡としての署名は，常にすでに模倣可能であり，なんらかの類型論に従って識別と分類が可能である限りでしかそれとして生じることができない。それが，スポンジがデリダ的な意味でのエクリチュールであり，「事物の事物性」であることの帰結である。あらゆる存在者のそれとしての到来の可能性の条件であるエクリチュールのもとでは，すべての存在者は，その識別不可能な特異性を失い，それが識別可能となる限りにおいてしか，すなわち反復可能性を構成する言語的システムのなかに書き込まれ

ることができる限りにおいてしか，（現前的に）存在することができない。

だとすれば，すべては識別可能で，あらゆる出来事は単に不可能なのだろうか。デリダの思考の要は，ここから識別不可能性としての出来事の来たるべき可能性を無限に開くことである。もしある存在者の到来の出来事性が，その一回性のなかで汲み尽くされるとしたら，それはその識別不可能性において消滅し，忘却されるがままになるか，状況の言語によって暴力的に，一回限りで，正常な現象に還元されるかしかないだろう。いずれにせよ，出来事の出来事性は決定的に失われてしまうだろう。しかし，出来事を識別可能にするまさに反復可能性が，到来した存在者がそれ自身と合致することを永久に妨げるようなずれを絶えず開くとすれば，存在者はそれが残す反復可能な刻印にとって常に「他なるもの」であり続ける。それこそあらゆる存在者が，異なる場所，異なる時間における無限の反復可能性によって構成されているということの意味である。存在者は同じものでありながら，より正確には同じものとして現前しながら，潜在的には（このように言うことがまだ正確だとすれば）絶えず違うもの＝他者である可能性を持つ。現前性の領域においてはその都度同じものが識別されるところで，常に他者化の可能性が開かれる。したがって，実のところその都度ひとつの事物を識別しているまさにそのときに，事物はその識別された同じものにとって他者になっている。言い換えれば，ある特異な要素がシステムのなかで識別されてしまうまさにそのときに，それはそのシステムから抜け去っている。自己の自己自身への余すところのない一致を不断に挫くこのようなずれ，「残滓」が，すべての現前的存在者がその都度規定されるがままになりつつも，そこに解消されずにあることを可能にする。それこそいかなる署名も反復可能である限りにおいてしか生じることがないということが結晶化している事柄なのである。

「それ［スポンジタオルという主題を扱うこと］は不可能な出来事である。というのも，彼は他のこと〔他の事物／他なる事物〕もま
た扱うよう強いられるだろうし，スポンジタオルは他なるものであり続け，動じることなく，それに注目する〔それを再び印しづける〕者に対して，そしてそれ自身の際立ち＝注目〔再刻印〕に対して無関心であり続けるであろうから。そしてそれはまた，他の理由は諸々あるが，事物が常に他なるものであるからであり，固有なものは共通なものの内に消え去るからであり，記号のスポンジ状構造が，それ〔彼〕が語ろうとする固有名，それ〔彼〕が署名のために用いようとする固有名を吸い取ってしまうであろうからである。この構造は，分類，概念的一般性，反復の，そして当然のように生じる入れ子化のシステムの内に固有名を書き込んでしまうであろう。／記号は署名を吸い取る」(113-114)。これこそ，すべての存在者が差延の運動の内にとらわれているということの意味である。そしてわれわれの仮説は，このことから出発してのみ，「すべての他者はまったき他者である」という公理は，一般的概念に還元不可能な経験的な他者の無限の多様性といった類の偽りのジレンマから引き離されうるというものである。他者への応答責任（つまりここでは「事物の法」の履行）は，単に特異な他者たちの多様性を考慮しえないがゆえに不可能なのではない（その場合，他者の不可避の選別を行う決断が，なんらかの他者をその都度の倫理的行為の目的としてしまうだろう）。あるいは，他者の一般化不可能な無限性が，有限な知性しか持たないわれわれに他者の識別を常に失敗させるがゆえにでもない（その場合，他者はあらかじめどこかに存在するような無限的存在者として実体化されていることになるだろう）。他者への応答責任の不可能性は，むしろ他者の識別がその都度可能なところで，その識別可能性を開いたところのものそのものがその他者を，まさにそれへの応答の瞬間にもその他者にとって他者である

ものとしてしまうがゆえに、無限であり不可能なのである。

したがって、すべての存在者は、差延にとらわれている限りにおいて常にすでにあれこれの識別可能な現前的存在者なのだが、その都度、まさにその識別されたところの自己からのずれを開く残滓が、識別不可能なまま現前することなく残るのである。それは結局のところ、差延がすべての存在者の識別可能性を開くところで、差延そのものは識別不可能なものにとどまるということにほかならない。言い換えれば、存在者を再認可能にする反復可能性を可能にするところのものそのものは再認不可能であるということである。だからこそ「差延は名づけえぬものである」のだが、「この名づけえぬものは、いかなる名称も近づきえないような何か言うに言えない存在、例えば神であるのではない。この名づけえぬものとは、名称効果、名称と呼ばれる相対的に統一的な、相対的に原子的な構造、そして名称の置換の諸連鎖をあらしめるところの作用＝戯れのことなのだ〔……〕」。[35]

こうして、われわれが明らかにしようとしてきたデリダにおける「識別不可能なもの」の概念は、バディウのジェネリック性としての識別不可能性よりもむしろアガンベンによって「どれでもいい特異性〔la singularité quelconque〕」と呼ばれるものに近づくように見える。「どれでもいいものとはしたがって、単に（バディウの用語に従えば）〈言語の権限を免れており、命名することが不可能な、識別不可能なもの〉を意味するのではなく、より正確には、単なる同形意義性、純粋な言われてあること〔言われ - 存在 être-dit〕の内にあることによって、まさに、そしてもっぱらそのことによって、名づけえないもののことを意味する。つまり、それは非 - 言語的な

35.『哲学の余白　上』、前掲書、73-74 ページ〔原書 28 ページ〕。翻訳を一部変更。

ものの言語 - 内 - 存在〔l'être-dans-le-langage〕なのである。/そこで名を持たぬままであり続けるものは名づけられてあること〔名づけられ存在〕であり、名それ自体である (*nomen innominabile*)。言語の権威を免れるのは、言語 - 内 - 存在でしかないのである」[36]。したがって、ここで識別不可能な特異性とは、なんらかの固有性への帰属によってでもなければ、あらゆる固有性からの抜け去りによって純粋な帰属（実存）へと至るジェネリック性によってでもなく、あれこれの固有性に帰属しうることそのもの、あれこれのものとして言われ、述語づけられることの可能性そのもの、いわばその識別可能性そのものによって捉えられる。「ここで問題となるどれでもいいものとは、実際、特異性を共通の固有性（例えば、赤くあること、フランス人であること、イスラム教徒であることといったひとつの概念）に対する無関係性〔l'indifférence〕において捉えるのではない。それは特異性を、ただそれがそうであるところの存在〔それがそうであるところのものであること son être *telle qu'elle est*〕において捉えるのである。かくして特異性は、個別の言い表わすことができないという性格と普遍的なものの知解可能性の間で選択を行うように認識を拘束する偽りのジレンマを放棄する」[37]。ポンジュにおいてもやはりこのような「作家 - 主体としての - ある言語 - の内への自己の参入」(31) が、彼の名にすべてであると同時に何ものでもないようなスポンジ的性質を与えたのである。だがデリダにおいては、このような特異性は「来たるべきもの」にとどまり続ける。あらゆる存在者の「言語 - 内 - 存在」、すなわち言語的システムへの書き込みを統べる「差延」は、すでに見たようにいかなる仕方でも「存在しない」からである。

---

36. Giorgio Agamben, *La communauté qui vient*, *op. cit*., p. 78–79.
37. *Ibid*, p. 10.

今やわれわれは脱構築の決断を述べることができるだろう。それは必然的に二つの時間＝時制において，次の二つの公理によって定式化される。

　公理1：識別不可能なものは存在しない。

　公理2：識別不可能なものは来たるべきものである。

この決断が，われわれが脱構築固有の方向づけをなすところのものとして提示しようと思っているものである。ところで，なぜここでひとつの決断が問題となるのだろうか。それは，ここでわれわれは他の決断が可能であるような地点にいるからであり，まさにこのような地点における決断こそが，ひとつの思惟の方向づけを指定するのである。

まず政治の領域におけるランシエールの思惟に再び立ち戻るならば，先に見たように，ランシエールにおいて実践としての政治は，「分け前なき者の分け前」の書き込みが，ポリス的な感性的なものの分割＝共有のいかなる分割にも合致しない新たな多数性を生み出す主体化のプロセスとして考察されていた。したがって，そこでは識別不可能なものは存在する，あるいはしなければならない。それこそが，可視性を統御する感性的なものの分割＝共有を実質的に再編成するような「仮象〔apparence〕」を出現させる[38]。「このような仮象領域を占めている人民はある特別なタイプの〈人民〉であり，それは人種的なタイプの固有性によっては定義されえず，ある居住

38.「仮象は現実に対立する幻想ではない。それは経験の領野になんらかの可視的なものが入り込み，可視的なものの体制が修正されることである」（J. Rancière, *op. cit.*, p. 139〔邦訳166ページ〕）。

集団の社会学的に規定可能な部分にも、この集団を構成する諸グループの総体にも同一化されない。デモクラシーをあらしめるところの人民とは、いかなる社会的グループにも存することなく、社会の諸部分の算出のうえに分け前なき者の分け前の現実性＝実効性〔effectivité〕を重ね込むひとつの単位＝統一性である。民主主義とは、国家や社会の諸部分とは合致することのない主体たちの確立〔institution〕である。そのような浮遊する主体たちは居場所と分け前の表象＝再現前化全体の規則を乱すのである[39]」。識別不可能なものの現実性、世界内でのその実質的な展開が、その存在論的可能性に関して特別な問題を引き起こさないのは、おそらくランシエールが政治と存在論を分断しているからである[40]。ランシエールにおいて、主体化を創始する主体の自己自身（客観的に規定された自己）とのずれは、存在論的な根拠を持たない。ランシエールにとって、このような政治の存在論化は共同体をより根源的とみなされる人間の本質の顕在化に過ぎなくしてしまう。ランシエールにおいてこのようなずれを生み出す平等は、存在論的な領域の外で想定される。このような想定を基礎づける議論は、ごく単純に「不平等が生じるためにはまず平等があるのでなければならない」というものである。つまり、たとえ社会的には命令を発する者と命令に従う者がいるとしても、命令に従う者が命令と命令に従わねばならないということを理解できるということは、両者の根源的な平等を前提とする[41]。政治の脱存在論化および平等の前提を正当化する議論の少なからず失望させるような素朴さに同意するかどうかはともかく、平等の原則的宣言に端を発する政治的実践の稀少さと偶然性を肯定するという点

---

39. *Ibid*., p. 140〔邦訳 167 ページ〕.
40. Cf. *ibid*., p. 185-186〔邦訳 221-223 ページ〕.
41. Cf. *ibid*., p. 37〔邦訳 41-43 ページ〕.

では、ランシエールの議論は一貫している。政治的主体は平等の宣言の諸帰結を展開していくその政治的行為に外在的（超越的）ないかなる目的ないし存在原理も持たない。「分け前なき者の分け前が書き込まれるところでは、これらの書き込みがどれほどもろくつかの間のものだとしても、デモスの顕現領域〔sphère d'apparaître〕が創造され、人民のクラトス〔力／支配〕、その権力の要素が現実存在する。そのとき問題となるのは、この顕現の領域を押し広げ、この権力を増大させることである」⁽⁴³⁾。それは「係争の事例を作り出すこと」にほかならない。したがって、政治は識別不可能なもののその都度特異な事例をある特定の世界内において展開することから分離されえない。ところで、すでに見たようにデリダにおいては主体の自己自身とのずれは存在論的に基礎づけられ、そのことから一方では識別不可能なものの現前が不可能であることが、他方ではそれが来たるべきものとして残る（この「残滓」こそ識別可能な現前的存在者の内にずれを生じさせるのである）ということが帰結した。したがって、ランシエールから見れば、デリダには政治的実践が根本的に欠如しているということになる。「デリダは一方に統治形式としての自由民主主義を、他方に新参者への無限の開けを、またあらゆる期待を逃れる出来事への無限の期待を置く。私見では、制度と超越論的地平のあいだのこの対立のなかで消滅するのは、実践としての民主主義である。この実践は〈他者〉あるいはヘテロン〔他方の異なったもの〕の政治的な発明へと至る。［……］ヘテロロジー〔異他性・異他的論理〕の政治的な権力を無視することは、一方

42.「政治が存在させるところの主体は、この諸操作全体とこの経験領域〔ここで問題なのは「新たな経験領域の産出を含意する一連の操作」のことである〕の一貫性以上のものも以下のものも持っていない」（*ibid.*, p. 59–60〔邦訳 70 ページ〕）。

43. *Ibid.*, p. 126〔邦訳 151 ページ〕.

に「自由民主主義」——これは現実には，自己の法を具現する寡頭制を意味する——，他方に「来たるべき民主主義」——出来事と他者性への無条件の開けの時間と空間と見られる——という単純な対立に囚われることを意味する。これは政治の放棄と他者性の実体化の形式に等しい。民主主義と称される自己の実体化の拒否が，対称的な仕方で〈他者〉の実体化——これは現代の倫理的風潮と呼びうるものの象徴である——へと至るのである」。デリダはヘテロロジーを無視したわけではなかった。むしろそれをいっそう突き詰めた（現前不可能な他者を想定するに至るまで）とさえ言うことができる。しかしまさにそのことによって，デリダにおいて民主主義は「来たるべきもの」として「約束される」ことしかできないのであり，そういうものにとどまり続けなければならないのである。

　しかしながら，識別不可能なものの現実存在を存在論と政治との分離によって肯定するランシエールは，識別不可能な多数性の存在論的可能性を保証することができない。自己からのずれとして生じる人民は，生じるや否や，すでに制度化されたカテゴリーに捉えられるがままになるかもしれない。つまり，そのような多数性は，識別不可能なものとして再認されるならば，すでにそのようなものとして識別可能でなければならない以上，識別不可能なものは存在しないと常に言うことができてしまう。ランシエールの議論には，先の脱構築の公理1——後に明らかになるだろうが，その構成主義的使用——を逃れることを可能にする存在論的な基礎づけが欠けていると言わざるをえない。だからこそ，ランシエールにおいては，識

44.「民主主義は何かを意味するのか」，澤里岳史訳，『来たるべきデリダ』所収，前掲書，158ページ。〔　〕内は訳者による補足。
45. このような兆候の簡潔な記述は，例えば *Spectres de Marx*, (Galilée, 1993), 111-112ページ〔邦訳『マルクスの亡霊たち』増田一夫訳，藤原書店，2007年，150-152ページ〕に見られる。

別不可能な多数性の現実存在の可能性は歴史的な事例のなかに捜し求められるほかないのである。したがって，ランシエールに対するバディウの次のような批判は正当であるように思われる。「この点に関するわれわれの一致は存在論的であるということができるが〔バディウはランシエールにおける「ポリス」と彼が「状況の状態」と呼ぶものの対応，「分け前なき者の分け前」の宣言と出来事による「空虚」の出現の対応等を指摘している〕，必要とされるカテゴリーに関して［……］，ランシエールのほうはその思弁的統一を保証するという危険を冒そうとせず，それらをもっぱら平等の出現のいわば歴史主義的現象学の内にのみ投入する」[46]。

政治的な領域を超えて，識別不可能なものをめぐる哲学的決断の問題一般を整理するためには，再びバディウを参照する必要があるだろう。すでに見たように，バディウは識別不可能なものおよびジェネリック性を，彼が言うところの真理の存在論的基礎として導入する。しかし，バディウにおいて識別不可能なものを生み出すプロセスの端緒となるのは〈存在としての存在〉ではなく，〈存在としての存在ではないもの〉としての出来事である。実のところ，バディウの公理的集合論に基づく存在論においては，デリダが脱構築するような純粋な自己現前はそもそも不可能である。バディウの数学的存在論において，ある要素（多数なもの）が現前するということはその要素のなんらかの集合（やはり多数なもの）への帰属を意味する。ところで，公理的集合論はまさしく自己の自己への帰属を禁じている。したがって，自己への現前（純粋に自己による自己の現前）は公理的に禁じられている。ここで問題の公理は「基礎の公理」と呼ばれるが，それによれば，空集合でないある集合の内には，必ずそれに属するいかなる要素も元として含んでいないような要素

---

46. *Abrégé de métapolitique, op. cit.*, p. 131.

が属していなければならない。つまり，集合 x に属する要素 y の内で，y に属するいかなる要素 z も x に属さないようなものが少なくともひとつ存在する。それはもっと単純に言えば，y は x といかなる共通性も持たないということである。これはよく知られたラッセルのパラドックス，すなわち自己自身への帰属から帰結するパラドックスを回避するためのものである。かくして，ある存在者（多数性）の現前化は，必ずその存在者に内在的な「他者」によって基礎づけられている。このような他者の排除は，存在者の存在を保証する公理系の一貫性を瓦解させてしまうことになる。だとすれば，もし存在論によって徹頭徹尾構造化された世界になんらかの空虚（例外）が開かれるとすれば，それは基礎の公理の一時的な宙吊りが自己帰属する多数性を出現させることによってでしかない。このようなパラドクサルな多数性こそ出来事にほかならない。しかし，出来事はそのようなものとして，いかなる存在論的整合性も持ちえない。つまり，ある出来事がある状況（多数性）の内に生じたと仮定しても，その出来事の多数性は定義上状況によっては現前化されえない以上，出来事の状況への帰属は決定不可能である。[47] バディウの哲学体系においては，『存在と出来事』では決定不可能な出来事の状況への帰属を決定する「介入」と「命名」を起点として，『諸世界の論理』ではすでに論じた出来事の痕跡としての非実存者の再起を起点として，出来事の諸帰結を展開するプロセス，いわゆる「真理手続」が創始される。しかし，出来事の状況への帰属を決定することは，出来事は出来事そのものとしては消失することを意味する。つまり出来事は状況に属するひとつの要素（名）となってしまう。また，出来事の残す痕跡としての非実存者の実存化は，出来事の最も直接的な帰結であって，出来事そのものではない。出来事は不可能

---

47. Cf. EE.：省察 16, 17, 18。

なる自己現前化として，状況ないし世界の内に場を持たない。そのようなものとして，出来事において出現と消失は一致するのである。

このような出来事の論理は，デリダにおける出来事の論理にきわめて近いものであるかのように見える（もちろん出来事の例外性を構成する論理は完全に逆転する。デリダにおいては出来事はむしろ自己からのずれとして，自己への一致としての現前から抜け去る）。デリダにおいても出来事の世界内への到来は，それとしての出来事の消去なしには可能ではないからである。だが，バディウの議論の決定的な点は，出来事への忠実さにおいて名ないし実存者の実存化から創始される真理手続が，出来事が状況に対して持つ非正規性，例外性を保持することである。だからこそ，そのようなプロセスは出来事の諸帰結の忠実な展開とみなされることができる。例えば先の命名に関して言えば，出来事の命名を行う名は，すでに触れた状況を基礎づける多数性（バディウが出来事の「サイト」と呼ぶもの）内の要素（つまり状況の内に現前しない要素）によってなされなければならない。すなわち，名（「定数外の＝超数的名」）は状況にとって空虚を構成するものの内から引き出されなければならない。ここでは介入と名の複雑な理論を論じることはできない（しかし，その複雑さはここで問題となっている事柄，すなわちいかにして出来事の命名が，出来事の状況への帰属の決定することでそれが開いた空虚を抹消しつつも，その非正規性と匿名性を保持しうるかということと無縁ではない。この問題が名の理論に強いることになった複雑さと困難が，後の『諸世界の論理』においてバディウにこの理論を放棄させることになったとさえ言うことができるかもしれない）。われわれの議論にとって決定的なのは，出来事の痕跡（それが名であるにせよ非実存者であるにせよ）と状況内＝世界内にすでに現前する諸要素との従属関係をなす連結の構築（それが「忠実さ」と呼ばれる操作である）が，きわめて限定的な諸条件のもとで，

最終的に「真理」を状況の部分［集合］をなす識別不可能な多数性，ジェネリックな多数性として生み出しうるということである(48)。出来事の識別不可能性はその効果を，その識別不可能性を失うことなく現に展開する。問題は識別不可能なものの存在論的可能性，すなわち，識別不可能なものの存在論的な概念を構築することである。出来事の定義上，それから帰結する識別不可能な真理に関して，存在論はなんら言うべきものを持たない。ここで真理そのものは存在論から完全に分離されている。しかしながら，真理がそれでも存在するとすれば，「真理と存在論の両立性」が確保されねばならない。それは「たとえ真理はそうではないとしても，ジェネリックな多数性として真理の存在は存在論的に思考可能である」ということにほかならない(49)。

　バディウはこのような概念を，コーエンの強制法の成果を参照することで作り上げていることはすでに述べた。しかしそこではまだ，識別不可能な多数性は，状況の部分として提示されていたに過ぎなかった。部分であるということは，それはまだ状況に存在している＝属しているわけではないということである（それは再現前化あるいは内包されているのであり，現前化されてはいない）。ところで，存在論＝数学はジェネリックな集合が，それがその部分であるところの状況に属する（その要素となる）可能性を否定する。ジェネリックな集合は，状況の部分として，状況の外に在る。したがって，状況の内側にいる者は，「実際のところ，ある識別不可能なものが現実存在すると信じることしかできない。それは，もし識別不可能なものが現実存在するとすれば，それは世界の外にあることに

48.「名」の論理および「忠実さ」に関してはEE. 第5章，とりわけ省察20および23を参照。
49. EE., p. 391.

なるからである」[50]。だとすれば，われわれはここでも単に来たるべきもののメシアニズムにとどまるほかはないのだろうか。

コーエンが強制法において用いたジェネリック・エクステンションというテクニックが，概念から現実存在への移行を可能にする。その基本的なアイデアは，元の状況にジェネリックな集合を付け加えた新しい集合（すなわち新しい状況，新しい世界）を作り出すことである。その複雑な操作をここで論じることはできないが，そのような状況は元の状況のすべての要素を保持し（つまり元の状況を内包し），かつジェネリックな集合をその識別不可能性を失わせることなく現前化する。識別不可能なものは，それが状況の部分でしかなく，現実存在していないときには「その存在が存在なくある出来事の純粋に形式的なマーク」であり，それが拡張された新たな状況において現実存在するときには「真理の可能な存在の，存在論による盲目的な認識」である[51]。忠実なる手続（すなわち真理手続）とは，真理が現実存在するような状況を言わば「力ずくで」開くことである。「したがって，出来事的句切り〔césure〕と，定数外の＝超数的名の流通化が由来するところの介入の最終的な効果とは，この句切りがその起源であるところのある状況の真理が，状況にそれを迎え入れるように強いるということであるだろう」[52]。かくして，真理手続はその無限のプロセスのなかで，識別不可能なものが現実存在するようにし，そのためにそれは世界を変えるのである。

以上で〈識別不可能なものは存在する〉という決断が可能であることは論証された。識別不可能なものは単に概念的に思考可能である（それは識別不可能性は完全に識別可能であるということであるが，ここで注意しなければならないのは，それは識別不可能なもの

---

50. EE., p. 410.
51. EE., p. 425.
52. EE., p. 377.

を識別することとはまったく異なるということである）だけでなく，現実存在することが可能である。

　ところで，バディウはまさにこの識別不可能なものの存在に関してなされる決断に応じて，三つのタイプの「思惟における方向づけ」を区分している。より正確には，それはいわゆる連続体仮説の問題に関わっている。カントール以降，ある集合のべき集合（バディウはそれを状況に対して状態＝国家〔état〕と呼び，その操作を再現前化とする），すなわちその部分集合すべてからなる集合が，元の集合の濃度を超える（より単純に言えばより多くの要素を持つ）ことが知られている。元の集合が有限であれば問題は起こらない。われわれはそのべき集合の濃度（要素の数）を数え上げることができる（n 個の元を持つ集合のべき集合は 2 の n 乗個の要素を持つ）。問題は，無限な集合のべき集合の濃度を元の集合の濃度に関してどう位置づけるかということに関わる。問題のべき集合の濃度が元の集合の濃度より大きいことはカントールの定理により明らかである（ここから異なる大きさの無限があることが明らかになる）。しかし，それがどれくらい大きいのかということに関して数学は答えを出すことができない。今，自然数全体という加算無限の集合を考えるとき，そのべき集合（実数全体の集合に相当）の濃度は自然数全体の集合の濃度よりも大きい。しかし，それがどれだけ大きいのかを知るためのいかなる尺度もないのである。いわゆる連続体仮説とは，――ここではこのような直感的で曖昧な言い方にとどめるしかないのだが――実数全体の濃度が自然数全体の濃度のすぐ次に来る濃度であるというものである。しかしながら，連続体仮説は現在の集合論の公理系においてはその肯定も否定もできない決定不可能な命題である。バディウは数直線として表象される実数全体の集合（実数連続体）の濃度と点的な自然数全体の集合の濃度の関係，すなわちその統御不可能な「彷徨」に対する態度決定をめぐって，

思惟における方向づけを描き出している。

　最初のものは，百科全書的知の記述に際してわずかに触れた構成主義的思惟である。そこでは，べき集合の構成の操作は，空集合から出発して段階的に，「よくできた言語」によって厳密に統御される。そこには言語によって明確に識別されていないものは存在しない。ここでは状態の状況に対する過剰は最小にまで削減される[53]。第二のものは存在論の領域においてはバディウ自身がそれに忠実であるところのジェネリック性に関する思惟である。ここでは，べき集合の統御は言わば積極的に放棄される。すなわち，べき集合が構成される状況にとって本質的であるのは，そこに明確に識別可能なものとして属するものの側ではなく，未分化なまま内包されているものの側にあり，思惟の賭け金はそのような「どれでもいいもの」を把握することであるとされる[54]。第三のものは公理的集合論の枠のなかではその存在を保証できない巨大基数の導入により，「上から」彷徨を統御しようとする超越的思惟である。つまりそのようなきわめて大きな多数性が，彷徨を統御するような「ヒエラルキーをなす配置を規定する」ことを探し求める。例えば，それは連続体仮説の決定不可能性を決定してしまうような多数性の存在を仮定する公理系であるだろう[55]。バディウによれば，それはあらゆる神学的形而上学のモデルである[56]。そしてこの三つの方向づけを横断するものとして（いわば存在論からは絶対的に排除されている出来事に起源を持ちつつ，存在論の諸操作によって展開されるものとして），すでに見た忠実さの手続が位置づけられる。

---

53. EE., p. 312.
54. EE., p. 313.
55. Cf. EE., p. 346.
56. EE., p. 313-314.

ここでデリダに立ち戻るとしよう。われわれが定式化した脱構築の二つの公理は、それぞれ別々に考察されるとき、公理1は構成主義的方向づけに、公理2は超越的方向づけに対応するように見える。まず、公理1はそのまま構成主義的決断を言表する。言語（もちろんそれぞれの事例において、言語の名において指し示されているものは同じではない。だがここで問題なのは方向づけの規定であって、諸事例を数学的形式化に還元することではまったくない）によって名づけうるもの（言語的システムのなかに書き込まれうるもの）しか存在しないとすれば、識別不可能なものは存在しない（それはデリダにおいて「原‐暴力」と呼ばれていた）。脱構築の議論は、この公理からのみ捉えられるとき、例えば出来事のあらゆる可能性を反復可能性の名のもとに抹消するものとなる。そのとき脱構築は、言わば正当な権利によって、「あらゆる特異性は、それが特異であることが認識可能である以上、その特異性が失われていなければ存在しない」と言明するだろう。言語的システムの原‐暴力にとらわれないものをそれとして定立することそのものが、それがそのようなものとして識別可能な限りで原‐暴力の内にとらわれていることを明かすからである（したがって、公理1の前提のもとではこの議論はバディウが言うように「反論不可能」である(57)）。かくして、創始的な新しさとしての他者の到来である「発明という出来事、その創始的生産の行為は、社会的コンセンサスによって、慣習のシステムに従ってひとたび認識され、正当化され、連署されるならば、未来にとって〔未来に向けて〕価値があるのでなければならない。そもそも、それが発明というステータスを受け取ることになるのは、発明された事物のこのような社会化が慣習のシステムによって確かなものとされている限りにおいてであり、このシステムが、同時に

---

57. EE., p. 320, 332.

その事物が共通の歴史へと書き込まれ，ひとつの文化に属することを保証する［……］。発明は反復され，活用され，再度登録されることができるようになることで始まるのである＝発明が反復され，活用され，再度登録されることができるようになり始める〔commence à pouvoir être répétée...〕」。このような論理が政治的な言説のなかで持ちうる反動的な性格は明らかだろう。それはランシエールが論じているような政治的行為を完全に不可能にする。新たに生み出されたかに見えた政治主体は，実のところポリス的分割によってすでに生み出されていた部分でしかなかったことになるだろう。あるいは，それは少なくともポリス的分割の規範に適合したものであったことになるだろう。あるいはまた芸術の領域においても，あらゆる文化的，共同体的コードから抜け去るかに見えたひとつの作品は，実のところそれが属する文化共同体のコードの産物でしかなかったことになるだろう。ひとつの要素の出来事的な出現が，実のところシステム内の不明瞭にしか識別されていなかった一要素に過ぎないとすれば，思惟の賭け金はそのような不明瞭な要素の命名，すなわちあらゆる出来事の謎を隠された，あるいはより深い現実の内に位置づけることに帰するだろう。芸術は文化に，政治は経済学的ないし社会学的知に還元されるだろう。

逆に，脱構築が公理２のみを特権化するとき，識別不可能なものとしての他者はなんらかの非現前的な超越的存在として実体化されるだろう。そして，そのような来たるべき他者の純粋なそれとしての到来が望まれるとき，逆説的にも他者の識別不可能性は消え去るだろう。それは，他者の純粋な現前を不可能なものにする差延の運

---

58. *Psyché—Inventions de l'autre*, tome I, nouvelle éd., 1998, p. 16：最後の一文のデリダに典型的なシンタックスに注意されたい。それは，署名のパラドックスと正確に同じ構造を持っている。

動そのもの，すなわち原 - 暴力を抹消しようとするだろう。それは，他者への無暴力としての正義の絶対的実現を欲望することになるだろう。

以上はこの二つの公理の一方を特権化した極端な例だが，現在脱構築的と呼ばれる操作によって発せられた様々な命題に関して，それらにおいて公理1と公理2のどちらがどちらへ従属しているのか，そしてその度合いはいかなるものかということに応じて，それらを分類することができるかもしれない。一方は脱構築の論理実証主義化（ないしは言語ゲーム化）によって，他方は脱構築のメシアニズム化によって印しづけられていることになるだろう。

4. 脱構築の非 - 問い

脱構築がこのような議論から身を離すことができるとすれば，それはまさしくこの二つの公理に同時に忠実であることによってであるだろう。そこでは，思惟は識別不可能なもののあらゆる現前化（存在化）を拒否しなければならないと同時に，絶えずその到来の切迫さによって取り憑かれていなければならない。このような論理的な袋小路，デリダが好んで使うタームで言えばアポリアは，この思惟がそれ自身の決断に対する忠実さにおいて組織されるために不可欠である。言い換えれば，論理的袋小路〔impasse〕はこの思惟にとって実践的な通路〔passe〕である。[59] 公理への忠実さそのもの

---

59. かくして，デリダは「可能なものの発明」しか存在しないところで，他者の到来としての「他者の発明」を要求するのである。というのも，可能なものの発明は結局のところ，「何も発明していない」ことになるからである。発明が真に発明であるためには，発明の内に他者が来るのでなければならない。しかし，「他者は可能なものではない」限りにおいて，「唯一可能な発明とは，不可能なものの発明であるだろう」ということになる（Cf. *Psyché*,

が，公理から帰結される論理的な諸命題を超えたところで，それに還元されることのないある種の実践を，思惟に内在的な事柄として要請する。実践は論理の単なる外的な適用ではなく，論理そのものが明示的に語ることができないものを・な・すことで，思惟の一貫性を構成する。

こうしたことはまだあまりにも漠然としているかもしれない。問題の事柄を明確にするために，脱構築の「非 - 問い」という観念を導入しよう。それは単に脱構築が問うていないものではもちろんなく，脱構築が自身の思惟としての方向づけを規定する決断に対する忠実さにおいて問うことができないものであり，そのようなものとして脱構築の終わることなき課題を指定するところのものである。すでに明らかであろうが，脱構築におけるこのような非 - 問いは，識別不可能なものが世・界・内・に・お・い・て・それ自身を，あるいはその効果を展開する際の論理的に区別可能な形式，あるいはその知解可能性である。そして，脱構築が識別不可能な来たるべきものへの忠実さにおいて組織される以上，そのことは，脱構築がそれ自身の操作（あるいはその所産）の存在様態を（存在 - ）論理的に問うことが不可能であることを意味する。脱構築の定義不可能性といった事柄は比較的陳腐な決まり文句になってしまったが，その意味は脱構築固有の「非 - 問い」から出発してのみ十全に理解されることだろう。

ここでもまた，他の方向づけとの対比が事態を明確にしてくれるだろう。すでに見たように，バディウにおいては識別不可能性そのものである出来事は，その痕跡と状況内＝世界内に現前する諸要素とを結びつける忠実さの手続を通じて，識別不可能であるようなジェネリックな多数性としての真理を生み出す。この連結の有限な連

---

op. cit., p. 59-60)。その論理的袋小路は明らかだが，デリダは脱構築の実践を「この他者の到来に備えること」と規定している（*ibid.*, p. 53)。

鎖はアンケートと呼ばれる。ところで，百科全書的知が状況の要素から構成されるあらゆる部分（部分集合）を分類できる以上，アンケートが出来事の名と状況の要素とを組み合わせることで構成する有限な部分は，少なくともひとつの「百科全書の限定詞」に合致してしまう。知はその部分が忠実さのオペレーションの産物であるかどうかということを意に介さない。したがって，「これこれの有限な再グループ化が，たとえそれが事実上ひとつのアンケートから結果するのだとしても，よく知られた（あるいは権利上認識可能な）百科全書の限定詞のレフェランでしかないと言うことは常に正当である」。知によって統御可能な言表の価値としての「真実性〔véridicité〕」から出来事への忠実さの操作のなかで生み出される「真理」を区別するならば，アンケートはその有限性において，真理を真実性から区別することができない。そこから真理は無限でなければならないということが帰結する。したがって，真理は来たるべきものであり続ける。有限なアンケートの連続は決して真理の無限性を汲み尽くすことができないからである。だとすれば，結局バディウにおいても，われわれは来たるべき真理の約束された到来を待機＝期待するしかないのだろうか。

　ところで，ここでは事態はまったく異なる。というのも，そこでは識別不可能なものの現前の存在論的可能性は保証されており，アンケートが状況の要素をひとつずつ出来事の名に組み合わせて作り出す部分は，たとえそれが知によって分類されているとしても，真理手続の観点から捉えられるとき，真理を構成する識別可能な無限の多数性に属する要素である（ということになるであろう）からである。それは単に主観的にだけではなく，論理的に保証される。識別不可能な多数性の産出の直感的なアイデアは，真理手続が，あら

---

60. EE., p. 366.

ゆる百科全書の限定詞のすべてに関して，その性質を満たす要素とそれに矛盾する性質を持つ要素を共に含むような部分を作り出すアンケートを少なくともひとつ含んでいるというものである。このような矛盾を含む部分は問題となっている限定詞を「回避」する（したがって他のなんらかの限定詞によっては規定されうる）。これによって，真理手続が作り出すであろう無限の多数性には，すべての限定詞のそれぞれを「回避」する有限な部分が属していることになる。したがって，真理が識別不可能なものとして現われるための条件は，有限な部分の構築であるアンケートのなかに認められることになる。このことは，アンケートのその都度の操作がなんらかの既存の規則に従っているということではない。アンケートは出来事の痕跡と状況の諸要素の間の従属関係の有無を識別するものである以上，この結びつけの正当性を保証するいかなる知も存在しない。そのうえ，アンケートが状況内のどの要素を扱うかということに関してはいかなる規則も存在しない。アンケートの道程は完全に出会いの偶然にゆだねられている。したがって，あるアンケートが回避の部分を形成する必然性を示すことはできないが，それが必然的に不可能である理由はどこにもない。来たるべき真理の到来は，運命的な必然によってでもなければ，本質的な不可能性（デリダにおいては，それは「不可能なものとしてのみ可能であるもの」といった類

61.「もしひとつの忠実な手続が，百科全書のあらゆる限定詞に対して，それを回避するひとつのアンケートを含んでいるとすれば，その場合，この手続の肯定的結果〔すなわちアンケートが出来事の名に肯定的に結びつける要素がなす無限の多数性〕は，ある限定詞に包摂可能ないかなる部分とも一致しないことになる。かくして，出来事の名に結びつけられた多数なもののクラスは，状況の言語によって明示可能な性質〔固有性〕のいかなるものによっても規定されないことになるだろう。かくして，そのクラスは知にとって識別不可能かつ分類不可能ということになるだろう。この場合，真理は真実性に還元不可能である」(EE., p. 372)。

のパラドックスによって定式化されていた）によってでもなく，偶然性によって印しづけられている。それは真理の出来事性と稀少性の印そのものである。かくして，アンケートの道程においてわれわれは真理と共にある可能性を有する。決定的なのはこのことである。それとしての真理は来たるべきものだが，真理手続の過程でわれわれは真理を「今ここ」において経験する（もちろんそれを識別することはできないまま）。むしろその創造の「現在」に一体化される〔incorporé〕と言ったほうがいいかもしれない。このような真理を生み出す無限の手続の，世界内における有限で局地的な展開は，バディウにおいて主体と呼ばれる。『存在と出来事』においては文字どおり主観的な主意主義ないしヒロイズムを匂わせる嫌いもあった主体の規定は，『諸世界の論理』では「真理の身体〔un-corps-de-vérité〕」の観点からより客観的に規定され，後者の諸属性は「それに基づいて，ある世界の明証性における**真なるもの**の可視性が逐一〔点から点へと〕思考されうるもの」であるとさえ言明された[62]。真理の身体は，たとえそれが，それが現われる世界に内在的であり，それを織り成す要素はその世界に出現する他の諸客体と同じだとしても，その織り成され方によって，つまり論理的に他の身体から明確に区別される（構成主義的脱構築主義者の可能な反論を想定して，このような概念的ないし論理的な思考可能性は，識別不可能なもののいかなる悪魔祓いも行うことはないということを付け加えておこう）。真理の存在は単に存在論的に可能であるだけではない。真理はある特定の世界の内に現われることさえできる。

　さらに，真理は識別不可能なものとしてただ生み出されるだけではない。確かに，主体は真理の有限で局地的な産出であり，それを知る＝識別することはできない。有限なる主体にとって，無限の真

---

62. LM., p. 76.

理は共約不可能なものにとどまる。しかし，強制法がその理論的可能性（その「存在論的シェーマ」）を保証しているように，主体はそれが生み出される状況ないし世界のなかの要素で構成されうる「名」を通じて，真理の到来が完了するという仮定のもとに，真理が現前する新たな世界をある程度記述することができる。この名は，その指向対象を現にある世界にではなく，来たるべき世界に持つ。つまり，しかじかの名は，もしこの真理が現前する世界が到来したことになるとすれば，しかじかの指向対象あるいは意味を持つようになるだろうという具合である。かくして，主体は新たな言語，すなわちその対象が来たるべき世界の到来の前未来に宙吊りにされているような言語を操ることになる。この新たな言語が状況の言語と同じ名を用いているとしても，それが指し示すものはまったく異なる。主体は単に盲目に真理の産出に参与するだけではなく，真理に関して，そして真理の有限な部分である自分自身に関して，仮定的な命題を発し，その真実性に関して知的に判断することもできる。バディウはこのような「知的な信念」を「信頼」と呼んでいる。「信頼とは何を意味するのか。忠実さの操作子は有限なるアンケートによって局地的に，状況の諸々の多数なものと出来事の名との連結と非連結を識別する。この識別は近似的な真理である。というのも，肯定的にアンケートされた項はある真理のなかに来たるべきものだからである。この〈来たるべきもの〉は判断する主体に固有なものである。ここで信念は真理の名のもとにある来たるべきものである」[63]。そして，アンケートはまさに真理をなす無限のジェネリックな多数性を構成する有限部分である以上，「有限なアンケートは同時に実質的かつ断片的な仕方でその状況それ自身の状況の‐内に‐あること〔状況‐内‐存在〕を保持している。この断片は物質

---

63. EE., p. 435.

的に来たるべきものを宣告する。というのも，それは知によって見分けられうるにもかかわらず，識別不可能な道程の断片だからである。信念とはただ，出会いの偶然が忠実な連結の操作子によって無駄に集められているのではないということである。出来事の超－一なるもの〔一なるものを超過するもの ultra-un〕によって請け負われた約束である信念は，真なるもののジェネリック性を，その道程の諸段階の局地的な有限性の内に保持されたものとして表象＝再現前化する」。このように，来たるべきものはここでは徹底して唯物的に，とはいえ来たるべきものの革命的出来事性を失うことなく思考されている（それこそバディウが「唯物論的弁証法」と呼ぶものであるだろう）。

デリダはこのような来たるべきものの身体の理論を展開することはなかった。というのも，デリダにおいては来たるべき識別不可能

---

64. *Ibid.*
65. デリダにおける来たるべきものの身体の問題に関しては，彼が「亡霊」と呼ぶものの物質性が厳密に検証されなければならないだろう。デリダはその「身体化」を論じているが，あらゆる知から逃れ去る「不在のもの，あるいは消え去ったもののこの定－在」(*Spectres de Marx, op. cit.* p. 26〔邦訳29ページ〕) の存在様態，さらには物質性に関する議論は十分には展開されていないように思われる。亡霊性はあらゆる現存在の可能性の条件として提示されるが，そのことは亡霊の身体そのものを説明するものではないだろう（そこでは亡霊性はむしろ現存在の現を開く空間化ないし反復可能性を指し示すにとどまっている）(Cf. *ibid.*, p. 165〔邦訳217ページ〕)。亡霊の身体性の厳密な論理化がなされないまま，商品や貨幣が亡霊の範例として提出されることで，事態はさらに不明瞭になるように思われる。商品の交換価値について，それがあらゆる知から逃れるということができるだろうか。物質そのもの（その実体的本質）からではなくなんらかの関係から生まれるものを一様に来たるべきものとしての亡霊と呼ぶことができるのだろうか。それは，マルクスが共産主義の亡霊と呼んだもの，すなわちこの不可能なものの可能性を告げるものと同じレヴェルで扱うことのできるものなのだろうか。そして，この交換価値が労働（その社会的性格）から生まれると言うことは，

なものの「今ここ」におけるいかなる局地的な展開も不可能だからである。デリダにとっては，そのような展開は来たるべきものの根源的な他者性を抹消するものでしかないだろう。脱構築は，識別不可能なものの今ここにおける存在を思考可能にするような存在論を持ちあわせていない（むしろ，脱構築はいかなる存在論もそのようなものを思考できないと明言するのである）。このことは識別不可能なものの現前不可能性の決断に関わっている。それが意味してい

ひとつの悪魔祓いなのだろうか。マルクスが，使用価値をその純粋性において前提としているのではなく，また交換価値と共に初めて社会性が始まると主張しているのでもなく，問題はある事物の二つの異なる世界（異なる関係の論理）への「現われ」であると言っているとしたらどうだろうか。バディウの語彙に従うならば，ここでデリダは存在論と論理（学）を混同してはいないだろうか。そしてバディウが言うように，実存が論理的範疇だとすれば（すなわち諸要素の同一性と差異の関係のなかで与えられるものだとすれば），資本主義的世界の超越論的なもの（まさにマルクスによって明らかにされた論理）のなかで，諸々の商品価値の実存は多かれ少なかれ確かな実存度数を持って位置づけられており，むしろ（商品がそのフェティッシュ的性格において捉えられている限りでは）労働者の労働が亡霊的な非実存者であると言えないだろうか。マルクスにとって，労働を非実存者となす資本主義世界の超越論的なものを暴くことが問題なのだと言うことはできないだろうか。デリダが使用価値と交換価値の区別を脱構築し，資本主義というきわめて特殊な社会的，物質的関係を差延にさえ結びつけるとき，存在論を悪魔祓いの論理として断罪するデリダのほうが，むしろ論理的範疇を存在論化（本質化）しているようにさえ見える（たとえ，そのことによってここでの交換の論理がそれを超過する贈与の論理によって内側から突き破られることをデリダがほのめかしているとしても）。したがって，われわれにはデリダが「亡霊」のきわめて特異な身体の論理を十分に展開しえたとは思われないし，さらに危険を冒して言えば（それがわれわれの読解の賭け金であるのだが），いずれにせよデリダはそのような身体の論理を明らかにすることはできなかったと思われる（その論理的規定不可能性，思考すべきものを与える思考不可能性に関しては，同書 273 ページ〔邦訳 352–354 ページ〕を参照）。デリダにとって，亡霊は来たるべき亡霊であり続けなければならず，亡霊の今ここにおけるいかなる身体的局地化も悪魔祓いにすぎないのである。この点で，われ

るのは,識別不可能なもの,すなわち他者の本質的な退隠,あるいは出来事の到来の本質的な不可能性である。その決定的な帰結は,脱構築のいかなる実践も,それが介入する状況のなかに根本的に異質な空間を開くことはできないということである。正義に向けての法の脱構築が,やはり法の形式をとらざるをえないとすれば,そのアポリアの経験や決定不可能なものの決定がいかなるものだとしても,脱構築の所産はそれが脱構築したものに対する異質性を印づけることはできない。ただ識別不可能なものとしての他者の到来だけが,ある特定の状況の内に「出来事的句切り」を刻み込むことがで

われはデリダの内に「存在者忘却」(«L'oubli de l'étant – Heidegger critique du capital», in *Heidegger – le danger et la promesse*, dir. Gérard Bensussan et Joseph Cohen, Kimé, 2006) あるいは「脱物質化」(*La plasticité au soir de l'écriture*, Léo Scheer, 2005) を読み取るカトリーヌ・マラブーによるデリダ批判(それはこの論考にきっかけを与えてくれたものであることを付言しておかなければならない)に同意する。そして,このような批判から現前性に回収されるがままにならない「形態=形式」の思索へ赴くところに,マラブーの一連の仕事を今日の哲学においてひときわ興味深いものにしているものがあると思われる。マラブーによって発明された「可塑性」,あるいは「ファンタスティックなもの」という概念の内に,脱構築以後の身体の問いの展開を見ることができるかもしれない。「ファンタスティックなもの」はあるところで「存在論的差異の現実性」と規定されているが(«Pierre aime les horranges», in *Sens en tous sens*, Galilée, 2004),それを通じて,脱構築的哲学が思考することのできなかったことになるだろう存在者の思考,「存在論的差異の現実における現われ」を示す「存在者の存在者自身における変形」の思考が賭けられているのではないだろうか。

66. このパラドックスはアガンベンによってすでに指摘されている。「法=権利を措定する暴力としての構成的権力が,それを保存する暴力より確実に高貴であるとしても,それはその他者性を正当化することのできるようないかなる資格も所有しておらず,実際には構成された権力と逃れようのない曖昧な関係を保っているのである」(*Homo Sacer I, Le pouvoir souverain et la vie nue*, trad. fr. par Marilène Raiola, p. 50〔邦訳『ホモ・サケル——主権権力と剥き出しの生』高桑和巳訳,以文社,2003年,63ページ〕)。

きるとすれば，すなわち真に世界を根源的に変えることができるとすれば，脱構築はその可能性を永遠に来たるべきものとしてしか肯定できない。脱構築は出来事の帰結を今ここにおいて展開するのではなく，むしろ来たるべきものに向けての終わりなきプロセスとして自らを方向づけるしかない。したがって，このプロセスの無限性は，識別不可能なものの無限性の今ここにおける局地的で継起的な展開ではない。この無限性は，脱構築が生み出した所産が直ちに脱構築すべき対象となることに起因する。来たるべきものと現前性の審級の間で，いかなる対角線を引くこともできないまま，脱構築は終わりなき行き来をするように定められている。そして，識別不可能なものは常に今ここから切り離されたものとして，垣間見られることしかできない。脱構築の行為者にとって，来たるべきものは脱構築の実践においてその都度肯定されるべきものとして，文字どおり「信念」の対象（対象にならない対象）にしかならない。このことの帰結は，脱構築は二つの根源的に異なる論理の間で常に「交渉」ないし「妥協」せざるをえないということである。来たるべきものへの応答責任としてなされる脱構築の所産が現に存在しなければならないのであれば，それはなんらかの仕方で現前的なものの法に従っていなければならない。それが，いわゆる脱構築におけるアポリアの経験をなしている。正義には法が必要であり，形而上学の彼方は形而上学的言語によって語られるほかはない。だからこそ，言語によって言語に対して暴力をふるうこと（「汚いものでもって汚いものに逆らって［……］書く」(51) こと），あるいは法創設の暴力，すなわち構成的権力をその都度制度化された法あるいは構成された権力（法維持的暴力）に抗して反復するといった論理的循環によって，脱構築の終わりなき実践の形式は指し示されるのである。(67)

---

67. ここでもまた，他の方向づけとの対比が事態を明確にしてくれる。周知の

だとすれば、妥協や交渉といったことによってここで何が問題になっているのか、そのような交渉と妥協の諸条件はいかなるものなのか、それこそ脱構築がその都度の実践において提出しなければな

ように、ベンヤミンの『暴力批判論』を読解しながら、デリダは法創設の暴力と法維持の暴力のシステマティックな混同が、まさにその二つの暴力の分離（構成的権力と構成された権力ないし執行権力）を前提としているような（少なくともそのような体裁を持っているような）いわゆる民主主義的国家（あるいは法治国家）において不可避的に生じるということに関して、ベンヤミンに同意する。それはとりわけ警察機関において明らかになる。つまり、警察はその行為を法の単なる適用に限定しているように見せかけておいて、実のところ、その都度の例外に対して新たな法を発明し、立法者として振る舞うにもかかわらず、その法創設の無根拠な暴力に対してまったく責任を負うことがないのである。ベンヤミンはほかのところで、それを「われわれが生きている例外状態は規則である」という恐るべき言葉で定式化した。したがって、ベンヤミンにとって、国家的暴力が廃棄されるとすれば、この二つの暴力の弁証法的関係そのものが打ち砕かれなければならない。かくして、ベンヤミンは第三の暴力、法を措定するのでも法を維持するのでもなく、法を廃棄ないし中断する暴力、すなわち「神的暴力」あるいは「革命的暴力」を導入する。神的暴力に関するベンヤミンの議論は難解かつ両義的であり、それについてここで簡単に裁断を下すことはできない。周知のように、デリダは法の彼方に位置し、法を破壊するこの神的暴力に脱構築が依拠する正義との親近性を見て取る。だが、デリダは神的暴力に対して慎重に留保を示す。神的暴力はそれが法の彼方に位置し、それゆえ法に結びつけられたいかなる暴力からも身を離すが、まさにその点で、ベンヤミン自身が言うように「純粋暴力」の発現であり、かくして、それはホロコーストの暴力に図らずも類似してしまうのではないのか、と。論理は常に同じである。正義へ完全に身を任せることは最悪の暴力を招きかねない以上、計算不可能な正義は常になんらかの計算にゆだねられなければならない。デリダは結局、「異他的なレヴェルの間での妥協の運命性」（*Force de loi, op. cit.*, p. 144〔邦訳『法の力』堅田研一訳、法政大学出版局、1999年、192ページ〕）を強調する。このような解釈においては、神的暴力は法創設の暴力に還元される。ベンヤミンの意図（国家的暴力の廃棄、政治の国家からの剥奪）からすれば、この結論は国家の存在の運命性、国家的暴力の必要性を説くものに過ぎないだろう。アガンベンは、同じベンヤミンの読解を通じて、神的暴力ないし純粋暴力に、

らない問いであるだろう。だからこそ，形式的な整理においては脱構築の実践の本質的な側面を把握することはできない。脱構築は来たるべきものをただ待っているような無気力な思考ではなく，それ

法の完全な消滅などではまったくなく，新たな法使用の可能性を読み取ろうとする。アガンベンはベンヤミンがカフカを論じながら発したテーゼ（「もはや実践されることなく，もっぱら研究される法＝権利は正義の扉である」）を導きの意図としながら，次にように述べている。「問題は当然ながら，導いて行かねばならないような終わり＝目的に決して辿り着くことのない過渡的段階ではないが，法＝権利を亡霊的生の内に引きとどめ，決してそれにけりをつけることができない無限の脱構築のプロセスなどではいっそうない。［……］正義への通路を開くものは，法＝権利の破棄ではなく，その脱活動化〔無効化〕であり脱営為化〔無為にすること〕である」（*État d'exception*, trad. fr. par Joël Gayraud, Seuil, 2003, p. 108〔邦訳『例外状態』上村忠男・中村勝己訳，未来社，2007年，127-128ページ〕）。ここで研究とは，同時に戯れることとして提示される。問題は，法＝権利の自由な使用（ほかのところでアガンベンが「瀆聖」と呼ぶもの）にほかならない。しかしながら，法創設からも法維持からも解放され，したがって手段／目的の対からも解放された法使用とはいかなるものでありうるのか，この点に関するアガンベンの議論はベンヤミンのそれ同様複雑でときに曖昧なものであり，われわれはそれを正確に理解したと主張するつもりはない。ここでは，われわれが問題にしている方向づけとの関連において，この自由な使用をめぐるわれわれの解釈を提示しよう。すでにバディウと共に見たように，国家＝状態（諸要素の再グループ化，再現前化）は状況（諸要素を一なるものとして数え上げること，現前化）に対して，絶対的な超過をなす。国家は，状況の住人である個人にとって，共約不可能な超越的存在である。ところで，すでに提示したように，法とは状況の諸部分の関係を統制する言語として，状況の言語に属し，その限りでその担い手は国家である。したがって，法とは状況内の住人にとって，絶対的に分離された，すなわち聖なる機構である。この場合，われわれには法のいかなる自由な使用も許されていない。ところで，国家が必要なのは，カントールの定理に従って，状況の部分集合すべての集合が，状況を量的に超過するからである。したがって，状況はそれ自身に属していないような多数性をそれ自身の内に内包していることになる。このような空虚の出現が状況の構造を解体し，その一貫性を瓦解させないためには，状況を超過する多数性を現前化するもうひとつの計算が必要である。したがって，バディウが

に向けて今ここで介入を際限なく行うものであると言うだけでは，識別不可能なものが現前の領域に開く決定不可能性の空虚を，脱構築的介入が塞ぎにやってくるのか，それをなんらかの仕方で展開し

言うように，「国家はそれが表現するであろうような社会的関係に基づくのではなく，それが禁じる関係‐破綻に基づいている」(EE., p. 125)。国家は状況内の個人ないし諸グループ（例えば階級）の利益関係の破綻が顕在化しないための超越的機構として現われる。国家だけが，諸グループをそれとして数え上げ，その関係を規制し，さらには存在してもよいグループと存在してはならないグループを選別することさえできる。法と権利がほぼ同じことを意味しているように，われわれは権利が国家的権力の外では存在しないということに慣らされてしまっている。したがって，権利という手段の行使は，常に国家によって正当とみなされるような目的に適っている限りにおいて可能なのである。ところで，ある状況ないし世界（あるいは国）のなかの住人の，共同的生における関係の規範化が，超越的な国家の装置を媒介にすることなく可能であるということ，それこそあらゆる解放的政治の可能性を開くものではないだろうか。国家という超越的機構を解することなく，諸個人がその関係を内在的に規範化することができるとすれば，たとえ国家が用いるのとまったく同じ法＝権利を使用しているとしても，このとき法＝権利は聖なる対象ではない。ところで，国家から切り離されたこのような共同的生の可能性は，国家の計算によって識別不可能な多数性，すなわちジェネリックな多数性の可能性を前提とする。というのも，もしこの多数性がすでに国家によって計算されているとすれば，その内在的な組織化は実のところ国家に依存していることになり，その法＝権利使用は国家的使用と区別がつかない（国家によって可能にされた手段／目的に適った法＝権利使用）。またこのような多数性は，国家の計算への単なる反逆によっては形成されえない。法＝権利の単なる侵犯はなおも法＝権利による合法／違法の分割に余すところなくとらわれることであり，そのような多数性はあるいは国家によって破壊されるか，あるいは自身の手段を正当化するために，国家が持つ超越的地位を占めることをもくろむほかないだろう。その場合，その多数性は新たに国家を形成することで，その内在的組織化を放棄することになる（より正当な目的のための手段の行使とそれに引き続くその正当化）。したがって，国家にとって識別不可能なジェネリックな多数性の組織化だけが，法＝権利の自由な使用，すなわち手段／目的から切り離され，その組織化原理をそのプロセスの展開の内にのみ見いだす「純粋な手段」としての法＝権利の自由な使用

ようとするのか区別することができない。不可避の交渉や妥協を通じて，脱構築は自らが呼び出した識別不可能な来たるべきものを自分自身でシステム的なもの，計算可能なものへと組み込んでいるだ

を可能にすると言うことができるのではないだろうか。そしてバディウが言うように，そこに属する要素がそのような国家が操る状況の言語のいかなる限定詞によっても規定されない限りで，この多数性は局地的に平等を（国家が保証する法的平等の外で）実践可能にする。このようなプロセスだけが，革命的暴力，あるいは「純粋暴力」，あるいは単に「政治」（今日のわれわれの課題は，いかに国家の外で，それから距離を取って，政治を構想し実践するかということ以外にはないように思われる）と呼ばれうるのではないだろうか。「純粋暴力は法＝権利と暴力の間の関係をさらけ出し，断ち切る。かくして，それは支配し，執行する（schaltende）暴力としてではなく，ただ単に作用し自己を顕現する（waltende）暴力として現われることができる。そして，このような仕方で純粋暴力と法的暴力，例外状態と革命的暴力の間の関係がかくも緊密であるかに見えるがゆえに，歴史のチェスボード上で対峙する二人の競技者が同じ駒——交互に〈法-の-力〉あるいは純粋な手段——を動かしているように見えるとしても，決定的なことは，それらの区別の基準はいかなる場合においても暴力と法＝権利の関係の断ち切り〔決着〕に依拠しているということである」（*ibid.*, p. 106–107〔邦訳125ページ〕）。そして，国家が状況に対して超越的関係にあり，生の様々な形式（社会的，法的に分類された下位集合）が国家による計算によってのみ可能とみなされるところでのみ，まさに国家によって生が常に「むき出しの生」に還元されてしまう可能性があるとすれば，「むき出しの生のような何かを切り離すことが決して可能ではないような生‐形式」（«Forme-de-vie», in *Moyens sans fins*, trad. fr. par Robert Maggiori et Jean-Baptiste Marongiu, Rivages poche, 2002, p. 20〔邦訳『人権の彼方に』高桑和巳訳，以文社，2000年，19ページ〕）とアガンベンが呼ぶものもまた，国家から引き離された法＝権利の自由な使用が可能なところでのみ構想されうるだろう。すでに明らかであろうが，デリダとアガンベンの間で賭けられているのは，どちらがベンヤミンをより正しく読んだかということではまったくない。それはやはりここでも思惟における方向づけの問題なのである。デリダにとって，識別不可能な多数性の存在が不可能である以上，このような法の自由な使用，国家から切り離された多数性の内在的な組織化は端的に不可能である。そのようなものがもし顕現するとしたら，それは何も現前しないこと（というのも，現前するすべての

けになりかねない。国家（ポリス）的＝再現前（分類）的計算から逃れ去る識別不可能なものへの正義は，まさに脱構築的決断によっ

ものは識別可能なのだから）と同じことである以上，そのような多数性の出現をもくろむあらゆる試みは，存在者の絶滅によって導かれていることになるだろう。しかしながら，デリダの公理に逆らって，識別不可能なものの存在を決定することが可能である以上，デリダがベンヤミンに対して行ったような多少悪意のある仕方で，次のように言ってみたくなる。「デリダは国家という超越的装置の外で，可能な共同的生がありうるとは考えておらず，それが必ずや無秩序なカオスと歯止めのない暴力に陥るのではないかという彼の疑念のなかにあるのは，要するに人民が互いの関係を内在的に規制する政治的能力に対する不信である。その不信こそまさしく国家自身が抱いている不信であり，国家の暴力とその存続を運命化するものである」，と。そのうえ，国家による生の「むき出しの生」への還元の帰結を知っているわれわれにとっては，ここには可能な「妥協」もなければ，ましてやその「運命性」など決して受け入れることのできるものではない。アガンベンの判決はこの点で容赦ないものである。脱構築が，何も意味することなく，何も命じることのない他者の法によって導かれており（『シニェポンジュ』における「事物の法」が思い起こされる），しかもそのようなアポリアの状態から決して抜け出せないとすれば，脱構築は「意味＝内容なしに効力のある Geltung ohne Bedeutung」法的状態としての例外状態を永続化するものである（cf. «Le Messie et le souvrain, Le problème de la loi chez Walter Benjamin», in La Puissance de la pensée, trad. fr. par Joël Gayraud et Martin Rueff, Bibliothèque Rivages, 2006, p. 225)。しかし一方で，直ちに次のことを付け加えておかなければならない。それは，デリダが彼自身「保守的かつ反革命的」と呼ぶベンヤミンの脱構築的読解は，デリダの自身の公理に対する忠実さを示すものだが，そうである限りにおいて，デリダは識別不可能なものの切迫した到来に取り憑かれているのであり，識別不可能なものの解放的政治，革命的政治の来たるべき可能性を決して放棄することはなかったということである。倫理を振りかざす脱構築主義者が，体制としての民主主義ないし法治国家をしかるべき仕方で批判するあらゆる解放的政治の思惟あるいは実践の試みに対して，今日流行のえせ哲学者のやり方で，わけのわからない潜在的全体主義であるとかファシズムであるとかを（脱構築的に？）読み取るとすれば，それは単にデリダから遠く離れているというだけでなく，デリダに明白に逆らっていることになるだろう。

て国家（ポリス）的＝再現前（分類）的システム（法＝権利）のなかに回収されるのかもしれない。にもかかわらず、脱構築は自らがその到来を遮断し続けているところのものの到来を、来たるべきものとして欲望しているだけなのかもしれない。正義の名における法の無限の脱構築可能性を主張するだけの言説は、テクストの無限の読解可能性の解放を謳っていた脱構築主義的テクスト主義と同じ術策を繰り返しているように見える。そのような言説においては、何を読み取り、何を決断したところで絶対的な真理や正義には辿り着けない以上、何をどう行おうが同じことになるのである（つまりすべては解釈なのである）。それでもやはり来たるべき真理や正義を欲望するのだから、それはニヒリズムではないと言うことにどれほどの意味があるだろうか。それは、現前的なあらゆるものの脱構築を通じて、来たるべきものへ空虚な希望を託すことにしかならない。

　脱構築がこのような全般化された彷徨逸脱〔désorientation〕に陥らないためには、脱構築の所産が、それが介入する状況に対して保持しうる異質性がなんらかの仕方で印しづけられなければならないだろう。しかも、そのような異質性を保証するような存在論的基盤が何もないところで、それはなされなければならない。それはひとつの賭けであり、そこには脱構築固有の「勇気」とでも呼びたくなるような何かがある（そしてこれこそまた、少なからぬ者をあれほどいらだたせたところのものだったことになるだろう。そのような者たちには、この賭けは「ペテン」に思えたのだ）。それは単に非実存者の存在を肯定するだけではなく、その他者性を失わせることなく、たとえそれとして書き込むこと、あるいはバディウが言うように局地化することが不可能だとしても、なんらかの仕方でそれが告げられるようにしなければならない。このことは、デリダが「痕跡」と呼んだものの構造と、それに対して脱構築の所産が持つ規定することの困難な関係に関わっているように思われる。このことを

一歩下がって検証することにしよう。

　われわれが明らかにした脱構築の公理においては，一方に現前不可能なものの審級（他者，正義，差延等々）が，他方に形而上学的現前の審級（存在者一般，法，言語等々）がある。脱構築は，その二つの審級を横断するような「存在論」を持たない。にもかかわらず，脱構築が識別不可能なものの到来の切迫さによって突き動かされ，それに対する忠実さにおいて組織されていると言うことができるためには，識別不可能なものはなんらかの仕方でその効果を現前の場に書き込むのでなければならない。そのような書き込みは，バディウにおいてのように，来たるべきものの「物質的な」断片としてではありえない（脱構築はそのような存在を認めることはできない）。この謎めいた来たるべきものの告知をデリダは「痕跡」と呼んでいる。「だがそれにしても囲いの彼方で思考すべきものをわれわれに与えるものはただ単に不在であることはできない。もしそれが不在ならば，それは思考すべき何ものをもわれわれに与えないか，あるいはそれは依然として現前性の否定的様態であるか，そのいずれかということになってしまう。したがってこの超過の記し〔signe〕は可能な一切の現前－不在を，存在者一般の一切の産出もしくは消滅を絶対的に超過するものでなくてはならないが，にもかかわらず同時になんらかの仕方でそれはなおみずからを記す〔se signifier〕のでなければならない。なんらかの仕方でとはつまり形而上学としてのかぎりでの形而上学によっては定式化不可能な仕方でということだ。形而上学を超過するためには，なんらかの痕跡が形而上学のテクストのうちに書き込まれていて，それが合図をする〔faire signe〕のでなければならない〔強調引用者〕。とはいえそれが合図をするのはもう一つ他の現前性とか，もう一つ他の現前性の形式とかの方へではなく，まったく他なるテクストの方へである。〔……〕形而上学のテクストのなかへそうした痕跡が書き込まれる

様態は実に思考不可能なものであって，その書き込み様態は痕跡それ自身の消去として記述されざるをえない」[68]。したがって，識別不可能なものは，形而上学的システムによって識別されるがままにならないその外部へと差し向けるものとして「みずからを記す」のでなければならない（そのような確信を持つことが決してできないまま，この「ねばならない」，「そうに違いない」にすべてはかかっている）。形而上学のシステムのなかでは意味を持ちえないがゆえに，言い換えれば形而上学的述語システムへのいかなる参照も不可能であるがゆえに，一言で言えばいかなる現前者への参照も行わないがゆえに，それは自己参照するほかはない（覚えておられると思うが，これはバディウにおいて出来事の数学素を構成していた）。しかし，そのようなシニフィアンは，まさにそれが現前の場に自らを刻みつける瞬間にも，形而上学的なシステムのなかで「意味する」ようにもなることで自己を消去させることになるだろう（デリダによれば，「差延」さえもそのような形而上学的な名であるほかはないのである）。

脱構築はまさにこのような非実存者として自らを痕跡化する他者への忠実さにおいて介入する。脱構築はまずもって，自らの消去を痕跡化する識別不可能なもののこのような痕跡を「読ま」ねばならない。それはその痕跡を隠蔽しているところのシステムの脱構築（階層的二項対立の転覆，法創設の暴力の暴露等）を経由する。しかしながら，痕跡が自らを消去することの必然性を確認するだけでは，脱構築は単に形而上学的挙措を反復していることになってしまう。というのも，いかなる脱構築の所産も現前的である限りでこのような「痕跡の消去の痕跡」[69]（デリダがたびたび表明しているよう

---

68. 『哲学の余白 上』，前掲書，133 ページ〔原書 76 ページ〕。原語の挿入は引用者。強調は太字から傍点に変更した。
69. 前掲書，134 ページ〔原書 77 ページ〕。

に，そうでないような言語というものは存在しない）であるほかはなく，脱構築された形而上学的システムとはまさにこの「痕跡の消去の痕跡」であるからだ。だからこそ，脱構築は識別不可能なものに自らを関係づける新たな仕方，新たなエクリチュール，スタイル，テクストを実践しなければならない。脱構築が自らをひとつの思惟における方向づけとして構築するためには，形而上学的テクストを脱構築し，そこに隠蔽された「痕跡の消去の痕跡」を明るみにだすだけでは十分ではない。それは痕跡の消去が痕跡化される形而上学的ではないような仕方を実践し，その形而上学的システムからの抜け去りが「まったく他なるテクスト」，そして新たな世界を開くように仕向けなければならない。それなしには，常に同じ形而上学的システムの反復が，そして常に同じ識別不可能なものの忘却があるだけになるだろう。デリダは早くからこのことに意識的だったと言える。『ポジシオン』のなかで彼はこう述べている。脱構築は，単に形而上学的二項対立を論理的に「転覆」ないし，「中立化」するだけでは十分ではない。「それはなおも脱構築されたシステムの土俵上，そしてその内部で作業することである」[70]。さらにデリダは続ける。「それゆえ，層状になり，ずれが入り込んでいると同時にずれを入り込ませるところのまさしくあの二重のエクリチュールによって，高みのものを引きずりおろし，それの純化ないし理想化〔イデア化〕を行う系譜を脱構築する転倒と，新たな〈概念〉，すなわち以前の体制の内にはもはや包摂されるがままになることもなければ決して包摂されることもなかったであろう概念の突発的な出現との隔たりを印しづけなければならない」[71]。したがって，脱構築の操作の所産は，それが脱構築する場から自らを隔てるのでなければな

---

70. *Positions*, *op. cit*., p. 57〔邦訳 61 ページ〕.
71. *Ibid*〔邦訳 61-62 ページ〕.

らない。そしてその隔たりこそが，脱構築の識別不可能な来たるべきものに対する忠実さを印しづけていることになるだろう。それはまた，脱構築されたシステムの内部と外部に同時に属しているような「二重の印〔マーク〕」とも呼ばれる。[72] 非実存者の特異性の書き込みは，新たな世界を告げるようなテクストのある種の実践と不可分なのである。[73]

それは『シニェポンジュ』においては，他者によって署名してもらうこととしての連署の問題として，すなわち，他者の署名によって二重化されたテクストを生み出すこととして考察されている。そこでは，他者としての「事物に自署への興味を抱かせ，それを花押に至るまで惹きつけ，それから署名を奪うためには，それを読まなければならない。すなわちそれを歌い上げ，固有語法的文法へと，そして新たなエクリチュールへと仕立て上げなければならない」(148) と言われる。「読むこと」と「書くこと」の言わば準－同一性は，ここで脱構築という操作そのものの分離不可能な二つの局面を印しづけていると言うことができる。

しかしながら，われわれの考えでは，このような固有語法こそ脱構築がそれとして問うことのできないものである。そもそも，「いかなる哲学素もそうした痕跡を支配する備えをもたない。そうした痕跡は支配を逃れざるをえないまさに当のもの（である）」とデリダは言う。[74] それはただ単に，痕跡がいかなる計算も逃れるものである以上，それが自らを，しかも単に自己消去としてだけではなく，

---

72. *La dissémination*, *op. cit*., p. 10.
73. さらに次の一節も引いておこう。「形而上学は連鎖のある種の規定，ある方向づけられた動きである。それに対立させることができるのはひとつの概念ではなく，テクストをなすひとつの仕事であり，何か別の連鎖を作り出すことである」(*ibid*., p. 12)。
74. 『哲学の余白　上』前掲書，133 ページ〔原書 76 ページ〕。

根源的に異他的であるような何ものかとして示す仕方を定義することができないとか，ましてやそのようなテクストを意図的に書くことができないというだけではない。そもそも，脱構築はこのような存在者の今ここにおける存在を存在論的に禁じているのである。脱構築は自らの操作が今ここに産出する所産のきわめて特異な存在様態を問うことができない。にもかかわらず，脱構築的なテクストの実践は，自らを自らが従っている存在論的な公理に対する例外として構築しなければならない（それが意味するのは，脱構築はポスト出来事的な手続であるだけでなく，自ら出来事であろうとする手続であるということである）。他者がそこに署名してくれるかどうか決して確信も持てないまま，脱構築は自らの所産を絶対的な偶然性に宙吊りにする。脱構築は，その都度そのような賭けである（そしてこれこそ脱構築が要求する「勇気」である）。だからこそ，この賭けの無根拠，その深淵を耐え忍ぶことのできない脱構築主義は，自らの行為の「正しさ」やその暴力の少なさを確証すべく，しばしば決断主義に特有なある種の主観的なパトスを召喚するか，あるいは（いや，むしろその帰結として）この深淵をその倫理的価値が自明に思われるようななんらかの客観的な目的（人道，犠牲者への配慮等々）によってひそかに満たすだろう[75]。しかし，デリダが脱構築の名のもとに実践した哲学それ自体は，そのようなパトスや順応主義とは無縁のものであり，そうであるがゆえにより困難なものであるように思われる。

われわれが非-問いと呼ぶものの性格と，脱構築の賭け金をなしているものを明らかにするために，『シニェポンジュ』における署

---

75. ここでは「哲学的立場取り」に関するデリダの次のような教訓を書きとめておくだけで十分だろう。「この立場取りという観念を，最終的に心理主義的で，主観的で，道徳的で主意主義的なあらゆる規定から引き離すことが必要である」(*Positions, op. cit.*, p. 130〔邦訳140ページ〕)。

名と連署の議論に立ち戻ることにしよう。そこでポンジュの詩作は，事物の法のもとに他者なる事物へ応答すべく，事物の固有語法を作り出すこととして論じられている。応答は署名者独自のものでなければならない以上，この固有語法は同時に事物とポンジュに固有なものとならなければならない。それがポンジュの詩作における署名と連署のエコノミーを形成する。ポンジュのテクストは，言わば同時にポンジュと事物によって署名されている。むしろテクストそのものが，同時にポンジュの署名であり事物の署名であると言ったほうがいいだろう。しかしながら，いかなる署名も，生み出されるや否や反復可能性によって運び去られてしまう。したがって，他者の署名は，その特異性が消去されることでしか到来しなかったことになるだろう。つまり端的に，他者による署名は不可能であるということになるだろう。事物の法は不可能なものの経験である。にもかかわらず，デリダはポンジュがこのような不可能なことに成功したと言う（143）。だが，そのようなテクストがどのようなものでありうるのかは一切問われることはなく，その後にはただポンジュのテクストから抜粋された例（例なき例）が並べられるだけである。「固有語法的文法」あるいは「新たなエクリチュール」とはどのようなものなのか，それが他の諸々のエクリチュールと区別される何か特別な存在様態を持ちうるのかどうか，その固有語法が持ちうる特異性とはいかなるものなのか，そうしたことはそれ自体としては問われていない。というのも，署名の不可能性かつ可能性の条件をなす署名の法のもとでは，まったき他者であるような事物の到来の出来事性がなんらかの特異な痕跡を残すことはできないからである。出来事の署名の特異性が，署名としての限りで消え去らざるをえないということ，それこそが識別不可能なものの現前を不可能にする署名の法であり，差延の法なのである。デリダがポンジュのテクストの内に見て取るのは，むしろ残るために消えるのでなければなら

ない署名のこのようなパラドックスそのものが，テクストのなかで舞台に乗せられているということである。ひとつの署名はどのように事物となり，どのようにそれが固有名と共通名の慣習的な境界を消え去らせるのか，固有性の脱固有化を引き起こす入れ子化をポンジュのテクストは論じると同時に実践しているのである。だからこそ，ポンジュのテクストはこの問題に関して「法宣言と一体をなすひとつの代替不可能な事例」(132) であると言われるのである。テクストの特異性について論理的に語ることが不可能なところで，ポ・ン・ジ・ュ・の・テ・ク・ス・ト・の・特異性は，こ・の・特・異・性・が・テ・ク・ス・ト・に・お・い・て・消・え・去・る・と・いうことそのものを示すという入れ子になった反省性に見いだされる。

　とはいえ，このようにまとめてしまえば，われわれは他者を実体化する危険を冒すことになる。ここでは，他者の特異性は，単に言語の一般性によって完全に描写したり表現したりすることのできない経験的かつ客体的な現前的存在者の特殊性に還元されかねない。そして他者の固有語法の不可能性ないしそのアポリアの経験は，単に特殊性と言語の一般性の偽りのジレンマに起因するだけのものになる。他者の特異性が言語の内に消え去るという事柄は，慣習的なデリダの解釈に応じて，「特異性」と一般性のアポリアと他者への応答責任としての正義の不可能性に関する堂々巡りの言説に場を与えるように見える。このような応答責任は，他者の他者性および特異性がそれとして同定可能であることを前提とする。このような解釈の問題点はすでに指摘した。ところで，『シニェポンジュ』においてデリダは，ポンジュをめぐってなされた現象学と擬人主義の議論に抗して，事物を他者として提示している。したがって，他者は当然主観の投影でもなければ，単に客体化可能な経験的で外在的な存在者でもないわけである。他者は「自己への関係」さえ持たないのだから，いかなる同一性の付与からも逃れ去っているはずである。

だとすれば，他者の特異性と言語の間で生じる事柄についての別の物語，少なくともこの同じ物語の別のヴァージョンが必要だろう。[76]

確かに，個別的存在者の言語への書き込みは，その反復可能性を開く限りでその特殊性を消去する。しかしながら，そのような反復可能性は，その都度「同じもの」を再認可能にするところで，その同じものにとって構成的な差異化を現前不可能で識別不可能な他者として開く。実のところ，言語的システムの内に書き込まれることで問題になっているのは，自らの存在が絶えず他者化すること，そしてそのような他者化においてのみ自己のような何かが構成されることとしての差延ないし脱固有化の経験にほかならない。このような自己からのずれは，いかなる同一性の付与，いかなる述語の付与からも逃れ去る限りで，特異であり，識別不可能なものそのものである。それは現前不可能な非実存者だが，そのようなものとしてあらゆる現前的存在者，そして現前的諸存在者の差異の可能性の条件である。それはスポンジのように（これこそ「他者なる事物」の範列をなすフィギュールである），何ものでもないことによってすべてである。

---

76. デリダにおける他者の議論は，確かにその位置づけに関して曖昧さがあるように思われる。それは一方で，現前性の場から根源的に抜け去っている来たるべきものとしての他者を指し，他方ではすべての経験的他者（他人）を指してもいるようでもある。また同時に，デリダは一方から他方へ前置きなく移行しているように思えることもある。われわれはすでに，「すべての他者はまったき他者である」という公理に関して，他者のあらゆる実体化を免れうると同時に，デリダの哲学的諸言表を両立可能である唯一可能と思われる解釈を提示したが，この論考の主要な眼目（リスク）のひとつは，このような曖昧さが，今日脱構築を一方で経験の多様とその都度唯一の瞬間に疲弊するかなり矮小な経験主義に，他方であらゆる他者を聖化する全般化された神学に近づけているように見えるものから，脱構築を引き離す原則を提示することであり，そこから出発して脱構築の政治的射程に関する問いを立て直すことを提案することである。

デリダにおいて固有名ないし署名の問いがきわめて重要な地位を占めているのは、おそらく固有名がこのような差延の経験、固有性と非固有性の識別不可能化、固有性の根源的な分割の物語の、言うなれば速記的記述ないし刻印だからであろう。固有なものは、それとして存在するためには常に分割され二重化（反復）されなければならない。固有名を書き込むその都度、実のところわれわれはわれわれ自身の存在を構成する差延を経験する。しかしそれは非現前的なものにとどまる限りで、常にすでに忘却されている。ポンジュは、自らの署名をテクストにし、テクストを事物にすることで、署名の内にその可能性の条件として含まれている無限の反復可能性を主題とすることなく、そして説明することなく示し、固有性にとって構成的な脱固有化が、その都度自己同一的な現前的存在者が識別されるところで、その同一性の内に現前することのないまったき他者性の隔たりを開いていることを物語ったことになるだろう。そして他者をその都度その同一性からずらすところのもの、すなわちその他者性に、決して我有化することのできない自身の他者性（自らの固有名のスポンジ化）をもってして応答したことになるだろう。[77]だからこそデリダは次のように言うのである。「この二重になった未聞の名のチャンスにもかかわらず（他の者たちが強制なくこの名の担い手であることは可能である）、広大無辺な自筆署名は不可視なるものにゆだねられ、ざわめくだけで不能な自己触発の類、つまらな

---

77. ここで働いている論理を、次に引用するカトリーヌ・マラブーの一節以上にうまく言い表わすことはできない。「おそらく他者の他者性とは、私が自らを変形することができ、自らの位置をずらすことができ、私と他者を親類にすべく私を越えて私を運んでいくことができるというこの奇妙な能力として、私の内で、私に向けて告げられるところのものであり、この能力の存在は、まさしく他者によって、私に明かされたのである」(Catherine Malabou, *Le Change Heidegger – Du fantastique en philosophie*, Léo Scheer, 2004)。

いナルシシズムの隷属的なうぬぼれにとどまることだろう，もし彼が事物の無言で専制的な法に従って，借りを実質的に，つまり世界において帳消しにすべくあれほどの力を発揮しなかったならば。私は事を強調しすぎることはしたくないが，つまりある使命を果たし，そこから手を洗うべく力を発揮しなかったならば。彼の名の使命，事物によって彼にゆだねられた使命を。**自然から受けた貸付を弁済すべく**」。さらにデリダは続ける。「もし署名者が（だが誰なのか），スレート盤に記載された借りをスポンジで拭い取り，今度は彼が事物に対して代償なき贈与を行うために，事物に署名への興味を持たせるのでなかったならば，名によるすべての署名がこのような巨像的テクストを生み出すことにはならなかっただろう」(141-142)。ここで生じている事柄こそ，おそらくデリダが「**伝統的な意味での出来事というものを持たない物語＝歴史**」（というのも，そこでは何ひとつ現前的な場に出来しないのだから），「**言語とエクリチュールが事物そのものを他者として，事物そのものの範列であるスポンジタオルを他なる事物，接近できない他なる事物，不可能な主題＝主体として書き込むときのそれらの物語＝歴史**」，そして「**それによってのみ，事物が他者として，そして他なる事物として，固有化＝我有化不可能な出来事（深淵における〔入れ子状の〕Ereignis）の様相で出来することができる**」ような「**ひとつの寓話＝作り話，フィクションという資格での物語＝歴史，言語のシミュラークルあるいは言語効果（fabula）**」(116-117) と呼んでいるところのものだろう。そして，まさにこのようなエクリチュールにおいてこそ，他者が現前的でも不在であることもなく，その署名を残すのである。ここにデリダが署名の第三の様態と呼んでいたものが見いだされる。それは，「入れ子化がなす襞」(63) であり，そこでは，あらゆる署名の可能性と不可能性の条件としての，すなわち差延としてのエクリチュール自身が，この決して現前することのない形而上学の他者，

その外部が，同時にひとつの物質的なエクリチュールとして自らを指し示し，自らに署名するのである。こうしてエクリチュールが現前の場から自らの抜け去りを痕跡化するとき，「他者こそが，他者としての事物こそが署名する」(64)（他者としての事物とはスポンジが形象化している事物の事物性であったことを思い起こさなければならない）ことになるだろう。他者の署名にポンジュは成功したことになるのだろうか。だが，この他者の署名に関して，ポンジュは何ひとつ計算することはできなかったことになるだろう。ポンジュのあらゆる断固たる決意を超えて，他者が決断したことになるだろう。ポンジュはただ，あらゆる決断は偶然性にゆだねられることでしか，いかなる応答責任を果たすこともできないということを知っていたということになるだろう。そしてだからこそ，そのような署名はデリダの連署を必要としたということになるだろう。[78]

このようなパースペクティヴのもとでは（おそらくはデリダの言わんとすることを越えて），連署の問題は新たな射程（とりわけ政治的射程）を持つように思われる。署名においてその都度問題になっているのが自己の脱固有化の経験，すなわち差延に属しているところの自己の存在であるとすれば，そしてそれが事物の側でもポンジュの側でも，すなわち連署する二人の署名者にとって同じことだとすれば，連署において共有されているのは，いかなる共通な固有性でもなく，「同じものの境位」としての差延ということになるか

---

78. このような他者の決断だけが，正義と法の脱構築的関係を危うい決断主義から引き離しうるように思われるが，そのことはまた，法の「自由な使用」（すなわち脱構築が形而上学的言語に関して行っているようなエクリチュールの実践）の可能性が開かれていない限りで，法の脱構築が結局のところありきたりな倫理主義や順応主義に陥らざるをえない（あるいはそれに見紛うほど類似せざるをえない）という，脱構築の実践の困難を指し示しているように見える。

らである。

　固有名のパフォーマティヴな性質はこのことに無関係ではないだろう。固有名はその発話によって，それが名指すところのものをなんらかの固有性によって定義可能なクラスに組み込むのではない。固有名がなすクラスの固有性は，その発話の外では存続しない。それはただ「そのように名指されてあること」でしかないからである。この意味で，固有名は純粋な実存（ただ在ること）を定立すると言える。しかしながら，デリダによれば，この名指されることこそ脱固有化の経験そのものである。それは単に，無限の同形異義の可能性を開くだけでなく，あらゆる換喩的，隠喩的，あるいは判じ物的等々の偏流によって触発され，名とそれが指し示しているところのものを即座に分離することになる。そのような分離は，固有名の発話に後から付け加わりに繰るような偶発事ではない。

　では連署においては何が生じているのだろうか。デリダはポンジュにおける事物への連署の問題を，二重に署名されたたったひとつの署名の産出として考察する。したがって，ここではひとつの名のもとに二つの要素が集められることが問題なわけである。このようなクラスは，そこに属する要素の表象可能な固有性のいかなる共通性にも依存しない。ここではひとつの出会いが問題なのである。（というよりもむしろ，そのような出会いのみが出会いなのであると言わねばならない。共通のものを有することによって条件づけられているような出会いは出会いではないだろう。）たとえこの二つの要素になんらかの共通性があるとしても，それらが共にあることは，この共通性からは導き出されない。デリダが言うように，「この場合，事物と私ということは私が私と関係のない他者と関係に入ることを想定する」(153)。それは他者としての事物が「署名としてのエクリチュールとなり，フランシス・ポンジュとある契約取引の絶対的な固有語法，すなわち連署されたただひとつの署名，二重

に署名するただひとつの事物を締結する」(58)ことである。

ところで，このような出会いにおいてパフォーマティヴに構成された名への帰属において問題になっているのは，「言語 - 内 - 存在」，すなわち差延への帰属にほかならない。そこで私と他者は，互いにとって我有化不可能なそれぞれの他者性を，そしてそれのみを共有していることになる。したがって，署名と連署のエコノミーがなす多数性とは，差延への帰属以外のいかなる帰属条件も持たず，そしてそのことによって客観的に規定可能ないかなる同一性を持つこともない，識別不可能な多数性なのである。

かくして，差延が構成しうる識別不可能な多数性は，アガンベンが「どれでもいい特異性たちの共同体」と呼ぶものに類似するかに見える。「だが，特異性はひとつの同一性を主張することなく共同体を構成するということ，人間たちが表象＝代理可能な帰属条件なしに（単なる前提と言う形式においてさえそういったものなしに）共 - 帰属するということは，国家がいかなる場合においても許容することができないものを構成する」(79)。国家がこのような識別不可能な多数性を許容できないのは，それが国家にとって明白に対抗的な勢力をなすからではなく，それが国家の操作（再現前，すなわち固

---

79. G. Agamben, *La communauté qui vient*, *op. cit.*, p. 89：より最近の論考のなかで，この同じ論理は「友愛」という多数性の論理としても提示された。そこでアガンベンは次のように述べている。「友とはひとつの他なる自我ではなく，同じもの性のなかに内在する他者性であり，同じものが他者になること〔同じものの他者生成〕である。私が私の実存を甘美なものとして知覚するところでは，私の感覚は，それを脱臼し，友のほうへ，他者そのもののほうへと逸らせるひとつの共 - 感することによって横断されている。友愛とは，自己の最も内密なる感覚のまさに中枢におけるこの脱主体化である」(*L'amitié*, trad. fr. par Martin Rueff, Payot & Rivages, 2007, p. 34-35)。したがって，「友たちは何かを共有＝分割するのではない（出生，法，場，趣味）。彼らは友愛の経験によって常にすでに共有＝分割されているのである」(*ibid.*, p. 40)。

有性による識別とそれに応じての分類）の無能さをさらけ出す限りにおいて、「国家にとって絶対的に無意味」だからである。しかし類似はここまでである。というのもデリダにとって、「表象＝代理可能な帰属条件なし」の帰属を構成するところのものそのものは決して現前することはなく、現前するのはただ、その都度なんらかの仕方で識別され、階層化され、対立しもするような差異ある存在者でしかないからである。署名と連署のエコノミーは、要素を集めるところのものが同時にそれを離反させるものであるような、パラドクサルな多数性としてしか形成されることはできない。それは、「何も交換されず、強制された（不可能な〔付き合いきれない〕、近づきがたい）当事者たちが無関係にとどまり、彼らが相互に最も結びつけられているときにすべてから解放されているような契約」（142）である。ここでは、出会いと分離は同じことなのである。署名がその都度なんらかのエコノミーに巻き込まれ、識別されるがままにならざるをえないところで、識別不可能な多数性は「場を持ち生じたことになるだろう」と「場を持ち生じることになるだろう」という、起源なき起源として来たるべきものであり続ける奇妙な前未来の時制に宙吊りにされたままであるだろう。このような多数性を、デリダが「共同体」と呼ぶことに警戒的だった理由は明らかだと思われる。このような決して現前することのない（あるいは多数性として消去されることでしか到来しない）多数性を、デリダはむしろ「友愛」と呼ぶことを好んだのである。

　かくしてテクストだけが残るのである。あたかも、「場を持ち生じたであろう」前未来形の出会い（出会いなき出会い）の一瞬の閃

---

80. *Ibid*.
81. したがって、アガンベンが脱構築を「行き詰まりになったメシアニズム」あるいは「メシア的テーマの中断」と規定しているのは納得のいくことである（*Le temps qui reste*, *op. cit*., p. 174-175〔邦訳 166-168 ページ〕）。

光を証言するためであるかのように。この固有語法の内に，この「場を持ち生じたであろう」出来事，現前したことなく，現前せず，現前することのないだろう出来事へと差し向ける何かが，すなわち他者の署名が残っているかどうか，確信を持って言うことを可能にするものは何もない。しかしながら，このような友愛に満ちた識別不可能な多数性の到来の約束に，デリダは忠実であることをやめなかったのではないだろうか。少なくとも，彼の「新たなインターナショナル」の提案の内に，そのことを読み取ることができる。そこで，デリダはブランショと共に，マルクスによって思考することを課されているところのものを次のように規定する。「［……］われわれにまずもって要求されていることになるであろうものは，雑多なものそのものの〈一緒にとどめおくこと〉を思考することである。雑多なものを一緒にとどめおくことではなく，雑多なもの自身が，脱‐連接，分散あるいは差異を傷つけることなく，そして他者の異他性を消し去ることなく一緒にとどまっているところに赴くことである。われわれに要求（それは厳命なのかもしれない）されているのは，来たるべき未来にわれわれが赴くことであり，このわれわれの内に加わることである。すなわち，概念も規定の保証もなく，知もないこの奇妙な接合すること，連結ないし分離の綜合的接合のない，あるいはそれに先立つこの接合することに雑多なものが赴くところに。配偶者〔共に接合された者〕なき，組織なき，党なき，国民なき，国家なき，固有性＝所有なき合流〔再結合〕の盟約（もっと後で，われわれが新たなインターナショナルという異名を与えようと思っている〈共産主義〉）」。[82]

しかしながら，そのような共産主義の可能性は，来たるべきもの

---

82. *Spectres de Marx*, *op. cit.*, p. 57-58〔邦訳 76 ページ〕：それはまた，「コーラの唯物主義」とも呼ばれている（cf. *ibid*., p. 267〔邦訳 346 ページ〕）。

にとどまるだろう。そしてそのようなものを思考することができるのは，時間のたががはずれる瞬間，「脱臼した現在」の決して現前することのない時間においてだけだろう。にもかかわらず，脱構築の二つの公理に忠実であり続ける者は，安心させてくれるような確信が不可能なところで，そのような「何か」を，そしてそれが差し向ける常にすでに過ぎ去っていると同時に切迫した到来を断固として肯定するだろう。そしてそのような肯定は，その確信が出来事の出来事性を失わせてしまうことがないように，デリダが好んだひとつの固有語法によって刻印されているだろう。Peut-être と。デリダは，エクリチュールの概念ではない概念とその実践をもってして，来たるべき新たな世界の到来を，今ここにおいて告げようとしたのである。

　　おそらく〔peut-être〕，なおも暫定的にエクリチュールと呼ばれているものをめぐる忍耐強い省察と厳密なアンケートは，エクリチュールの科学の手前にとどまっていたり，あるいはなんらかの蒙昧主義めいた反発からそれを追い払ったりすることなどまったくなく，逆にそれがその実証性を可能な限り遠くまで発展するようにさせるならば，還元不可能な仕方で来たるべきものである世界に忠実で注意深くあるひとつの思惟の彷徨であるだろう。この世界は，現在において，知の閉域の向こう側に予告される。未来は，絶対的な危険の形でしか予期されることはできない。それは，構成された正常性と絶対的に縁を切るところのものであり，つまりは怪物＝奇形性の形をとってしか自らを告げること，自らを現前させることができない。この来たるべき世界にとって，そしてそのなかで，記号，パロール，

---

83. Cf. *ibid*., p. 41〔邦訳 53 ページ〕.

エクリチュールといった諸価値を揺り動かすことになるであろうものにとって，ここでわれわれの前未来を導いているものにとって，銘句はまだない。[84]

デリダに忠実であること，それはデリダのテクストが，このような怪物であることを肯定し，それを読み，そして連署することであるのかもしれない。

私のデリダへの連署は，脱構築的なものではなかったことになるだろう。そのような連署は，私には不可能であるように思われた。

---

84. *De la grammatologie, op. cit.*, p. 14〔邦訳 18-19 ページ〕：この一節は，驚くべき仕方で，脱構築とバディウの真理手続の親近性を記述している。しかしバディウによれば，哲学はそれ自体真理手続となることなく，真理手続の概念（真理の空虚な概念）を提示することで，哲学の条件をなす四つの真理手続，すなわち愛，芸術，科学，政治の「共可能性」を表明するだけにとどまらねばならない。脱構築が，むしろ積極的にこれら四つの領域と混交し，これらの領域の複合的な真理手続のようなものとして組織化されているのを見るのは，非常に興味深いことである（政治と愛，諸人文科学と芸術といったテーマ的なレヴェルの混交だけではなく，そのエクリチュールにおける少なからず文学的なスタイルと論証の科学的な厳密さ，「実証性」の混交）。このように言うことで，われわれはバディウが表明し，その終焉を要求する哲学のその諸条件との混同（「縫合」）のテーゼに同意することになるのだが，にもかかわらず，脱構築はバディウがこのような縫合から帰結しうる災厄（それ自身を真理手続として提示する哲学は，真理の空虚な概念を満たし，真理の複数性を抹消するような大文字の唯一の真理を構築する）と呼ぶものとは無縁であることは強調しておかなければならない（Cf. *Conditions*, Seuil, 1992, p. 70-76）。翻って，バディウが哲学に与えている地位には，ドゥルーズが早くから指摘していたように，哲学と諸真理手続の条件関係を逆転させ，哲学がそれぞれの特異な真理手続に「それがそうでなければならぬところのもの」を指定する危険が潜んでいるのかもしれない。

デリダがポンジュに行ったような連署，ポンジュの署名を奪うそのエクリチュールの驚異的なパフォーマンスは，私には到底実践不可能であると思われた。だが，脱構築はそのようなエクリチュールの発明を不可避に要求する。だから，脱構築の図式化可能な論理だけを，様々な事例に適用する脱構築主義（以後，私はこのようなエクリチュールの実践を欠いた脱構築を脱構築主義と呼ぶことにするが）は，デリダから遠く離れていることになるだろう。私には，そのようなエクリチュールが政治的領域（政治的言説の領域ではなく）でどのような形態を持ちうるのか（すなわちどのような政治的主体を組織しうるのか）想像することもできない。だから，私は他のやり方でデリダに連署することを夢見たのである。それは，脱構築をその思惟の方向づけをなす決断のところまで導き，他の決断が可能であることを示すことによってであった。それは，他の決断がより優れているとか劣っているなどというようなことを示すためではまったくなく，デリダの思惟がいかに自らがなした決断に忠実であり続けたか，そしてその忠実さによって，その思惟が（その名に値するすべての思惟同様）いかに険しい諸拘束のなかで組織化されているのかを，わずかにでも明らかにするためであった。そうすることで，私はデリダの思惟の特異性と稀少性の署名を，デリダとはまったく異なるやり方で盗もうとしたことになるだろう。「私はこの不調を代補し，あるほかの機械でもって任務を確実に行うことを望んだのである」と言えば，私はなおもデリダの法に服していることになるだろうか。

・・・

最後に，この翻訳について二，三付け加えておきたい。このテクストが，デリダのポンジュに対する連署をなすこと（そしてそれが

いかなる条件において連署なのか）を確認した今となっては，それがいかに翻訳不可能なものであるかは明白であるだろう。とはいえ，この翻訳不可能なものは，デリダにとっても（そしてポンジュにとっても）翻訳不可能だったのであり，翻訳するとは，デリダに特有の論理に従うなら，翻訳不可能なものが翻訳されるがままになるところで，この翻訳を可能にしたものそのものが翻訳不可能なものとして自らを消去することの，そして自らを消去させることによってのみ「残る」ことのアポリア的な経験なのかもしれない（したがって，どこかに何か翻訳不可能なもの，翻訳不可能な存在者がいるわけではないのだ）。このような翻訳に際してのデリダの戦略は，デリダ自身そう言っているように，ポンジュのある種のミメーシスであったと言える。しかしこのミメーシスは，ポンジュのテクストのなかで，決して生じなかったであろうもの，決してそれとして現前しなかったことになるであろうものを模倣するようなミメーシスである。ポンジュのスタイルを反復しながら，デリダのエクリチュールはそのアクロバティックな性格をいっそう研ぎ澄ませることで，ポンジュのテクストすべてを口述筆記させていると同時に，その固有の非実存者となっている，まさに「スポンジ」のようなテクストを生み出している。言葉の「固有な」意味と「隠喩的な」意味はもはや厳密に判別不可能になり，言葉同士はその語源的，音声的，書字的類似によって互いに送り返され，明示的ないし暗示的な引用がちりばめられることでテクストは他の無数のテクストに接続される。

　このようなテクストを翻訳しなければならないとすれば，われわれはなんらかの決断を迫られることになる。しかも，文法構造や語彙の組成においてフランス語からかけ離れた日本語に翻訳するとなれば，その困難は（事実上は）いっそう増すばかりである。日本語でデリダのようなスタイルを反復する能力のない私の立場取り〔parti pris〕は，そのスタイルの紆余屈折にもかかわらず，デリダ

のテクストの内に常に認められる(と私には思われる)論証の厳密さを取り出すことだったと言える。それは,デリダのエクリチュールの隠喩的＝パラダイム的な構造よりもそのシンタックスによって表現されているものに忠実であることだが,それは必ずしも(訳者の力量不足を問題にしないでおけば),テクストにおける散種の作用をないがしろにすることではないと思う。デリダの言葉遊びは,その論理的な厳密さによって支えられることでこそ,なんらかの隠された意味へと導くような単なる言葉遊びとなることなく,まさに複数の意味が決定不可能なままであるようなテクストを織り成すように思われるからである。したがって,まずそれぞれの文の論理関係が明白であることをできる限り心がけたつもりである。語彙や表現のレヴェルでも,それぞれの語や表現の選択が文脈の論理的関係の把握に必要な場合,原文を挿入したり,さらには注で語源的な意味や組成等を指示したりした。読者がそこから独自の解釈を行ってくれれば幸いである。基本的には無駄にこちらの解釈を提示することは避けるようにしたが,複数の解釈が可能な場合,翻訳の根拠を説明する必要があるときに限って,可能な解釈を注のなかで提示したところもある。引用に関しては,それが織り成しうる間テクスト性は権利上無限である以上,基本的には明示的な場合のみ文献を指示することにとどめた。特にデリダの他のテクストとの関連はいたるところで指摘可能なため,ごく必要最小限に抑えた。しかし訳語の選択等を正当化する必要があるときは,明示的でない場合でも文献を指示した。注が多くなり,テクストそのものが読みづらくなったと感じられるかもしれないが,ひとつの語,ひとつの表現ごとに立ち止まって吟味することを要求するこの読みづらさは,デリダのテクストそのもののものであると思ってご容赦いただければ幸いである。

　フランシス・ポンジュについてであるが,ここではその伝記を紹

介したり作品の全体像を解説したりする余裕はない。戦後フランスの最も重要な詩人の一人であることは間違いないが，日本ではシャールやミショーに比べると認知度も低く，手に入りやすい翻訳も少ないのが現状である。私の知る限り，ポンジュの詩のまとまった翻訳で薦められるのは阿部良雄氏のものだけである。いずれも選集をなす翻訳だが，ポンジュの詩を日本語で読みたい読者は以下二冊を読まれるのがいいだろう（残念ながらいずれも入手は困難である）。

・『ポンジュ　人・語・物』，筑摩書房，1974 年
・『フランシス・ポンジュ詩集』，小沢書店，1996 年

　前者には長い試論が付されており，翻訳とあわせて読まれればポンジュについて知見を深めたい読者には最良の手引きとなるはずである。後者にも短い論文が付されているので，読まれることをお勧めする。おそらくより手に入りやすいと思われる阿部氏の論文，「表象の遅延行為としてのテクスト」（『表象のディスクール第 2 巻　テクスト－危機の言説』所収，小林康夫・松浦寿輝編，東京大学出版会，2000 年）も紹介しておく。また，ソレルスとの対談は『物が私語するとき——ポンジュ，ソレルスの対話』という題で出版されている（諸田和治訳，新潮社，1975 年）ので参考にされたい。この翻訳に際して，これらの翻訳を直接参考にすることはなかったが，まだ修士の学生だったころに阿部氏の翻訳から多くを学んだことをここに記しておく。

　ポンジュに関する論文ということになると，日本語で読めるものはより限られてくるかもしれないが，やはりサルトルの「人と物」（『シチュアシオン I　サルトル全集第 11 巻』所収，鈴木道彦・海老坂武訳，人文書院，1965 年）を挙げないわけにはいかないだろう。それから，ジャン＝ピエール・リシャールの『現代詩 11 の研

究』に収められたポンジュ論（弓削三男訳，思潮社，1971年）も挙げておく。

　デリダとポンジュの個人的な関係ということなると，『テル・ケル』派との関わり等，言うべきことはたくさんあるのかもしれないが，それは私の能力を超えている問題である。デリダによるポンジュの言及はこのテクスト以外にも比較的多く，テクスト内でも指摘された「他者の発明」以外にも，『視線の権利読解（"Lecture" *de Droits de regards*, Minuit, 1985)』（邦訳『視線の権利』，鈴村和成訳，哲学書房，1988年）や『域（*Parages*, Galilée, nouvelle éd. augmentée, 2003)』所収の「明確にすべきタイトル（*Titre à préciser*)」，『中断符点（*Points de suspension*, Galilée, 1992)』に収められた対談「連署（*Contrsignatures*)」等のなかでポンジュのテクストへの言及が見られるほか，ポンジュの名や作品へのちょっとした言及となるとかなりの数に上ると思われる。さらに，『シニェポンジュ』の発表後，この講演にも居合わせていたポンジュ研究家，ジェラール・ファラッスと1992年に行った対談（というよりデリダがファラッスの質問に即興で答えるというものだが）が，現在では一冊の本となって出版されている（*Déplier Ponge–Entretin avec Gérard Farasse*, Presses Universitaires du Septentrion, 2005)。興味のある方は参考にされると，このテクストの理解に大いに役立つだろう。

　最後に，訳者解題のなかで時折言及した政治に関わる諸例について一言付け加えておきたい。たとえこれらの例が，今日の世界において一定のグローバリティを持っているとしても，フランスの政治事情に詳しい読者は，これらの例のなかにフランスにおける近年の政治状況をたやすく認められたことと思う。とりわけ，ニコラ・サルコジの大統領就任に伴う「移民および国民同一性省」（正確には「移民，同化，国民同一性および共同発展省」と言うらしい）の発足（より決定的にはそれ以前のサルコジによる移民法の改正）以降，

サン゠パピエと呼ばれる労働者たちの抑圧と排除が日々行われている。国家は「共同体優先」の名のもとに，新たに EU に加わった旧東欧諸国の労働者によるアフリカ系労働者の入れ替えをためらいもなく口にしている。国家による「不法滞在者（clandestin）」（この語が含意しているのは「犯罪者」，「窃盗者」といったことである）という名の押し付けに，勇気あるこの労働者たち（非実存者）は「われわれはこの国に生きるすべての者同様，ここで暮らし働く労働者である」と答えることで（実際，彼らの多くは正式な契約のもとに雇用され，税金や年金，社会保障の分担金等を納め，過酷な肉体労働を行う労働者である。唯一彼らの滞在許可証が偽物であったということを除けば。しかし，なぜ彼らの労働は，彼らの給与明細は，彼らにしかるべき権利を与えてくれないのだろうか），国家＝ポリス的な分断の論理に平等原則を突きつけている。問題は，単にこの社会的に規定可能な労働者たちへの連帯ではなく，単に人種差別の断罪あるいは人道的配慮というだけでもなく，彼らが被っている暴力の内に，国家がその成員を分断，選別し，存在してはならない者たち（存在する価値のない者たち）の排除によって，そこにある一定の同質性を植え込もうとする，われわれすべてに関わる暴力を見て取ることではないだろうか。分断を脱構築することへのこの呼びかけは，まだ実質的な力を持つまでにはなっていない。だが，彼らと共にこの国に生きる者として，そして彼ら同様この国で起きていることへの不安を共有する者として，私は彼らへの連帯をわずかでもここに書き込んでおかないわけにはいかなかった。

2008 年 1 月　パリにて

梶 田　裕

《叢書・ウニベルシタス　892》
シニェポンジュ

2008年7月25日　　初版第1刷発行

ジャック・デリダ
梶田　裕 訳
発行所　財団法人　法政大学出版局
〒102-0073　東京都千代田区九段北3-2-7
電話03(5214)5540／振替00160-6-95814
製版，印刷　三和印刷／誠製本
ⓒ 2008 Hosei University Press
Printed in Japan

ISBN 978-4-588-00892-4

著者

ジャック・デリダ（Jacques Derrida）
1930年アルジェに生まれる．パリのエコール・ノルマル・シュペリウールで哲学を専攻．同校の哲学教授を経て，社会科学高等研究院教授をつとめた．ロゴス中心主義の脱構築を提唱し，「神の死」のあとに到来した今日の知的状況をこのうえなき冷徹な眼で分析する現代フランスの代表的な哲学者．1983年にフランス政府派遣の文化使節として来日，その時の記録が『他者の言語——デリダの日本講演』として刊行されている．そのほか邦訳書に，『エクリチュールと差異（上下）』，『絵画における真理（上下）』『法の力』，『ユリシーズ　グラモフォン』，『有限責任会社』，『哲学の余白（上下）』，『デリダとの対話』(以上は法政大学出版局)，『声と現象』(理想社)，『グラマトロジーについて』(現代思潮社)，『ポジシオン』(青土社)，『他の岬』，『友愛のポリティックス（1, 2）』(以上はみすず書房)，『アポリア』(人文書院)，『アデュー』(岩波書店)，『マルクスの亡霊たち』(藤原書店)，などがある．2004年10月9日死去．

訳者

梶田　裕（かじた　ゆう）
1978年生まれ．早稲田大学大学院文学研究科フランス文学専攻博士課程在籍．専門はフランス現代詩および哲学．2003-04年度，フランス政府給費留学生としてリヨン第2大学にてDEA課程修了．07年度より日本学術振興会特別研究員．

ジャック・デリダの著作／法政大学出版局刊

エクリチュールと差異・上
——ルッセ、フーコー、ジャベス、レヴィナス、フッサール
若桑／野村／阪上／川久保 訳 …………………………3900円

エクリチュールと差異・下
——アルトー、フロイト、バタイユ、レヴィ＝ストロース
梶谷／野村／三好／若桑／阪上 訳 ………………………3200円

絵画における真理・上
高橋允昭／阿部宏慈 訳 ……………………………………3400円

絵画における真理・下
阿部宏慈 訳 …………………………………………………4000円

他者の言語　デリダの日本講演
高橋允昭 編訳 ………………………………………………4500円

法の力
堅田研一 訳 …………………………………………………2300円

ユリシーズ グラモフォン　ジョイスに寄せるふたこと
合田正人／中 真生 訳 ………………………………………2200円

有限責任会社
高橋哲哉／増田一夫／宮﨑裕助 訳 ………………………3700円

デリダとの対話　脱構築入門
カプート編／高橋／黒田／衣笠／胡屋 訳 ………………4200円

哲学の余白・上
高橋允昭／藤本一勇 訳 ……………………………………3800円

哲学の余白・下
藤本一勇 訳 …………………………………………………3800円

シニェポンジュ
梶田　裕 訳 …………………………………………………

エマニュエル・レヴィナスの著作／法政大学出版局刊

諸国民の時に
合田正人 訳 ……………………………………3500円

われわれのあいだで
合田正人／谷口博史 訳 …………………………4000円

フッサール現象学の直観理論
佐藤真理人／桑野耕三 訳 ………………………5200円

時間と他者
原田佳彦 訳 ……………………………………1900円

神・死・時間
合田正人 訳 ……………………………………4000円

聖句の彼方　タルムード──読解と講演
合田正人 訳 ……………………………………3800円

実存の発見　フッサールとハイデッガーと共に
佐藤真理人／他訳 ………………………………5300円

歴史の不測　付論：自由と命令／超越と高さ
合田正人／谷口博史 訳 …………………………3500円

他性と超越
合田正人／松丸和弘 訳 …………………………2300円

貨幣の哲学
ビュルグヒュラーヴ編／合田正人／三浦直希 訳 ………2500円

レヴィナスと政治哲学　人間の尺度
J.-F. レイ／合田正人／荒金直人 訳 ……………3800円

（定価は消費税抜きで表示）